Eau Dormante en Trégor

Aux Éditions Alain Bargain

Dans la collection
ENQUÊTES ET SUSPENSE :

Yves Horeau
- Une retraite pas très spirituelle *(épuisé)*

Jérôme Lucereau
- Anévrisme *(épuisé)*
- Chef-d'œuvre meurtrier à Lorient *(épuisé)*
- L'affaire Callac *(épuisé)*

Jean-Luc Le Pache
- Bréhat-culpa *(épuisé)*

René Le Clech
- Baston chez les voileux *(épuisé)*

Michel Renouard
- La Java des voyous *(épuisé)*
- Les castrats de Bombay *(épuisé)*
- Requiem sur le campus *(épuisé)*
- Le bouillon de minuit *(épuisé)*
- La farine du Diable *(épuisé)*
- La Vénus de Malifeu *(épuisé)*

Bernard Morin
- Trahison à Guerlédan

Luc Calvez
- Le fils du Tigre *(épuisé)*
- Les Graffeurs du Ponant

Philippe Lepeuple
- Samba ni loi en pays nantais
- Poulets de Brest *La mauvaise farce* *(épuisé)*

Jean-Christophe Pinpin
- Qui voit Groix voit sa croix
- Qui voit Sein voit sa fin *(épuisé)*
- Qui voit Ouessant voit son sang
- Qui voit Belle-Ile voit son île *(épuisé)*
- Qui voit Molène voit sa peine
- Toulouse au bout du siècle *(épuisé)*
- Traque à Hoëdic *(épuisé)*

Patrice Rousseau
- Le faussaire de Pont-l'Abbé *(épuisé)*

Aux Éditions Alain Bargain

Dans la collection ***POL'ART :***

Serge Le Gall
- Sombre dessein à Pont-Aven
- Meurtres du côté de chez Proust
- Eaux-fortes à Sainte-Marine
- Ciel rouge au Pouldu

Loïc Gourvennec
- Le râle du basson

Yves Horeau
- Monsieur Butterfly *(épuisé)*

Renée Bonneau
- Nature morte à Giverny *(épuisé)*
- Séquence fatale à Dinard *(épuisé)*
- Sanguine sur la Butte *(épuisé)*

Stéphane Jaffrézic
- Toiles de fond à Concarneau
- Le Rubis de Châteauneuf-du-Faou

Cet ouvrage de pure fiction n'a d'autre ambition que de distraire le lecteur. Les événements relatés ainsi que les propos, les sentiments et les comportements des divers protagonistes n'ont aucun lien, ni de près ni de loin, avec la réalité et ont été imaginés de toutes pièces pour les besoins de l'intrigue. Toute ressemblance avec des personnes ou des situations existant ou ayant existé serait pure coïncidence.

Aux Éditions Alain Bargain

Dans la collection
***ENQUÊTES ET SUSPENSE*® :**

Annie Le Coz
- Les Maudits de Kérogan *(épuisé)*
- Plumes sèches à Beg-Meil
- Quimper sonne les cloches
- "Caval" à Saint-Guénolé
- "Clap" de fin à Langolen *(épuisé)*
- Mortelle Bigoudène
- Braquages en Cornouaille

Lise Tiffanneau-Midy
- Sortie de route en Anjou
- Vengeance sur la Corniche Angevine
- Un Justicier à Trélazé

Solenn Colléter
- Lettres de sang sur la Côte Sauvage

Marie-Françoise Marchal
- Frissons en Morbihan *(épuisé)*

Anne-Soizic Loirat
- Lorient l'interdite

Christophe Chaplais
- Pâté de Corbeau aux amandes amères
- Le calisson jusqu'à la lie
- Farz aux herbes de Portsall
- Addition salée au Croisic
- Salade russe aux noix de Grenoble
- Fourchette mortelle à Chinon

Jean-Pierre Farines
- Brume sur la Presqu'île
- La route de Rocamadour

Patrick Bent
- Erquy profite le crime
- Le macchabée du Val-André
- Saint-Cast priez pour eux !
- Hécatombe à Saint-Malo
- Nuit noire à Dinard

Michel Courat
- Ça meurt sec à Locquirec
- Marée rouge à Plestin-Les-Grèves

Jean-Pierre Bathany
- Camaret au Vitriol
- Double Je Nantais
- Été show à La Baule
- La Veuve Noire de Pornic
- Maudit Blues à Nantes

Stéphane Jaffrézic
- Chili-Concarneau
- Ville bleue et beaux dégâts
- Disparitions en Pays Fouesnantais
- Tri Yann Tro Breizh

Jean-Pierre Le Marc
- Matin rouge au Guilvinec
- Soirées noires à Penmarc'h
- Double vie à Loctudy *(épuisé)*
- Signes de sang à Lesconil
- L'Héritier des Trépassés

Bernard Larhant
- Quimper sur le gril

Hervé Huguen
- Dernier concert à Vannes

Bernard David-Cavaz
- Traboules
- La Fille de Sein

Jacques Caouder
- L'Occise des Landes
- L'Évadée de Brennilis
- Le Mort de Brest-Les Abers *(épuisé)*
- La Troménie noire
- Rumeurs mortelles à St-Renan *(épuisé)*

Sylvain Pettinotti
- Manzini ou "L'art des choix"
- Réactions en chaîne en Isère

Christophe Gontard
- Dernière danse en Trièves

Jean-Jacques Gourvenec
- Chasse au congre à Lannilis
- Scénario macabre à Saint-Pabu
- Sortilèges au Conquet

Cédric Labb
- Les Démons du Midi
- Les Muses de Savoie

Alex Nicol
- Mystères en Finistère
- Ça bombarde chez les Bigoudens
- Mise en Bière à Sainte-Marine
- Le Tsar de Bénodet

Bruno Ségalotti
- Filouteries en Côtes-d'Armor *(épuisé)*
- La Phalange de l'Argoat
- Breizh Connection *(épuisé)*

ENQUÊTES & SUSPENSE

Aux Éditions Alain Bargain

Dans la collection

ENQUÊTES ET SUSPENSE :

Michèle Corfdir
- Le Crabe
- Mortel Hiver sur le Trieux
- Chasse à corps à Bréhat
- Larmes de fond *(épuisé)*
- Vent contraire à Loguivy-de-la-Mer
- Herbes amères à Belle-Isle-en-Terre
- Il court, il court, le furet des Abers
- Fest-Noz sur le Nil
- Eau dormante en Trégor

Françoise Le Mer
- Colin-maillard à Ouessant
- La Lame du Tarot
- Le Faucheur du Menez-Hom
- L'Oiseau noir de Plogonnec
- Blues Bigouden *à l'Île-Chevalier*
- Les Santons de Granite rose
- Les Ombres de Morgat
- Le Mulon rouge de Guérande
- L'Ange de Groix
- Buffet froid à Pouldreuzic
- Amours sur Bélon

Gisèle Guillo
- Dernier rendez-vous à Vannes
- Du Léman au Morbihan *(épuisé)*
- Tempête à Quiberon
- La Belle de Carnac
- Le Saigneur de Quimper
- Vol de pigeons à Arradon
- Cash-cash au Crouesty
- Le Diable noir de Saint-Cado

Martine Le Pensec
- Onde de choc sur Fermanville
- Angoisse sur Penmarc'h
- Lumière noire sur la Penfeld
- Printemps funeste à Brest
- Treizième lune à Concarneau
- 32 octobre à Roscoff

Anne-Solen Kerbrat-Personnic
- "Mi Amor" à Rochefort
- Jour maudit à l'Île-Tudy
- Bordeaux voit rouge

Simone Ansquer
- Téviec, le Secret
- Aux tours de La Rochelle
- Grain de sable à Saint-Pierre-Quiberon

Chaix d'Est-Ange
- La filière d'Arradon
- La petite dame de Locminé
- Ratissage dans le golfe
- L'Écluse de Malestroit
- Copie conforme à Larmor-Baden
- Les Truands de Saint-Goustan
- Coup de barre à Étel
- Vilaine affaire à La Roche-Bernard
- Perfusion à Quiberon
- Le Passager de Lann-Bihoué

Firmin Le Bourhis
- La neige venait de l'Ouest *(épuisé)*
- Les Disparues de Quimperlé
- La Belle Scaëroise
- Étape à Plouay
- Lanterne rouge à Châteauneuf-du-Faou
- Coup de tabac à Morlaix
- Échec et tag à Clohars-Carnoët
- Peinture brûlante à Pontivy
- En Rade à Brest
- Drôle de chantier à Saint-Nazaire
- Poitiers, l'affaire du Parc
- Embrouilles briochines
- La Demoiselle du Guilvinec
- Jeu de quilles en Pays Guérandais
- Concarneau, affaire classée
- Faute de carre à Vannes

Serge Le Gall
- La secte de l'Aven *(épuisé)*
- Sables mouvants à Bénodet
- La Douarneniste et le Commissaire
- Corps-mort à l'Île-de-Batz
- Traque noire à Audierne
- Fugue mortelle en RÉ
- Le moine rouge de Carantec
- La Sirène de Port Haliguen
- Coup fourré dans les Monts d'Arrée
- Vagues à lames à Noirmoutier

Philippe-Michel Dillies
- Meurtres à Monnaie
- Chasse à Tours
- Train d'enfer pour Saint-Pierre-des-Corps
- Les roses noires de Chartres
- Du raisiné à Vouvray
- Partie truquée à Descartes
- Embrouille à Amboise

Michèle CORFDIR

EAU DORMANTE en Trégor

Collection

ENQUÊTES & SUSPENSE

Quadri Signe - Editions Alain Bargain
125, Vieille Route de Rosporden - 29000 Quimper
E-mail : editions.alain.bargain@orange.fr
Site Internet : http://pagesperso-orange.fr/editions.bargain

À Pierre.

NOTE DE L'AUTEUR

Au cours du mois de juin 1940, alors que le 45e corps d'armée français bat en retraite devant la Wehrmacht, plusieurs bataillons ainsi qu'une division polonaise, la "Deuxième Division de chasseurs à pied" commandée par le général Prugar-Ketling, se trouvent engagés dans de violents combats le long du Doubs et de la frontière helvétique.

Encerclés, piégés, ce sont environ quarante-trois mille soldats français et polonais qui demandent alors asile à la Suisse et pénètrent sur le territoire de la Confédération, les 19 et 20 juin 1940.

Si les Français ne restent que quelques mois avant d'être rapatriés, la division polonaise (treize mille hommes) demeurera en Suisse durant toute la guerre.

On a attribué à ces soldats le statut d'interné militaire et ils ont été répartis dans des centaines de camps, à travers tout le pays. La plupart étaient affectés à des travaux agricoles ou d'intérêt collectif comme la construction de routes et de ponts.

Les normes de travail auxquelles étaient soumis ces hommes étaient les mêmes que celles de leurs collègues suisses. Le montant de leur salaire était fixé par l'État et ils bénéficiaient d'une prise en charge médicale et d'une assurance contre les accidents. Il est à noter qu'un millier de ces soldats ont pu poursuivre leurs études dans les universités ou les écoles techniques suisses.

C'est ce chapitre peu connu de l'histoire de la Deuxième Guerre mondiale qui sert de toile de fond à ce roman.

PREMIÈRE PARTIE

2004

LANNION.

Non ! Il n'en est pas question ! Je refuse de rentrer. Je m'y refuse absolument ! Mon travail en Crète n'est pas terminé. J'ai un contrat à remplir, des obligations envers mon employeur. Je ne peux pas tout lâcher sur un simple coup de fil… même s'il provient du centre hospitalier de Lannion où ma mère, Hélène Vitorski, a été admise à la suite d'une attaque cérébrale.

Me précipiter à son chevet ne servirait à rien. Pour l'heure, c'est aux médecins de gérer la crise, comme me l'a d'ailleurs laissé entendre le gériatre au téléphone. Des examens sont en cours, l'état de la malade stabilisé, la situation sous contrôle. Un retour en urgence ne s'impose pas.

Je n'en demande pas plus. Mais en vérité, c'est un mauvais prétexte. L'idée d'assister à la déchéance physique de ma mère me cause une peur panique et les milliers de kilomètres qui me séparent d'elle me permettent de repousser à plus tard une confrontation qui me terrifie.

Je décide donc lâchement de rester en Crète quelques jours encore.

Maurice Perez, le patron de l'agence de voyages qui m'emploie, m'a chargée de prospecter les régions les plus reculées de l'île afin de dénicher quelques-uns de ces petits paradis dont les clients raffolent et où ils se précipitent, sans avoir conscience que leur présence en altérera très vite et à jamais le charme.

Après une semaine d'allées et venues dans une Clio de location, j'ai d'ores et déjà découvert quelques sites encore intacts mais cela ne suffit pas. Je poursuis donc mes recherches, le temps de calmer mes angoisses.

Quand enfin je me sens prête à affronter la réalité, je prends l'avion et rentre chez moi, à Lannion.

En pénétrant dans la chambre d'hôpital, je comprends aussitôt pourquoi le médecin n'a pas insisté pour me faire revenir plus vite. Je dois dire que je n'avais pas mesuré non plus la gravité de l'AVC dont ma mère avait été victime. Je pensais, au pire, à une hémiplégie en voie de régression. Des lèvres un peu tordues, un bras inerte posé sur le drap, quelques chuintements dans la voix…

Mais pas ça ! Pas cette moribonde à demi chauve, aux joues creuses et aux lèvres comme aspirées à l'intérieur de la bouche.

— Vous n'étiez pas prévenue de son état ? chuchote l'infirmière en m'entraînant dans le couloir.

— Si, mais je n'avais pas réalisé à quel point elle était atteinte. Je… je ne l'ai presque pas reconnue.

— Madame Vitorski approche des quatre-vingts ans. À cet âge, la dégradation est souvent rapide. Êtes-vous très proches l'une de l'autre ?

— Euh… oui et non.

Je n'ose lui avouer que jusqu'à la minute précédente, j'ignorais que ma mère portait un dentier et que sa masse de cheveux blancs était due à un postiche.

— Je retourne travailler. Si vous avez besoin de moi, n'hésitez pas à m'appeler, je reste à l'étage.

L'infirmière m'adresse un sourire encourageant et je regagne à pas lents la chambre 317. Là, je contemple l'effrayante momie étendue sur son lit. J'effleure ses mains puis sa joue… Que faire d'autre ? Déjà, l'ennui m'envahit. Je vais jusqu'à la fenêtre, observe les allées et venues des visiteurs sur le parking et la fuite des nuages qui met un semblant de mouvement dans toute cette immobilité.

— *Photosphère*.

Je me retourne, incrédule. Un mot vient de sortir de cette bouche fendue… comme un sou qui roule hors d'une tirelire.

— *Céphéide*.

Effarée, je fonce jusqu'au bureau de l'infirmière.

— Ma mère a parlé ! Venez vite !

Sans s'émouvoir, elle m'apprend alors que, depuis peu, la malade s'est mise à lâcher des mots, par intermittence. Bien entendu, le médecin est au courant.

— Plutôt encourageant, non ?

Elle acquiesce puis me suit jusqu'à la chambre.

— *Ère particulaire.*

À nouveau, je sursaute. Ce visage statufié, ces lèvres desséchées… comment est-ce possible ?

— Je ne connais pas la signification des termes qu'énonce madame Vitorski. Pourtant, ils existent ! J'ai vérifié dans mon dictionnaire. Curieusement, ils se rapportent tous à l'astronomie.

— Ça n'a rien d'étonnant ! Ma mère est astrophysicienne. Vous ne le saviez pas ?

L'infirmière hoche la tête, pas particulièrement impressionnée.

— Nous nous trouvons face à un cas tout à fait intéressant. Même le gériatre ne se l'explique pas vraiment. Jusqu'à avant-hier, nous avons cru que votre mère avait complètement perdu l'usage de la parole… et de la communication en général. Mais voilà qu'elle a commencé à articuler des mots, de manière totalement incohérente et décousue.

— Quels sont ses espoirs de guérison ?

— Ce pronostic n'est pas de ma compétence. Il faut savoir que le désir de communiquer par un geste, une parole ou un regard, est la première manifestation du réveil de la conscience. Votre mère va peut-être revenir à elle.

Encore faudrait-il qu'elle en ait envie…

La connaissant, je sais qu'elle ne supporterait pas de voir son intelligence dégradée et qu'elle préférerait s'enfermer dans un mutisme absolu plutôt que de donner le spectacle de sa décrépitude.

Mais qu'y a-t-il de commun entre Hélène Vitorski et cette pauvre vieille grabataire qui ne reconnaît personne, même pas sa fille ?

Je me demande alors pourquoi tout le monde s'acharne à vouloir la tirer de sa bienheureuse inconscience, état qui à mes yeux est le meilleur pour elle.

Les semaines suivantes, je vais la voir presque tous les jours, contre l'avis de Rozenn, ma fille, qui trouve que j'exagère.

Durant ces visites, je parle à ma mère beaucoup plus que je ne l'ai jamais fait jusqu'ici. De tout et de rien, de mon travail, de mes voyages, des gens que je croise, de l'argent que je gagne… comme si ce genre de choses pouvait l'intéresser !

De loin en loin, sans que rien ne le laisse présager, des mots savants s'échappent de sa bouche. Le gériatre a émis l'hypothèse que ce sont là les résidus d'un savoir qui n'existe plus, les balbutiements d'une mémoire saccagée par la maladie. Il ne fallait leur chercher ni un sens ni un message quelconque.

— Ma mère les articule distinctement alors qu'elle semble incapable de formuler les termes les plus courants.

— Oui, je sais… Ce phénomène est très curieux et pas vraiment compréhensible. Comparez-le aux effets d'un séisme qui détruit les murs les plus solides, tout en épargnant des objets très fragiles.

— Je vois... Pensez-vous qu'elle ait encore une chance de récupérer ?

— Impossible à dire.

— *Facule... Accrétion...*

Le médecin affiche un sourire attristé.

— Hélène Vitorski était une intellectuelle de haut niveau. C'est peut-être là l'ultime façon de nous le rappeler et d'affirmer qu'elle appartient encore à notre monde. Simple supposition de ma part parce qu'en fait, je n'en sais strictement rien !

Après son départ, Hélène a prononcé plusieurs mots d'affilée.

— *Hadron... Bolomètre... Chondrites...*

Ils ont quitté son corps et sont restés suspendus dans l'air comme les dernières feuilles qui se détachent des arbres en automne et qui planent calmement avant de toucher le sol. Alors, je me lève et, à nouveau, je scrute le visage immobile, les yeux entrouverts, bleus et vides. Comment ces paroles arrivent-elles à se frayer un passage dans ce cerveau ravagé pour parvenir jusqu'à moi ?

Brusquement, la colère me saisit. Je prends la main inerte et la tapote plus fort que d'habitude. Puis, penchée vers l'oreille, je crie : « Hélène ! Hélène ! » J'ai envie de pincer ses joues, de tirer ses cheveux. Mais naturellement, je n'en fais rien. Je patiente encore un peu, puis je m'en vais, fuyant cette chambre où, vieux gréement à bout de souffle, ma mère attend la tempête ou l'imperceptible marée qui viendra l'arracher à la vasière où elle s'est échouée.

*

Il serait excessif de prétendre que cette agonie me bouleverse profondément. Ma mère et moi ne nous aimons pas assez pour ça. Je la plains sincèrement d'avoir échappé à une mort rapide et d'errer dans cette zone intermédiaire et mystérieuse où nul ne peut l'atteindre. Elle aurait dû être foudroyée et ne l'a pas été, ratant de peu la sortie fracassante que chacun de nous se souhaite.

Dans la voiture qui me ramène chez moi, je me dis que c'est là un des rares échecs d'un parcours par ailleurs jalonné de succès. Cette constatation me procure une satisfaction douteuse, comme si cette fin lamentable compensait un tant soit peu le prodigieux contraste entre ce qu'a été sa vie et ce qu'est la mienne.

Ce sentiment ne se fonde ni sur la rancœur ni sur des regrets. Je sais depuis longtemps qu'Hélène est une personnalité hors norme qui va son chemin sans se soucier des contingences. Elle n'a jamais voulu affronter que les obstacles qu'elle jugeait dignes d'elle. Elle ne s'est intéressée qu'à des questions qui échappent au commun des mortels, laissant à son entourage le soin de s'occuper du reste.

J'ai maintes fois essayé d'expliquer cela à Rozenn, mais ma fille refuse catégoriquement de partager mon point de vue.

— Ta mère est une égocentrique qui n'a pris en compte que son ambition !

— Elle aurait été un homme, nul ne le lui aurait reproché.

— Arrête ! Ton féminisme simpliste date un peu ! En outre, tu sais très bien que ce n'est pas de ça qu'il s'agit. Quel âge avais-tu quand elle t'a abandonnée ?

— Elle ne m'a jamais abandonnée…

— Bon ! D'accord ! On connaît l'histoire, inutile d'y revenir… N'empêche que ce sont tes grands-parents qui t'ont élevée. Hélène t'a mise au monde et puis elle s'est barrée.

— Elle n'avait que dix-huit ans !

Dix-huit ans, une gamine. Bien plus jeune que Rozenn aujourd'hui. Ou que moi, lorsque mes enfants sont nés…

Sans y prendre garde, je me laisse aller à ce jeu de l'esprit qui consiste à calculer l'âge qu'avaient nos proches à un moment précis de notre propre existence. Je pense à Paps et Moumi, mes grands-parents qui me semblaient si vieux quand j'étais petite mais qui, en fait, avaient à peine cinquante ans. Je me souviens aussi de ma mère lorsqu'elle était en pleine activité. L'image que je garde d'elle est celle d'une femme austère et vieillissante. Pourtant, ceux qui l'ont connue à cette époque, affirment qu'elle était élégante, affable et capable de tenir l'assistance sous son charme chaque fois qu'elle prenait la parole en public.

Je veux bien les croire, mais cela ne change rien. Pour moi, elle a toujours été une personne inaccessible et lointaine, qui ne s'intéressait ni à moi ni aux miens.

Nous ne la voyions d'ailleurs pratiquement jamais, sauf au mois d'août quand nous allions en vacances à Ti Coz, sa propriété de l'Arcouest, au bord de la Manche, qu'elle mettait à notre disposition. Elle s'arrangeait alors pour nous rejoindre une petite semaine, jouant du bout des lèvres le rôle de grand-mère pour lequel elle n'était visiblement pas faite.

Rozenn et Matthieu qui ignoraient, bien sûr, la place éminente qu'elle occupait dans le monde de l'astrophysique, adoptaient à son égard une attitude circonspecte. Entre elle et eux, il n'y avait ni tendresse ni complicité. Jamais elle ne les questionnait sur leurs occupations ou leurs résultats scolaires. Elle leur apportait des cadeaux, bavardait avec eux le temps du déballage et des remerciements, puis passait à autre chose.

Avec Gérald et moi, elle se montrait courtoise. Nos conversations se bornaient à des sujets d'ordre général. Elle écoutait mon mari avec une attention un peu distraite, opinait généralement à ce qu'il disait, sans jamais engager de controverse.

Ces quelques jours en notre compagnie lui apportaient-ils un vrai délassement ou était-ce une corvée qu'elle s'imposait ? Je n'en savais rien. J'ignorais même pourquoi elle avait acheté Ti Coz puisqu'elle n'y venait pour ainsi dire jamais. Lorsque je le lui demandai, elle me répondit qu'elle aimait la région et envisageait d'y passer sa retraite.

— Il me faut un point de chute, un endroit où je pourrai vieillir en paix.

— Quoi ? Mais tu n'as vécu qu'en ville, au milieu de tes étudiants et de tes confrères… sans cesse entre deux congrès, toujours à courir le monde ! Imagine-toi seule ici, en hiver… Tu périras d'ennui !

— Qu'en sais-tu, Pauline ?

J'étais persuadée d'avoir raison. Pourtant, je me trompais.

En 1989, à soixante-deux ans, elle a pris congé du CNRS, est devenue professeur émérite de plusieurs universités et s'est installée à Ti Coz. Loin de rompre les ponts, elle a accepté pratiquement toutes les invitations, rédigé d'innombrables articles scientifiques, reçu ses anciens collègues et les relations qu'elle avait un peu partout, et leur a fait découvrir les beautés de notre région.

Mais nous qui habitions Saint-Jacut-du-Mené, à moins de cent kilomètres de l'Arcouest, jamais elle ne nous invitait. Les quelques jours du mois d'août étaient tout ce qu'elle concédait à ses obligations familiales. Le reste de l'année, nous nous téléphonions de temps à autre et il lui arrivait de faire un crochet par Saint-Jacut quand elle se rendait à Rennes en voiture.

Ces liens distendus nous suffisaient et c'est sans doute la raison pour laquelle, aujourd'hui, je n'éprouve pas de véritable chagrin en la voyant si gravement atteinte. Le fossé qui nous sépare existe depuis si longtemps que j'y suis accoutumée.

*

En arrivant chez moi, je note qu'il est encore trop tôt pour appeler Rozenn. Téléphoner tous les soirs à ma fille est une habitude que j'ai prise alors qu'elle faisait ses études à Rennes, et que j'ai gardée, sans vraiment savoir pourquoi.

Les nouvelles que je lui donne de sa grand-mère la laissent de glace et elle me pousse à espacer mes visites.

— Je ne comprends pas pourquoi tu t'imposes cette confrontation quotidienne avec un être qui n'est plus de ce monde. C'est morbide.

Ma fille est quelqu'un d'assez tranché dans ses opinions mais sous ses dehors abrupts, elle a bon cœur et une finesse de jugement indéniable. Voilà pourquoi, malgré quelques coups de gueule sporadiques, nous avons une relation suivie et beaucoup plus intime que celles qu'entretiennent généralement mères et filles.

Une fois débarrassée de mes chaussures et de ma

veste, j'allume mon ordinateur afin de consulter ma messagerie. Depuis mon retour de Crète, je reçois un nombre incroyable d'e-mails me demandant des nouvelles d'Hélène. Des inconnus me parlent d'elle, s'inquiètent, me chargent de lui transmettre leurs amitiés ou leurs vœux de prompt rétablissement.

Il y a une quinzaine de jours, face à l'augmentation de ce courrier, j'ai décidé d'y répondre collectivement, en rédigeant deux fois par semaine, un bulletin de santé de ma mère. Rozenn trouve ces communiqués superflus et même inopportuns.

— En admettant qu'elle reprenne conscience, Grand-mère ne redeviendra jamais ce qu'elle était avant. Laisse-la donc sombrer dans l'oubli, c'est le mieux que tu puisses faire pour elle.

Même si je partage ce point de vue, je n'ai pas suivi son avis. Simple question d'éducation… je réponds toujours au courrier que l'on m'adresse.

Comme chaque soir, le nombre de mails concernant ma mère me sidère. Ils arrivent d'un peu partout. La plupart sont rédigés en anglais, les autres en français, mais leur teneur est sensiblement la même.

Ma lecture terminée, j'envoie une réponse type, sur le modèle des précédentes : « L'état de santé d'Hélène Vitorski est stable, sans amélioration ni aggravation notoire. Le pronostic des médecins demeure réservé. » Je termine par une formule de politesse et éteins mon PC. Ensuite, je décachette les deux enveloppes adressées à son nom que j'ai trouvées dans ma boîte aux lettres et les range avec les autres. Je lui remettrai tout ce courrier si, un jour, par miracle, elle revient à elle.

Je m'apprête à écouter mes messages téléphoniques lorsque j'aperçois mon chat, assis sur le balcon.

J'habite le premier étage d'un petit immeuble situé dans un quartier tranquille, à la périphérie de la ville. Juste devant mes fenêtres pousse un très beau tilleul dont une des branches maîtresses est accessible à Éliot. Il en profite pour aller rôder dans les jardins voisins.

J'adore ce tilleul. Son feuillage m'isole de la rue et du regard des voisins. Les oiseaux qu'il abrite et le bruissement du vent dans ses feuilles, compensent largement la lumière qu'il me dérobe. Grâce à lui, je passe la plupart de mes soirées d'été sur mon balcon, immergée dans une enclave de verdure. J'aime tant cet arbre que si, par malheur, il était un jour abattu, je ne le supporterais pas et irais habiter ailleurs.

Après avoir nourri Éliot, je branche mon répondeur téléphonique. Il n'y a qu'une seule communication. Elle provient d'un certain Charles Messier qui se présente comme une vieille connaissance d'Hélène, s'enquiert de sa santé et mentionne la lettre qu'il m'a envoyée, une quinzaine de jours auparavant, et à laquelle je n'ai pas répondu, raison pour laquelle il se permet de me relancer par téléphone. Il espère qu'Hélène est en voie de guérison et ajoute qu'il souhaiterait pouvoir m'accompagner à l'hôpital, afin de lui rendre visite. Il termine en me laissant ses coordonnées.

Je les note dans mon répertoire puis efface le message, bien décidée à ne pas lui donner suite.

Mais il y a dans sa voix quelque chose qui a retenu mon attention, un léger accent que je ne parviens pas à définir, ce qui ne m'arrive pratiquement jamais. En effet, à l'agence de voyages, les coups de téléphone quotidiens avec des étrangers m'ont affiné l'oreille et je peux d'emblée en situer l'origine.

Dans le courant de la soirée, la curiosité finit par l'emporter. Je passe en revue le courrier de ma mère et découvre une lettre qui m'était destinée. Elle est rédigée en allemand et signée Charles Messier. L'écriture est petite et difficile à déchiffrer mais comme je connais assez bien l'allemand et que la lettre ne dépasse pas une page, j'en viens rapidement à bout. Mon correspondant s'excuse d'abord de ne pas s'adresser à moi en français, langue qu'il parle couramment mais dont il ne maîtrise pas la syntaxe. La suite est identique au message téléphonique. Je reste donc sur ma faim, tout en demeurant persuadée que l'accent que j'ai perçu n'était pas purement germanique. Puis je me dis que cela n'a aucune importance et remets la lettre dans le tiroir.

Cet incident me décide pourtant à parler à Rozenn d'une question qui me tracasse depuis quelque temps. Faut-il prévenir Anna ? Ma fille n'est certainement pas la meilleure conseillère en la matière mais, pour ce qui touche à la famille, je n'ai personne d'autre à qui m'adresser.

— Anna ! Pourquoi veux-tu prévenir Anna ?

Au bout du fil, Rozenn semble interloquée. Je réponds que les liens de parenté qui nous unissent justifieraient que…

— Tu parles ! Ça fait des années qu'Anna ne s'est pas inquiétée de nous. Depuis quand n'as-tu pas eu de ses nouvelles ?

— Ce n'est pas une raison. Nous ne sommes pas brouillées et, autrefois, je la considérais comme ma sœur. C'est pourquoi il me semble que… que je devrais peut-être…

— Tu n'as même pas son adresse !

— Si… À vrai dire, j'ai celle qu'elle m'a donnée, la dernière fois que nous nous sommes vues.

— Et ça date de quand ?

— Eh bien… d'une vingtaine d'années, lorsque nous sommes allés à Londres avec ton père consulter un oncologue réputé. Nous en avions profité pour passer à la galerie de Soho où Anna exposait un de ses poulains. Elle nous a reçus à bras ouverts, je dois le dire. Elle semblait si heureuse que nous ayons pris cette initiative…

— Ouais ! Mais ce n'est pas pour ça qu'elle est restée en relation avec toi par la suite !

— C'est vrai et j'en ai été très attristée. Gérald aussi… mais pour une raison plus intéressée. Il pensait à nos carrières de photographes. Anna, avec la position qu'elle occupait dans le milieu de l'art, aurait pu nous donner un coup de pouce. Malheureusement, le pauvre n'a pas eu le temps de…

Rozenn m'interrompt brusquement.

— Tout ça c'est de l'histoire ancienne ! Le fait est qu'Anna n'a jamais manifesté le moindre intérêt pour nous… Est-ce que tu sais par hasard si Grand-mère avait des contacts avec elle ?

— Non ! Elle me l'aurait dit.

— Dans ce cas, laisse tomber !

J'ai beau avoir presque soixante ans et prendre les événements avec un certain détachement, tout ce qui se rapporte à Anna continue à me toucher, comme si le temps n'avait pas passé, comme s'il n'existait aucun intervalle entre notre jeunesse et aujourd'hui. Ce qu'évidemment Rozenn ne peut comprendre.

Au bout du fil, elle me répète d'un ton péremptoire de ne pas essayer de retrouver Anna. Cela ne m'apporterait que chagrin et souci.

La conversation terminée, je demeure indécise, balançant entre le pour et le contre, sans parvenir à me décider.

J'en serais peut-être encore là si, le soir même, Maurice Perez, mon patron, ne m'avait appelée pour me demander d'envisager un prochain retour en Crète car il me restait à tester des hôtels récemment ouverts sur la côte nord.

— Vous n'en aurez que pour une semaine, le temps de finir ce que vous aviez commencé en septembre. Vous passerez dans les hôtels que nous avons répertoriés et me faxerez aussitôt vos appréciations. Nous en avons besoin pour réaliser notre prochain catalogue. Si nous attendons davantage, il sera impossible de combler notre retard.

Je le sais pertinemment. Cela fait des jours que j'y songe sans pouvoir me résoudre à lui en parler, comme si, inconsciemment, je craignais qu'Hélène ne profite de mon absence pour prendre, de son côté, un départ définitif… Je lui réponds donc que je suis d'accord et que je m'envolerai aussitôt que possible pour Héraklion.

*

Dès la descente de l'avion, la lumière, la chaleur, la transparence de l'air s'emparent de moi. Puis il y a les odeurs, le bruit des rues, la voix des gens… Je ne suis pas arrivée à mon hôtel que déjà tout ce que je viens de vivre ces dernières semaines, semble appartenir à un autre monde… un monde en suspens où l'immobilité est la règle et la contemplation de la mort, une contrainte morale.

Mes amis crétois et mes collègues de l'Office du Tourisme m'accueillent comme si je les avais quittés la veille. Par courtoisie, ils me demandent des nouvelles de ma mère puis passent à autre chose. Non par indifférence mais parce que ces Grecs ont gardé un fond de l'antique sagesse qui soumet l'homme à la fatalité. Parler de l'inéluctable ne mène à rien sinon à entretenir le chagrin et assombrir l'existence.

Les jours suivants, je visite une dizaine d'hôtels et établis pour chacun d'eux un dossier que je faxe à mon patron. Mon travail terminé, je décide de passer ma dernière soirée chez mes amis Zarkos, près d'Agios Nikolaos.

En dépit de la nuit qui tombe de bonne heure en octobre, nous mangeons sur la terrasse qui domine le golfe de Mérambélo. La douceur de l'air et les parfums du maquis me donnent une furieuse envie de prolonger mon séjour. Je ne redoute pas de rentrer à Lannion. Inexplicablement, la santé d'Hélène a cessé de m'angoisser. Non ! C'est un pur désir de rester dans ce pays, de rouler sur ces routes bordées de lauriers roses et d'iconostases, d'assister à la cueillette des olives, de me baigner dans l'eau encore tiède de la mer…

Pour me consoler, Georges et Aria Zarkos remettent sur le tapis une question dont nous avons déjà maintes fois débattu :

— Achète-toi une maison ! Tu pourrais y passer une partie de l'année comme le font beaucoup d'Européens du nord. Tu apprécies le climat, tu aimes la mentalité des gens… En outre, je suis certaine que tu ne connais pas la Crète aussi bien que tu le crois. Il te reste plein d'endroits à découvrir, plein de photos à faire.

C'est vrai mais, malgré toute l'amitié que je porte aux Zarkos, je ne dis pas oui.

— Tu as le temps, ajoute Aria. Laisse cette idée mûrir en toi. Si tu dois venir vivre ici, tu viendras…

J'envie ce fatalisme qui permet de prendre la vie comme elle vient, sans se poser de questions inutiles. Moi, je suis tout le contraire. Je déteste être prise au dépourvu et laisse le moins de place possible au hasard. Je gère, je coordonne, je planifie. C'est ma nature, je n'y peux rien sinon parfois soupirer après la bienheureuse insouciance de mes amis grecs.

En revanche, c'est ce trait de caractère qui m'a permis de m'adapter facilement au métier de voyagiste, moi qui n'avais pas été formée pour ça. Combiner, mettre sur pied, préparer les vacances des clients a un côté formel et rassurant qui me convient. Évidemment, les concepts que je manipule ne sont pas d'un niveau intellectuel très élevé. On est loin de la fantaisie imaginative de la photo d'art ou des abstractions vertigineuses de l'astrophysique. Mais ça m'est égal.

Rozenn pense, et ne se prive pas de me le dire, qu'avec ce que je sais et les dons que je possède, j'aurais beaucoup mieux à faire qu'organiser les voyages des autres ! Elle en donne pour preuve les cartons pleins de photos qu'elle conserve jalousement, et les deux albums que nous avons édités, Gérald et moi. Bien sûr, je la comprends… Pourtant, à aucun moment, je n'ai envisagé de revenir en arrière. Je ne lui ai jamais caché qu'à la mort de son père, j'avais dû faire face à d'énormes difficultés morales et financières et que, vu mon inaptitude à travailler en collectivité, j'avais été très heureuse d'accepter l'offre d'emploi que me proposait Maurice Perez. Elle est d'accord mais prétend que, depuis, j'aurais pu trouver quelque chose de plus... quelque chose de moins... enfin une occupation plus gratifiante, culturellement parlant.

Rozenn a encore beaucoup d'illusions sur le monde du travail et sur la créativité personnelle. Il est vrai que j'avais quelques dispositions artistiques et qu'avec Gérald, nous avons réalisé des choses assez extraordinaires, en dépit de notre manque d'argent et de tous les tracas qui en découlaient. Nous avions une telle confiance en nous, un tel feu sacré, que nous finissions par y arriver. Mais à sa mort, mes ambitions comme mes rêves se sont évanouis.

— Un jour, je viendrai certainement habiter en Crète, dis-je aux Zarkos qui fument tranquillement leurs cigarettes turques, dans la pénombre de la terrasse. Je ne sais pas quand, mais je viendrai.

— Pour le moment, tu as d'autres soucis... Rentre chez toi et fais ce que tu as à faire. L'horizon finira par s'éclaircir. Il est toujours vain de vouloir précipiter les événements

Le ciel est obscur et l'on aperçoit, sur l'eau noire de la baie, les feux de position des petits bateaux de pêche qui croisent au large.

— Que pense ta fille de ce projet ? demande Aria.

— Je l'ignore. Je ne lui en ai pas parlé.

Il fait trop sombre pour que je puisse distinguer l'expression de leurs visages. Mais je sais que ma réponse les étonne. Pour eux, un tel silence entre les membres d'une même famille est incompréhensible.

*

En débarquant de l'avion, à l'aéroport de Brest, je décide de rentrer chez moi, sans passer par le centre hospitalier. Ma semaine en Crète m'a comme libérée de l'obligation morale qui me faisait courir chaque jour au chevet de ma mère. J'ai aussi pris conscience qu'en aucun cas, Hélène n'aurait exigé un tel dévouement de ma part.

Dans la soirée, je téléphone à Rozenn qui m'apprend qu'aucun changement ne s'est produit dans l'état de la malade. Puis elle me demande si ça me plairait de passer avec elle le prochain week-end à l'Arcouest.

— Cela nous ferait du bien. On pourrait profiter du jardin et, éventuellement, se baigner…

— On est en octobre !

— Et alors ? Il fait beau et chaud, je suis sûre que l'eau n'a pas encore refroidi… En outre, j'aimerais t'expliquer où en est mon projet de doctorat.

— Ah ! Il se concrétise ?

— Oui, tout à fait !

C'est là une excellente nouvelle. Rozenn est titulaire d'une maîtrise en histoire contemporaine mais comme elle ne veut pas entendre parler d'enseignement, elle a du mal à trouver un emploi correspondant à son niveau de compétence. Si elle veut faire carrière dans le domaine qu'elle a choisi, il lui faut un doctorat. Nous en avons souvent discuté et, aujourd'hui, elle a apparemment franchi le pas.

— Je suis vraiment contente ! Est-ce que tu as déjà un directeur de thèse ?

— Oui, tout est en place. Si je ne t'en ai pas parlé plus tôt, c'est qu'il y avait beaucoup de questions à régler et que je n'étais pas sûre d'y arriver. Mais bon… j'ai obtenu les réponses que je voulais. Je fais ma rentrée à la fac de Rennes, la semaine prochaine.

— Je suis épatée ! Mais tu aurais pu m'en toucher un mot, tout de même !

— Tu avais suffisamment de soucis avec Grand-mère…

Je proteste que cela n'a rien à voir et que, de toute façon, elle passerait toujours avant Hélène. Puis nous convenons de nous retrouver à l'Arcouest, le samedi suivant en début de soirée.

*

Autrefois, quand je débarquais à Ti Coz, avec Gérald et les enfants, Hélène nous cédait sa chambre, au rez-de-chaussée, une grande pièce d'angle dont une fenêtre donnait sur un verger en friche et l'autre, sur la mer que nous apercevions à travers les arbustes plantés au bas de la propriété. Je n'aimais pas cette chambre. Je la trouvais sombre, humide, presque insalubre. Nous nous y installions parce que c'était la seule pièce assez spacieuse pour accueillir un couple et deux jeunes enfants. Gérald et moi dormions dans le grand lit, tandis que Rozenn et Matthieu couchaient sur des lits de camp que nous descendions du grenier.

Dans les années soixante-dix, comme la majorité des maisons de la région, Ti Coz ne possédait aucun confort. Le toit n'était pas isolé et l'huisserie laissait passer le moindre courant d'air. Il n'y avait ni eau chaude ni tout-à-l'égout. L'électricité tombait à tout bout de champ en panne et nous cuisinions sur un antique réchaud à gaz.

Il a fallu attendre 1988 pour qu'Hélène se résolve à entreprendre des travaux de restauration. La fin de sa carrière approchait et elle était décidée à vivre là toute l'année. Elle ne regarda donc pas à la dépense et dota sa maison de toutes les commodités modernes.

Depuis son hospitalisation, j'y suis passée plusieurs fois en coup de vent, afin de prendre des effets dont elle avait besoin. Grâce aux travaux d'assainissement, on n'est plus assailli par l'odeur de moisi dès qu'on pousse la porte. L'air est sec et la lumière entre à flots. Pourtant, jamais je n'ai envie de m'attarder. Comme autrefois, je ne viens ici que par obligation.

Quand les enfants étaient petits, c'étaient les seules

vacances à la mer que Gérald et moi étions en mesure de leur offrir. Nos moyens trop limités ne nous permettaient pas d'aller ailleurs. Hélène, toujours aussi égocentrique, ne paraissait s'apercevoir ni de nos difficultés d'argent ni du reste.

Il a fallu attendre que la maladie de Gérald soit devenue flagrante, quelques mois avant sa mort, pour qu'un jour, brutalement, elle en prenne conscience. Elle m'entraîna dans la pièce voisine et me demanda tout à trac de quoi souffrait son gendre. Quand je le lui ai dit, elle m'a regardée d'un air vaguement dégoûté, comme si elle découvrait un phénomène déplaisant dans l'oculaire de son télescope. Puis elle a cillé plusieurs fois, s'est mordu les lèvres, avant de pousser un soupir et de me tourner le dos.

Émotion ou contrariété face aux bouleversements que l'agonie puis le décès de Gérald allaient apporter dans ma vie, et qu'elle craignait de voir se répercuter sur la sienne ? Je l'ignore car nous n'en avons jamais reparlé.

Une chose est sûre, lors de ces lointaines vacances, les enfants eux-mêmes avaient conscience du glacis dont s'entourait leur grand-mère. Ils ne posaient pas de questions et tenaient pour acquis qu'elle n'était pas taillée sur le modèle de celle des autres. Aussi ne mesurèrent-ils pas ce qu'avait d'exceptionnel le geste que fit Hélène, le soir où elle descendit du grenier une vieille valise qu'elle entreprit d'ouvrir devant eux. Cela n'alla pas sans mal et lorsque les serrures cédèrent enfin, elle se redressa et nous annonça que la valise contenait des jouets qui m'appartenaient quand j'étais petite.

— Allez-y, sortez-les ! ordonna-t-elle de sa voix tranchante. Autant qu'ils servent à quelqu'un…

Les enfants ne se décidaient pas et me regardaient, désorientés. Les poupées n'étaient pas des Barbie mais des baigneurs en celluloïd. Les ours en peluche s'appelaient des teddy-bears. La dînette était dépareillée. Les marionnettes et leurs figures de papier mâché avaient un air vieillot qui ne faisait ni rire ni peur.

— Alors, qu'est-ce que vous attendez ? Évidemment, tout ça est un peu démodé. Mais on peut encore s'amuser avec, il me semble !

Voulant éviter un drame, pour une fois qu'Hélène tentait un pas vers ses petits-enfants, je me penchai sur la valise et entrepris de la vider. Montèrent alors en moi des souvenirs que je croyais effacés depuis longtemps. Je revis la chambre que je partageais avec Anna, le dessin du tapis et des couvre-lits, notre coffre à jouets, les berceaux de nos poupées… ces poupées que Rozenn considérait d'un air dégoûté.

Matthieu, le premier, oublia ses réticences en découvrant un jeu de croquet avec maillets, boules et arceaux de différentes couleurs. Puis Rozenn se dérida à son tour devant une cuisinière miniature qui fonctionnait grâce à des bougies pour chauffe-plats.

Accoudée au coin de la table, le menton dans une

main, Hélène nous considérait d'un œil pensif. Lorsque Matthieu demanda pourquoi il n'y avait ni legos ni jeux vidéo, elle répondit laconiquement qu'à son époque, ça n'existait pas. Cette explication dut leur suffire car ils poursuivirent l'inventaire sans mot dire.

Quand la valise fut vide, la curiosité qu'elle avait suscitée retomba rapidement. Il était presque dix heures du soir et les enfants, fatigués, se laissèrent emmener au lit sans protester. Lorsque je revins au salon, Hélène avait disparu.

Je me suis assise par terre et j'ai inspecté minutieusement chacun des jouets. Je me retrouvais dans ma chambre, avec Anna. Je me rappelais nos disputes et les moments magiques que nous avions vécus ensemble. Bientôt, j'ai senti sa présence à mes côtés, j'avais l'impression qu'elle contemplait ces reliques avec la même nostalgie que la mienne. Et soudain, cela déclencha en moi des sanglots muets qui me ravagèrent l'âme.

Tard dans la soirée, quand j'émergeai enfin du passé, je mis à part le croquet, la petite cuisinière et les jeux d'extérieur, puis j'enfermai le reste dans la valise que je déposai dans ma chambre, sous mon lit. Quelques jours après, je la remontai au grenier et la cachai derrière un tas de cartons.

Je ne l'ai jamais rouverte depuis.

*

Le samedi suivant, en arrivant à Ti Coz, à la nuit tombée, je vois la maison allumée, le portail ouvert et la Peugeot de Rozenn garée dans l'allée.

— Comment va Grand-mère ? me demande ma fille en sortant sur le pas de la porte.

— Je l'ai vue hier. Toujours pareil.

— Et toi ?

— Ça peut aller… mais je suis épuisée.

— Viens t'asseoir, j'ai débouché une bouteille de Médoc. Je l'ai goûté, il se laisse boire.

Rozenn connaît ma prédilection pour les bordeaux un peu costauds.

J'en avale une gorgée, mange quelques noix fraîches préparées dans un bol, tout en humant le fumet du ragoût de mouton qui mitonne sur la cuisinière.

— Excuse mon retard, j'aurais voulu être là plus tôt. Mais des clients sérieux se sont présentés à l'agence, au moment où j'allais fermer. Et tu sais comme moi qu'une bonne affaire ne se reporte pas.

Nous échangeons un sourire de connivence puis elle me demande ce que devient son frère.

— L'entreprise où il travaille est en pleine extension. Son patron envisage d'ouvrir une succursale en Afrique du Sud. Matthieu pourrait y être nommé à un poste de responsabilité.

— Il mène bien sa carrière. S'il continue, il sera peut-être le premier de la famille à devenir millionnaire !

Rozenn soulève le couvercle de la cocotte, touille un peu puis se retourne.

— Avant ton arrivée, j'ai fait le tour de la maison. C'est vraiment affligeant ! Quand je pense à la notoriété de Grand-mère, à sa réussite professionnelle, je n'arrive pas à comprendre qu'elle puisse se contenter d'une baraque aussi mal fichue ! Ces meubles hideux, cette déco minable… Regarde-moi la cuisine ! C'est le règne du plastique, du linoléum et du formica ! Elle avait pourtant les moyens de se payer quelque chose de mieux !

— Certainement ! Seulement, elle a toujours été insensible à ce qui l'entoure. Une fois les rénovations terminées, elle a dû entrer dans le premier magasin de meubles venu, choisir tambour battant ce dont elle avait besoin… qualité convenable, prix raisonnable, livraison immédiate. Puis elle a pensé à autre chose. C'est ainsi qu'elle a toujours fonctionné.

Un quart d'heure plus tard, nous passons à table. Le haricot de mouton s'avère excellent et j'en fais compliment à Rozenn. Tout en mangeant, nous bavardons de choses et d'autres, puis nous parlons de sa thèse de doctorat.

— Quand j'ai soumis mon projet de recherche au professeur Jean Gauchy, il a tout de suite été d'accord pour être mon directeur de thèse, me dit-elle un sourire au fond des yeux. J'avoue que je ne m'y attendais pas. Il est très sollicité et ça fait cinq ans que je n'ai pas mis les pieds à la fac.

— Tu as dû lui laisser un bon souvenir ! Tu avais des notes brillantes…

— D'accord, mais je n'étais pas la seule. J'ai entendu dire qu'il avait refusé plusieurs candidatures de doctorants. Je me demande pourquoi il a retenu la mienne.

— Ne te pose pas tant de questions ! dis-je en remplissant nos verres. Si Gauchy te prend comme thésarde, c'est qu'il trouve ton sujet intéressant et qu'il a confiance en ton potentiel de travail. Ne cherche pas plus loin.

Rozenn hoche la tête puis nous quittons la cuisine, la bouteille et les verres à la main, pour aller nous installer dans le salon.

À la décharge d'Hélène, il faut reconnaître qu'en dépit de leur laideur, le canapé et les fauteuils sont très confortables. Et si le lampadaire au pied torsadé et à l'abat-jour de mousseline rose est une horreur, il dispense une lumière douce, propice aux confidences.

Ma mère déteste la cigarette et interdit formellement qu'on fume chez elle. Malgré ça, j'en allume une et Rozenn m'imite en disant que ce n'est pas demain que sa grand-mère réintégrera les lieux et que d'ici là, les relents de fumée se seront dissipés. Par une association d'idées assez cynique, je déclare alors que le jour où j'en hériterai, je vendrai sans regret cette baraque et diviserai le capital en trois parts égales.

— Vu la flambée des prix dans l'immobilier, moche ou pas, Ti Coz rapportera un joli paquet de fric !

Rozenn ne fait pas de commentaire et nous en revenons à sa thèse. Cela fait quelques mois qu'elle m'a annoncé son désir de reprendre ses études et je connais le sujet qu'elle a choisi. Il porte sur les milliers de soldats polonais, incorporés dans l'armée française, qui se sont réfugiés en Suisse au mois de juin 1940 et ont ensuite bénéficié du statut d'interné militaire durant toute la guerre. Nous en avons discuté plusieurs fois et je n'ai pas caché ma réticence. À mes yeux, cela touche de trop près à notre passé familial. L'idée de voir ma fille fouiller dans notre histoire, exhumer ce qui a pu être tu ou caché, me met franchement mal à l'aise.

— Gauchy m'a affirmé que les sujets ayant trait à la dernière guerre mondiale sont devenus extrêmement rares. Tout ce qui concerne les années 39-45 a été passé au crible, décortiqué par le menu. Il me conseille donc de m'y mettre tout de suite, de peur que quelqu'un ne me grille la priorité.

— Il a raison.

— Selon lui, le fait que mes recherches concernent à la fois les armées française, suisse et polonaise, en accroît l'intérêt. Il me suggère d'approfondir l'aspect juridique de la question : de quelle administration ces soldats dépendaient-ils ? Quels étaient leur statut social, leurs droits, leurs devoirs, puisqu'ils n'étaient considérés ni comme réfugiés ni comme prisonniers ?

— J'imagine que tu iras en Suisse effectuer une partie de tes recherches.

— Évidemment. Principalement à Bienne.

Comme elle ne semble rien vouloir ajouter, je quitte mon fauteuil et vais prendre l'air devant la maison. Le vent s'est mis à souffler en rafales et charrie de lourds nuages qui passent devant la lune. Je me souviens qu'enfant, je croyais que c'était celle-ci qui glissait sur le ciel, comme une grosse luge ronde tirée par un fil invisible.

Je songe à ce que vient de me dire Rozenn. Malgré mes réserves, je trouve qu'elle a raison d'étudier un fait historique auquel mes grands-parents et ma mère ont été mêlés de près. J'en ai beaucoup entendu parler quand j'étais petite, mais mes souvenirs sont trop confus, trop lacunaires pour être exploités. Seule, Hélène pourrait en témoigner seulement, vu son état et les pronostics des médecins, il y a peu de chance pour que ma fille puisse faire appel à elle. C'est là un sale coup du hasard. À quelques semaines près, elle aurait disposé d'une mine de renseignements inégalable. Avec sa mémoire d'éléphant et son esprit scientifique, Hélène aurait fourni, à elle seule, une grande partie de la matière dont elle allait avoir besoin.

Je m'apprête à rentrer lorsque je sens la présence de Rozenn derrière moi. Sans rien dire, nous respirons l'odeur âcre des feuilles pourrissantes, mêlée à celle des aiguilles de pins détrempées par la pluie. Une bourrasque plus violente que les autres fait gronder le grand cèdre voisin. Un tourbillon de feuilles mortes virevolte dans la lumière de l'entrée.

— Un type m'a téléphoné alors que tu étais en Crète. Il voulait te rencontrer.

— Ah ?

— Il a essayé plusieurs fois de te contacter mais sans succès…

— De qui veux-tu parler ?

— D'un homme qui s'appelle Charles Messier et qui prétend connaître Hélène.

— Ah oui ! C'est vrai ! Il m'a adressé une lettre ainsi qu'un message téléphonique. Mais je n'ai pas donné suite.

— Pourquoi ?

— D'abord parce que je suis partie en Crète et que ça m'est sorti de l'esprit. Ensuite parce que j'envoie deux fois par semaine, un bulletin de santé d'Hélène sur Internet. Je trouve cela suffisant.

— Cet homme est vieux et il n'a pas d'ordinateur.

— Tant pis pour lui !

Un soudain grain de pluie s'abat sur le jardin et nous retournons au salon.

— Je prendrais volontiers une tisane. Et toi ?

— Pourquoi pas…

— Ce que je ne t'ai pas dit, reprend Rozenn lorsque je reviens un plateau à la main, c'est que j'ai rencontré cet homme. Il m'a accostée un jour, à Rennes, devant mon immeuble.

Je la regarde, sidérée.

— Quel toupet ! Et d'abord, comment savait-il qui tu étais ?

— Aucune idée. Il m'a demandé si je m'appelais bien Rozenn Miossec puis il s'est présenté. Il m'a appris qu'il était un ami de longue date de Grand-mère et m'a proposé d'aller boire un verre, dans un café du quartier.

— Et tu as accepté ?

— Bien sûr ! Pourquoi pas ?

— En écoutant son message téléphonique, j'ai eu l'impression d'avoir affaire à un enquiquineur. Je me trompe ?

Rozenn hoche la tête d'un air indécis.

— Peut-être… En tout cas, il en connaît un bout sur nous tous, pas seulement sur Hélène. Et c'est surtout à toi qu'il voudrait parler.

Je déteste qu'on me force la main, c'est la façon la plus sûre de me faire rentrer dans ma coquille.

Ma fille le sait, elle a donc répondu que j'étais très occupée, que mon métier m'obligeait à m'absenter à tout bout de champ et qu'il me serait difficile…

— Bravo ! J'espère qu'il a compris.

— Oui, certainement…

— Dans ce cas, où est le problème ?

Rozenn me jette un regard en biais.

— Écoute, je veux bien te raconter notre entrevue, à condition que tu ne sautes pas au plafond, toutes les trente secondes.

— D'accord, je vais faire un effort, dis-je en m'adossant à mon fauteuil et en croisant calmement les bras.

— Charles Messier est un ami de jeunesse de Grand-mère. Il a fait sa connaissance dans les années cinquante, à l'université de Genève. Il l'a ensuite perdue de vue puis rencontrée à nouveau, une dizaine d'années plus tard, alors qu'elle était l'une des assistantes du professeur Landow, à l'Institut d'Astrophysique de Paris. Il affirme aussi se souvenir de toi quand tu étais enfant.

— Et c'est à ce titre qu'il désire me revoir ? Croit-il pouvoir me reconnaître ?

Rozenn soupire puis articule d'un ton patient :

— Non, je ne le pense pas.

— En tout cas moi, je ne me rappelle rien de tout ça. Son nom m'est totalement inconnu.

— Il en a changé quand il a pris la nationalité française.

— Ah oui ! Et comment s'appelait-il avant ?

— Il ne me l'a pas dit.

— Tu connais son pays d'origine ?

— La Silésie.

Ah ! Voilà d'où il tient son indéfinissable accent ! Mon métier m'a appris la géographie et l'histoire, et je connais celles de l'Europe sur le bout du doigt.

Lors de mes débuts à l'agence, j'ai emmené des groupes de touristes derrière le Rideau de Fer, à Prague, Cracovie, Wroclaw, Dresde… Dans ces régions aux frontières longtemps incertaines, où les populations ont été soumises à tant de gouvernements différents… Autriche, Pologne, Tchécoslovaquie, Allemagne. Les langues y étaient aussi interchangeables que les passeports et je me souviens d'enclaves linguistiques où l'on parlait des dialectes allemands en Pologne, le tchèque en Autriche et le polonais en Ukraine.

— Qu'est-ce qu'un Silésien faisait à Genève, au début des années cinquante ?

— Il n'est pas entré dans les détails. Il m'a juste révélé qu'à l'époque, il bénéficiait du statut d'apatride et qu'il faisait des études d'économie.

— C'est vrai qu'après la guerre, il y a eu tant de déplacements de populations, un tel brassage de réfugiés, que les pays d'accueil distribuaient des passeports Nansen à ceux qui étaient sans papiers et incapables de fournir la preuve de leur origine.

— Oui ! Je sais tout ça ! lâche Rozenn d'un ton agacé.

— Oh ! Excuse-moi, j'ai tendance à oublier que l'histoire contemporaine est ta spécialité. Bon, mais cela ne me dit toujours pas pourquoi ce Charles Messier tient tant à me voir !

— Au cours du mois d'août dernier, Hélène et lui ont repris contact, après des années de silence. Ils avaient convenu de se rencontrer dans une brasserie de Saint-Brieuc mais, entre-temps, Grand-mère a eu son attaque et, bien sûr, elle ne s'est pas présentée au rendez-vous. Il a essayé de la joindre puis il s'est renseigné et a appris qu'elle avait été hospitalisée. Voilà pourquoi il s'est adressé à toi.

J'esquisse un mouvement d'impatience.

— Cela n'explique pas comment il connaissait ton nom, ton adresse et même ton visage !

— Attends la suite, dit Rozenn avec un sourire crispé qui me fait craindre le pire. Après m'avoir raconté tout ça, il a sorti de sa poche une enveloppe pleine de photos. Les premières dataient de l'époque où il vivait à Genève.

— Des souvenirs de jeunesse, j'imagine qu'on y voit Hélène…

— Oui. Ensuite, il m'en a montré d'autres qui ont été prises à Bienne et à Paris.

— Sur lesquelles Hélène continue de figurer. Il devait être amoureux d'elle…

— Il ne me l'a pas dit.

— Tu aurais dû le questionner.

— Je n'ai pas osé… d'autant que tu apparais sur certaines de ces photos. C'est lui qui me l'a signalé, moi je ne t'aurais pas reconnue.

— Oh !

— Mais ce n'est pas tout ! Pour finir, il a sorti quelques instantanés où l'on te voit, toute petite, à Bienne avec Anna.

Je suis soufflée.

— C'est incroyable ! Comment est-il entré en possession de ces photos ?

— Je le lui ai demandé mais il n'a pas répondu. Il a laissé entendre qu'il n'en parlerait à personne d'autre qu'à toi. Après coup, j'ai pensé qu'il t'était peut-être apparenté.

— Apparenté… que veux-tu dire ?

— Eh bien… Tu n'as jamais su qui était ton père, n'est-ce pas ?

— Ah ! C'est à ça que tu songes ? Alors là, je vais tout de suite te détromper ! Si j'ai bien compris, Charles Messier est arrivé en Suisse après la guerre, avec le flot de réfugiés en provenance de l'Est. Comme tu le sais, je suis née le premier juillet 1945. Le calcul est vite fait… Charles Messier ne peut pas être mon géniteur.

— Sauf s'il est arrivé clandestinement en Suisse, avant la fin de la guerre.

— Tu rigoles ? À l'époque, les frontières étaient fermées et personne ne passait entre les mailles du filet. En outre, les Suisses souffraient d'espionnite aiguë et la délation était élevée au rang de devoir civique. Tout ça sans compter le rationnement, les tickets d'alimentation… Paps et Moumi m'en ont suffisamment raconté là-dessus ! Je t'assure qu'il était impossible d'héberger secrètement qui que ce soit en Suisse, à ce moment-là. Ton hypothèse ne tient pas debout.

Rozenn hoche la tête, apparemment convaincue.

— Il s'agit peut-être d'un frère, d'un cousin, d'un ami de… de ton père.

— Éventuellement, mais comment savoir ? Je crois qu'Hélène n'a jamais révélé à quiconque l'identité de celui qui l'avait mise enceinte. Il ne faut pas oublier qu'il y a soixante ans, être fille-mère était un scandale dont on n'a pas idée aujourd'hui. Celles à qui cela arrivait étaient mises au ban de la société, raison pour laquelle la plupart partaient refaire leur vie ailleurs, laissant à leurs parents le soin d'élever leur bâtard.

— Ce qu'a fait Hélène.

— Oui. Dès que sa grossesse est devenue visible, ses parents l'ont expédiée à Genève, chez une cousine éloignée. Elle y a accouché puis passé son bac l'année suivante. Ensuite, elle a entrepris des études de physique à l'université. Moi, on m'a ramenée à Bienne, quelques jours après ma naissance. Je n'ai jamais su comment Paps et Moumi ont expliqué la présence d'un bébé chez eux mais, deux mois plus tard, ils accueillaient Anna. Aujourd'hui, il m'arrive de penser que s'ils ont adopté une orpheline de guerre, c'était pour donner le change. Moumi avait alors un peu plus de quarante ans, elle a dû très vite passer pour notre mère à toutes les deux. En tout cas, je ne me souviens pas que quelqu'un ait jamais soulevé la question devant moi. Aux yeux des gens, nous étions tous des Vitorski, quels que soient nos réels liens de parenté.

— Oui, tu m'as déjà raconté tout ça, dit Rozenn d'une voix songeuse. En définitive, le fait d'être tombée enceinte a été une opportunité fantastique pour Hélène. Sans ça, elle n'aurait probablement jamais poursuivi d'études supérieures.

— Absolument ! À l'époque, les jeunes filles qui faisaient des études scientifiques étaient rarissimes. J'ai toujours été persuadée que Paps et Moumi qui n'étaient pas particulièrement larges d'esprit, n'avaient permis à Hélène de s'engager dans cette voie qu'à cause de cette grossesse calamiteuse. Ils ont dû voir là un excellent prétexte pour expliquer son départ et son installation à Genève. S'ils avaient trouvé une autre solution, ils l'auraient choisie. L'intelligence, les notes brillantes, l'ambition de leur fille unique n'auraient compté pour rien face au coût élevé des études. Paps était près de ses sous, il n'aurait jamais consenti à un tel sacrifice… surtout pour une fille.

— Tu n'en as jamais voulu à Hélène de s'être désintéressée de toi ?

— Non. Sans doute parce que Paps et Moumi ont joué à la perfection le rôle de parents.

— Et elle ne t'a jamais parlé de ton père biologique ? Aucune allusion… rien du tout ?

— Si, une fois, il y a bien des années… C'était au cours d'une tournée de conférences en Pologne à laquelle elle m'avait demandé de l'accompagner. Durant ce voyage, j'ai eu la nette impression qu'elle voulait me faire rencontrer quelqu'un.

— Ton père ?

— Oui, je le pense.

— Tu lui as posé la question ?

— Oui, au retour, dans l'avion. Elle me l'a alors avoué à demi-mot. Malheureusement, quelque chose avait foiré, l'homme en question ne s'est apparemment pas présenté. Par la suite, nous n'en avons plus jamais reparlé.

— Quel dommage ! Comme tu as dû être déçue ! C'est pour ça que tu ne veux pas revenir sur ton passé et que tu refuses de voir Charles Messier ?

— Non, pas du tout ! Quelle drôle d'idée !

— Alors pourquoi ?

— La vie m'a appris à fuir les importuns et tout ce qui peut causer des tracas et une tristesse inutile.

— Ça ne t'intéresse pas de savoir ce qu'il te veut ?

— Non.

— Je trouve ça un peu lâche de ta part.

— Écoute ! J'imagine très bien comment l'entrevue se déroulerait. Je serais obligée d'écouter une litanie d'évocations, de souvenirs, d'anecdotes. Toute la nostalgie d'un vieillard sentimental. Et je n'y tiens pas du tout. D'autre part, mets-toi à la place d'Hélène. Est-ce que tu aimerais, toi, qu'un homme qui t'a connue en pleine possession de tes moyens, te voie dans l'état où elle est ?

Rozenn admet que j'ai raison.

— Le chapitre est donc clos, conclut-elle. Pas de retrouvailles, pas de retour en arrière. Pour personne.

— Pas pour moi, en tout cas… Toi, tu fais ce que tu veux.

*

Quelques jours plus tard, contre toute attente, un coup de fil de l'hôpital m'apprend qu'Hélène est en train d'émerger de son inconscience.

Alors que, durant des semaines, je me suis penchée sur son visage comme sur un miroir embué, maintenant qu'elle revient à elle, je n'ai qu'une envie : prendre mes distances au plus vite. J'ai toujours redouté les jugements à l'emporte-pièce de ma mère et je crains la dérision que je lirai dans ses yeux si, malgré son coma, elle a entendu et enregistré tout ce que je lui ai raconté. Cela me fait peur… Et il y a des peurs que je refuse d'affronter.

J'ai donc délégué à Rozenn le soin de se rendre à son chevet. Au terme de sa visite, elle m'a rapporté que, pour les médecins, le réveil d'Hélène n'avait rien de miraculeux. Il était le résultat d'une évolution naturelle et heureuse de son AVC. Elle a ajouté que sa grand-mère semblait l'avoir reconnue car elle lui avait adressé une sorte de sourire grimaçant.

— Elle t'a parlé ?

— Oui, mais je n'ai rien compris. Selon l'infirmière, il est possible que ses difficultés d'élocution disparaissent graduellement.

Ces nouvelles n'ont pas calmé mon appréhension.

Je me rends compte que l'inconscience de ma mère m'a en quelque sorte apprivoisée. J'ai osé m'approcher, la toucher, lui murmurer des choses que je ne lui avais jamais confiées. Elle était devenue le monstre endormi dont parlent les contes, et je pensais que ce sommeil la conduirait sans heurt jusqu'à la mort.

Mais aujourd'hui, tout est remis en question.

Je dis à Rozenn que je trouve la vie bien compliquée.

Elle me répond que j'ai raison avant d'ajouter qu'elle compte mettre Charles Messier au courant du changement survenu dans l'état d'Hélène.

— Si les progrès se confirment, il n'y a aucune raison pour lui interdire une visite. En outre, je ne me sens pas le droit de priver Grand-mère d'une rencontre qu'elle avait elle-même fixée, avant de tomber malade.

— Facile ! Tu seras retournée à tes chères études et ce sera à moi d'assumer.

— Assumer quoi ? Tu crées toujours des problèmes là où il n'y en a pas !

— Pas du tout ! J'ai au contraire pour principe de fuir les difficultés ! Je croyais te l'avoir expliqué l'autre soir, à Ti Coz. Mais visiblement, tu n'as pas compris.

Nous nous sommes quittées un peu fâchées. Seulement comme cela arrive de temps à autre, je ne me suis pas inquiétée.

Les jours suivants, sous prétexte d'un surcroît de travail, je ne me rends pas à l'hôpital, me contentant de prendre des nouvelles par téléphone. L'amélioration ne se confirmait que très lentement. Hélène ne récupérait pas sa motricité et elle était toujours nourrie par une sonde gastrique. Son élocution demeurait problématique. Quant à l'émission des mots savants qui nous avait tant intrigués, elle avait complètement cessé. En revanche, la malade avait recouvré suffisamment de lucidité pour avoir conscience de son état et du lieu où elle se trouvait.

Je n'ose l'avouer à personne mais, pour moi, ces "progrès" sont pires que ce qui a précédé, constat qui n'atténue pas mon angoisse. Au contraire.

Pour la juguler, je passe la majeure partie de mon temps à l'agence de voyages. Les réservations pour les fêtes de fin d'année battent leur plein. Les îles de l'Océan Indien, les Caraïbes, l'Égypte, le Kenya... ces destinations atteignent des chiffres records. Maurice Perez s'en félicite et explique ce succès par un regain d'intérêt du public pour les pays exotiques. Je ne le contredis pas et passe sous silence mes heures supplémentaires et l'énergie que je déploie à convaincre les clients.

La virtuosité quand elle n'est que le résultat d'une technique parfaitement rodée, n'apporte pas de vraie satisfaction. J'ai beau m'escrimer dix heures par jour sur mon ordinateur et à mon téléphone, jargonner à qui mieux mieux dans une demi-douzaine de langues, le plaisir n'y est pas. Mon anxiété s'aggrave et se mue bientôt en une sombre colère. Je m'en veux et j'en veux à Hélène de me sentir prise dans un piège dont je ne comprends pas le fonctionnement.

Cette situation aurait pu durer indéfiniment si, hier soir, au téléphone, je n'étais tombée sur l'infirmière en chef, laquelle n'y alla pas par quatre chemins et me demanda pour quelle raison on ne me voyait plus au chevet de madame Vitorski. Tandis que je balbutiais quelques mauvais prétextes, elle déclara que la présence des proches était essentielle dans les cas comme celui de ma mère, et me mit pratiquement en demeure d'accomplir ce qu'elle considérait comme un devoir filial.

Je ne peux que m'incliner. L'après-midi suivant, je laisse mes dossiers, ferme l'agence et me rends au centre hospitalier. Devant la chambre 317, j'attends un instant, frappe quelques coups et pousse la porte.

À droite, la cloison du cabinet de toilette masque la tête du lit et je ne remarque pas tout de suite que quelqu'un se tient au chevet d'Hélène. J'avance un peu et découvre un homme assis à côté de la table de nuit. Il me tourne le dos. Il porte un manteau gris foncé, a de larges épaules et une impressionnante chevelure blanche. Il a dû m'entendre car il pivote lentement et je distingue une partie de son profil. Je vais m'approcher quand je vois la main de ma mère se soulever et s'agiter sur le drap. J'hésite… puis fais un nouveau pas en avant. Alors, par-dessus l'épaule de son visiteur, Hélène me lance un regard plein de fureur tandis que sa main droite me fait clairement signe de décamper. L'homme esquisse le geste de se lever, je ne lui en laisse pas le temps.

— Non ! Ne vous dérangez pas ! Je reviendrai plus tard.

Puis je franchis la porte sans me retourner et m'enfuis presque en courant, jusqu'au parking où j'ai laissé ma voiture.

Il ne me faut pas longtemps pour regretter ma conduite. Quelle idiote ! J'aurais dû me présenter, serrer la main de l'inconnu, sans tenir compte des injonctions muettes de ma mère. Si comme j'en suis persuadée, il s'agissait de Charles Messier, j'aurais eu l'occasion de faire sa connaissance et les choses en seraient restées là. Mon comportement est d'autant plus stupide que je sais l'homme opiniâtre. Il m'a prise à revers en rencontrant Rozenn. Aujourd'hui, il a forcé les lignes de défense que j'avais dressées autour d'Hélène… Alors, pour la première fois, j'envisage de céder et d'écouter ce qu'il a à me dire. C'est probablement le seul moyen de m'en débarrasser.

De retour à l'agence, je reprends mon travail où je l'avais laissé. Depuis quelques jours, je révise le répertoire de notre clientèle, une besogne fastidieuse mais facile, à laquelle je peux me consacrer entre deux rendez-vous. Je m'installe donc au fond de la boutique, là où se trouvent mon bureau et mon ordinateur. Isolée du reste de la pièce par des étagères et un splendide philodendron, je peux travailler sans être vue de la rue.

Un peu après seize heures, alors que je vais prendre un dossier dans le classeur métallique, j'aperçois un homme en pardessus gris, planté sur le trottoir d'en face. Je reconnais aussitôt le visiteur d'Hélène. Impossible de lui échapper ! Résignée, je retourne à mon bureau où j'attends, la tête penchée sur mes catalogues.

Lorsque la porte s'ouvre, j'entrevois d'abord une silhouette massive qui se découpe à contre-jour. Puis l'homme avance et son visage paraît en pleine lumière.

Et là, ma respiration s'arrête. La surprise bloque les mots au fond de ma gorge. Je me lève et murmure… Karl ? Il hoche la tête puis tend une main vers moi.

— Voyons Pauline ! Remettez-vous ! Je ne suis pas un fantôme.

Il saisit une chaise et s'assied en face du bureau. Et moi je balbutie :

— Karl Meissner… Charles Messier. Je ne comprends pas…

— Je suis bien le même homme, rassurez-vous.

— Mais pourquoi… pourquoi ne pas l'avoir dit tout de suite ?

Il hausse les épaules, un sourire d'excuse aux lèvres.

— Je n'y ai pas pensé. Charles Messier est mon patronyme depuis une vingtaine d'années. Alors vous comprenez, la force de l'habitude…

Et il ajoute, en me regardant droit dans les yeux :

— Et puis les noms, Pauline, est-ce que ça a de l'importance, les noms ? Seuls comptent les sentiments. Et les souvenirs, bien sûr… surtout les souvenirs.

DEUXIÈME PARTIE

1980

SAINT-JACUT-DU-MENÉ – VARSOVIE.

— Je vais développer tes pellicules. S'il te plaît, Pauline, fais en sorte que je ne sois pas dérangé !

Gérald est enfermé dans son laboratoire de photo depuis le début de l'après-midi, et il y est toujours alors que les enfants ne vont pas tarder à rentrer de l'école. Il travaille sur les clichés que j'ai pris la semaine dernière, dans les chantiers navals de Carantec et de Saint-Malo.

L'idée que je suis l'œil qui récolte les images et Gérald, l'artiste qui leur donne un véritable sens, me plaît infiniment. Je la trouve à la fois angoissante et belle. Pour moi, elle est le prolongement de notre amour, son ombre portée sur la route de notre vie. Même si cela exige de ma part des efforts et une disponibilité qui ne vont pas toujours de pair avec mes obligations familiales, je me dis qu'une telle symbiose est si rare qu'elle doit être préservée à tout prix. Je suis persuadée que c'est grâce à elle que notre couple tient bon depuis treize ans, sans avoir succombé à la sinistre monotonie des habitudes.

Gérald et moi n'avons pas pris conscience tout de suite de notre complémentarité professionnelle. Au début, chacun faisait l'ouvrage dans son entier. Photographie, développement, agrandissement, découpage… tentant l'un comme l'autre de trouver notre propre style, une façon personnelle d'exprimer notre sensibilité. Sans vraiment y parvenir.

Gérald avait obtenu plusieurs prix alors qu'il travaillait en free-lance pour des revues d'actualité. Moi, j'essayais de tirer mon épingle du jeu en faisant des portraits. Je photographiais les gens sur les plages ou dans des sites touristiques, grâce à quoi j'échappais aux premières communions et aux mariages. Les cérémonies me rebutent, les chapeaux ne me font pas rire, les robes blanches et les voilettes non plus. Comme je ne suis pas assez diplomate pour n'en rien laisser voir, mieux valait que je m'abstienne. Pourtant, Dieu sait si cet argent facilement gagné aurait été souvent le bienvenu !

C'est Gérald qui s'est aperçu que mes clichés étaient meilleurs que les siens. Il ne m'en a pas parlé immédiatement car, à ce moment-là, j'étais enceinte de Rozenn et il ne voulait pas me voir courir par monts et par vaux, avec mon gros ventre et une fatigue que je traînais comme une maladie. Mais dès que j'ai été remise, il m'a fait part de son idée.

— Nous allons nous partager le boulot. Toi, Pauline, tu prendras les photos et moi, je me chargerai du reste.

À franchement parler, j'aurais préféré l'inverse parce que s'occuper de la maison et des enfants pouvait se concilier avec le travail en labo. Mais Gérald s'est montré intraitable. Si nous voulions avoir une chance de réussir, il fallait en passer par là.

Le comble fut qu'Hélène, ma mère, l'approuva sans restriction. Selon elle, c'était l'unique solution. Je me suis demandé comment elle pouvait avoir un avis aussi tranché alors qu'elle ignorait tout de la photographie. Les seuls clichés qui l'intéressent sont ceux des étoiles, pris au télescope par ses amis astronomes. En outre, ayant toujours vécu comme une nomade, elle n'a aucune notion de ce qu'est la vie de famille.

Il est vrai que photographier m'a toujours passionnée et que j'adore sillonner les routes en quête de sujets insolites. Seulement, soigner mes bébés avait quelque chose de viscéral qui prévalait sur tout le reste. J'ai alors objecté qu'on pourrait peut-être attendre quelques années avant de…

Hélène qui venait de rentrer d'Hawaï où elle avait passé plusieurs semaines à l'observatoire de Mauna Kea, et qui s'apprêtait à repartir pour le Pic du Midi, m'a regardée d'un air outré.

— Quoi ? Maintenant que vous commencez à vous faire un nom dans ce métier, ce que vous espérez depuis si longtemps, ne me dis pas que tu vas tout laisser tomber pour tes deux mouflets ! Tu n'as qu'à embaucher une nounou !

— Encore faudrait-il pouvoir la payer !

— Je suis sûre que, dans les environs de Saint-Jacut-du-Mené, il y a quantité de bonnes femmes qui ne demanderaient pas mieux que garder tes enfants, et cela pour trois fois rien ! a-t-elle répliqué sans pour autant proposer de participer aux frais. De plus, je suis persuadée qu'une femme d'expérience s'occuperait de vos gosses beaucoup mieux que toi, Pauline ! Je t'ai observée, tu n'es pas des plus adroites dans les travaux ménagers. Note que cela n'a rien de déshonorant à mes yeux. Au contraire !

Gérald s'est esclaffé et moi, je l'ai détesté pour ça.

Aujourd'hui, je reconnais que tous deux avaient raison et que notre couple n'aurait peut-être pas survécu, sans ce travail en commun.

Contrairement à la plupart des hommes, Gérald ne se montre pas exigeant question confort. Du moment qu'il a quelque chose dans son assiette, de l'alcool et du tabac en suffisance, des vêtements convenables, il n'en demande pas plus. Et les amis qui viennent nous voir ne doivent pas attendre davantage.

Quel que soit l'état de nos finances, mon mari donne toujours l'impression que notre maison est ouverte à chacun et qu'il est prêt à offrir tout ce qu'il a. Des pâtes à la sauce tomate et une vulgaire piquette quand les affaires vont mal, du homard et un somptueux chablis, les jours fastes.

Avec moi, c'est un peu pareil. Débordant d'amour

lorsqu'il est au mieux de sa forme, maussade et taciturne si les choses ne marchent pas comme il l'entend. Quand cela se produit, je prends ma voiture et je m'en vais, mon matériel de photo posé sur la banquette, à côté de moi.

Généralement, à mon retour, il m'accueille à bras ouverts… surtout si je lui rapporte plusieurs rouleaux de pellicule impressionnée !

Depuis quelque temps, un projet lui tient à cœur : évoquer les bateaux d'une façon qui n'a rien à voir avec la navigation. « On les a exhibés sous tous les angles quand ils sont en mer, le sujet est éculé. Moi, c'est autre chose que j'ai envie d'exprimer. Je veux des images de bois mal raboté, de cordages, de torons, de métal rouillé… De coques rugueuses, de la peinture qui s'écaille… Rien de joli ni d'élégant. Pauline, les bateaux que tu photographieras devront avoir l'air de géants égarés dans un monde qui n'est pas le leur. Lourds, mal foutus, paumés. La thématique de la série sera de montrer que, sorti de son milieu, tout objet prend un aspect bancal et mal fichu… mais acquiert aussi une dimension qu'il n'avait pas avant. »

Gérald avait continué ses explications mais c'était inutile, je voyais exactement ce qu'il voulait dire. Et je pensais que c'était une sacrée bonne idée. Je le laissai discourir parce que je savais que ça l'aidait à clarifier ses idées.

Au bout d'un moment, je suis allée chercher mes cartes routières, mes guides et mes répertoires, afin de dénombrer les chantiers navals que j'irais visiter.

— Surtout pas de cimetières de bateaux ! lança-t-il soudain comme si j'avais l'habitude de traiter des thèmes aussi rebattus. Et ne perds pas ton temps avec des problèmes techniques ! Ne t'occupe ni du cadrage ni des angles de prise de vue ! Je veux du brut, du nature…

Je lui dis que j'avais compris et qu'il n'avait pas besoin d'en rajouter. Un sourire est monté à ses lèvres.

— C'est vrai, excuse-moi, Pauline ! J'oublie toujours qu'avec toi, ce n'est pas la peine d'entrer dans le détail, tu piges tout et tout de suite. Bon, puisqu'on est d'accord, tu t'y mets dès demain. J'ai envie de travailler là-dessus le plus vite possible.

— Qu'est-ce que tu envisages ? Un album, une exposition ?

C'est alors que, mine de rien, il a lâché sa bombe.

— J'ai eu un coup de fil de Joël Abraham, l'autre jour. Il m'a proposé de participer à la biennale de Barcelone, le printemps prochain

— Ouah ! Et c'est seulement maintenant que tu m'en parles ?

— Pardonne-moi, mais ça m'était sorti de l'esprit.

Je n'en crus pas un mot. Quoi qu'il prétende, je sais que Gérald considère les relations avec le reste de la profession comme son domaine réservé. C'est toujours lui qui discute avec les éditeurs, les galeristes, les journalistes… ce dont je me moque éperdument.

Plus je pensais à ce qu'il venait de me dire, plus je trouvais cela excitant. Jusqu'à maintenant, notre réputation n'avait pas dépassé les limites de la profession. Les deux albums que nous avions publiés avaient obtenu un succès d'estime et on commençait à parler de nous… Être invité à la prestigieuse biennale de Barcelone était une chance qu'il faudrait saisir et exploiter au maximum. J'avais la conviction que ce serait un tournant capital dans notre carrière.

— Joël Abraham ne m'a pas donné de précisions. Seules, les dates sont arrêtées, ce sera du 3 au 18 mai 1981. Pour le reste, il m'informera dès qu'il en saura davantage.

— Comment se fait-il qu'il ait pensé à nous ?

— Barcelone a insisté pour ne pas avoir que des grosses pointures. Le comité de sélection a une réputation de découvreur de talents qu'il tient à garder.

— Je vois ! Je vois ! m'exclamai-je alors que je ne voyais rien du tout, sinon la formidable opportunité que cela représentait pour nous. Pense un peu aux retombées, si notre travail est remarqué !

— Nous n'en sommes pas là, me doucha Gérald. Pour l'instant, j'ai quelques idées dont celle des bateaux. Il va falloir les concrétiser et ce n'est pas gagné !

Mon mari se montre toujours pessimiste lorsque nous démarrons un projet car il en imagine aussitôt tous les obstacles. Moi, je ne me pose pas tant de questions. Je vais de l'avant, je moissonne les images en laissant libre cours à mon intuition. Je suis l'œil, rien que l'œil… Et je sais que lorsque Gérald sera dans l'atelier obscur, seul avec mes clichés, il oubliera ses inhibitions et se plongera à fond dans son travail. Grâce à son talent, les objets photographiés changeront d'aspect, ils acquerront un autre sens, une autre valeur. Il en résultera une intensité dramatique qui fera toute la beauté de la photo.

Pour l'heure, j'étais trop emballée par les perspectives qui s'ouvraient devant nous, pour me laisser abattre. Je déclarai à Gérald que je partirais en chasse dès le lendemain.

Mais hélas, le matin suivant, Matthieu avait une forte fièvre. La rougeole se déclara deux jours plus tard. Je demeurai à la maison pour m'occuper de lui, puis de Rozenn qui tomba malade à son tour. Julienne Lemeur, la personne qui s'occupe des enfants depuis qu'ils sont petits, m'avait informée que n'étant pas immunisée, elle resterait chez elle tant qu'ils seraient contagieux. Je rangeai mon matériel de photo dans le placard et ne quittai plus la maison que pour quelques courses rapides, au supermarché le plus proche.

Comme il le fait toujours en période creuse, Gérald alla à Rennes, donner un coup de main à son père, Antoine Miossec, dans sa boutique de photographe de la rue des Fossés. Ce travail purement alimentaire l'ennuyait mortellement et il rentrait le soir, le regard vide et la silhouette avachie.

— Quand les gosses vont-ils retourner à l'école ? Ils ne sont plus contagieux.

— Il faut attendre que les taches rouges disparaissent. Disons… lundi prochain.

— Ah ! Ce n'est pas trop tôt ! J'en ai marre des photos de famille et des retouches à la va-vite. À propos, Joël Abraham a appelé alors que tu étais sortie. Notre invitation à Barcelone est confirmée. Il va m'envoyer un dossier à remplir. Je sais d'ores et déjà que les sujets sont libres et que chaque participant doit soumettre quinze photos, parmi lesquelles cinq seront retenues par le jury.

— Combien y aura-t-il d'exposants ?

— Une trentaine.

— Ce qui fait cent cinquante photos. C'est beaucoup.

— À nous d'essayer de sortir du lot ! Mais comme je te l'ai dit, ce n'est pas gagné d'avance.

*

Quand Gérald émerge du sous-sol où est installé notre labo, il a les yeux hagards d'un hibou dérangé en plein jour. Il dit à peine bonjour aux enfants qui sont rentrés de l'école puis se sert une bière. Sachant par expérience combien il est difficile de reprendre pied dans la réalité après plusieurs heures passées à la lueur rougeâtre de la veilleuse, je ne lui demande pas ce qu'il pense de mes clichés. Je suis à peu près sûre qu'ils correspondent à ce qu'il voulait mais j'ai hâte d'entendre ses critiques et ses commentaires.

Sa bière terminée, il va faire un tour jusqu'à la forêt de Boquen. Cette promenade le reposera, il reviendra détendu et, après le souper, une fois les enfants endormis, il ira chercher les épreuves en train de sécher au sous-sol, et nous en discuterons toute la soirée.

Tout ce qui touche à l'art et à la technique de la photo est un domaine où je me sens comme un poisson dans l'eau. Je le dois au fait d'avoir appris mon métier auprès d'un artisan photographe tel qu'il en existait encore à Bienne, en Suisse, dans les années soixante. Mon patron, le vieil Arnold Prutchik, n'aurait pas imaginé faire développer ses clichés par un laboratoire industriel. Il s'en chargeait personnellement, dans son arrière-boutique où étaient installés son atelier et tout un matériel ancien mais d'une efficacité remarquable pour qui savait s'en servir.

Je suis entrée en apprentissage chez lui à seize ans, après ma scolarité obligatoire. Comme il avait du mal à s'exprimer en français, nous parlions allemand, ce qui ne me posait pas de problème. J'avais appris cette langue avec mon grand-père, à l'école et dans la rue.

J'ignorais de quel pays venait exactement Arnold

Prutchik. J'avais entendu dire qu'il était originaire d'Europe Centrale. Paps qui le connaissait depuis longtemps, s'entretenait avec lui en polonais lorsqu'il passait à la boutique pour s'enquérir de mon travail et de mes progrès. C'était toujours en fin de journée, au moment où je faisais le ménage. Les deux hommes s'attablaient dans le "salon de pose" et buvaient un schnaps en bavardant à qui mieux mieux.

Un soir, ce fut Anna qui vint me chercher et je me rappelle la tête que fit le vieil Arnold lorsqu'elle se présenta à la boutique. Il faut dire qu'à dix-neuf ans, celle que je considérais comme ma grande sœur était une vraie beauté. Elle avait des cheveux noirs, un visage rond, les pommettes hautes, des yeux en amande et, surtout, un sourire à vous chavirer le cœur.

Mon patron me demanda, en allemand, qui était cette jeune personne, mais Anna parlait cette langue encore mieux que moi, elle lui tendit donc la main et engagea la conversation. Bientôt, le vieil homme parut comme transfiguré.

Il ébaucha même un sourire lorsqu'elle lança une plaisanterie à laquelle il répliqua par une répartie qui la fit éclater de rire.

Mon balai à la main, j'assistais à l'entrevue sans piper mot. Je savais ma sœur charmeuse mais dérider le vieil Arnold était une vraie gageure !

Comme la rencontre se terminait, celui-ci lui proposa de poser pour lui. Elle répondit que ce serait un plaisir et un honneur. Puis ils se serrèrent la main en se promettant de se revoir bientôt, pour une séance de photo.

Mais celle-ci n'eut jamais lieu car, quelques semaines plus tard, Anna faisait ses valises et quittait Bienne pour ne plus jamais y revenir.

Mon apprentissage a duré trois ans au terme desquels j'ai obtenu mon diplôme.

Je peux dire que le vieil Arnold m'a enseigné toutes les ficelles du métier tel qu'il se pratiquait jusque dans les années cinquante. Techniquement parlant, cela ne m'a pas servi à grand-chose, les procédés comme le matériel étant obsolètes depuis longtemps. Mais il a su former mon regard et affiner ma sensibilité. C'était un vieux fou qui avait l'art de révéler, dans ses portraits, les facettes cachées d'une personnalité. J'ai souvent été sidérée par les différences que je discernais entre le modèle et la photo. Comment était-il possible que les clients ne s'aperçoivent de rien ?

— C'est parce qu'ils ne se voient que dans des miroirs, m'expliquait mon patron, et les miroirs ne reflètent jamais la vérité. Il y a toujours une image derrière l'image. Un bon photographe est celui qui sait la débusquer.

Je trouvais ça assez effrayant.

À l'époque de mon apprentissage, la pratique se doublait d'un enseignement théorique, dispensé à l'école professionnelle. On nous y inculquait quelques notions d'optique ainsi qu'un peu de chimie, grâce à quoi nous avions une vague idée de la composition des bains, du papier sensible et de la façon dont une image latente se transforme en image visible.

Lorsque je faisais état de mon savoir tout neuf, le vieil Arnold reniflait avec dédain, marmonnant que tout cela n'était que fariboles. Lui-même n'avait étudié ni la physique ni la chimie, pas plus que son propre maître avant lui, le vénérable Herr Grossmann qui lui avait tout appris.

— Il savait à peine lire et écrire mais, à Breslau, personne ne le surpassait. On venait de partout se faire photographier chez lui, et je te prie de croire que l'âme des gens transparaissait dans leur portrait ! C'était un artiste, un virtuose comme on n'en trouve plus, ça, tu peux me croire !

Ses yeux se mettaient à briller dangereusement, ses mâchoires se contractaient. À ce stade, il ne fallait surtout pas le contredire et mieux valait changer de conversation au plus vite !

Au terme de mon apprentissage, il m'arrivait de réaliser des photos dont j'étais vraiment contente et qui me valaient, parfois, un hochement de tête approbateur de la part de mon maître. C'était là le seul satisfecit qu'il s'autorisait à me donner car il appartenait à la vieille école, celle où féliciter un élève était considéré comme une incitation à la paresse et au laisser-aller.

*

Le lendemain matin, stimulée par les encouragements de Gérald qui a trouvé mes clichés excellents, je suis prête à repartir pour une deuxième série de photos. Au cours de notre discussion de la soirée précédente, nous sommes tombés d'accord sur de nombreux points de détail et il m'est venu plusieurs idées que je suis impatiente de mettre en œuvre. J'aime les surprises que réserve souvent le passage d'un concept à sa réalisation. Savoir tirer parti de l'imprévu exige un esprit d'invention et un travail d'imagination que je trouve absolument jubilatoires.

Après avoir donné à Julienne quelques consignes concernant les enfants, je monte en voiture et prends la direction de Rennes puis de Saint-Nazaire. Les photos d'aujourd'hui auront pour cadre les Chantiers de l'Atlantique. J'ai obtenu de la direction toutes les autorisations nécessaires et je prévois d'y passer la journée. J'y retournerai ensuite tant que je n'aurai pas épuisé le sujet.

Durant toute la journée, je passe des heures telles que je les aime, emmagasinant les images avec une avidité maniaque, comme si elles étaient vouées à disparaître et que j'étais la seule à pouvoir les sauver du néant.

Bien entendu, la pellicule ne m'est pas comptée mais les habitudes inculquées par le vieil Arnold sont ancrées en moi et, malgré mon ardeur, je ne presse jamais inconsidérément sur le déclencheur. Je possède un excellent reflex qui fait automatiquement presque toutes les mesures et, sauf lorsque le sujet l'exige, je travaille sans m'en préoccuper. Je photographie à mon rythme, n'écoutant que mon intuition.

Le soir venu, en quittant le chantier naval, je décide que ma prochaine séance de photos sera nocturne. En effet, lorsque les projecteurs se sont allumés, je me suis rendu compte du parti que je pourrais tirer de l'éclairage artificiel. J'aime donner plusieurs versions d'un même sujet, tirer parti des différentes atmosphères que recèle un même lieu.

Je réfléchis à tout ça durant le trajet du retour. D'autres idées me viennent… J'ai hâte d'être rentrée pour en parler avec Gérald. Et pour me reposer car, soudain, je me sens complètement vidée.

Mais lorsque j'arrive devant la maison, tout le rez-de-chaussée est illuminé. Et une voiture inconnue stationne dans l'allée.

*

— Cela ne se discute pas ! Je vous affirme qu'à l'heure actuelle, vu le niveau de nos connaissances et le degré de précision des instruments optiques d'exploration, l'existence des pulsars détermine de façon essentielle…

Quand ma mère débarque chez moi et qu'elle décide de prendre possession de la place, j'ai aussitôt l'impression d'être refoulée aux confins d'un système dont elle occupe le centre. Ce que j'aime et ce que je fais perdent instantanément toute leur importance. Mes photos ne sont plus que d'insignifiants petits bouts de carton. La dimension poétique que je m'efforce de leur donner se réduit à des élucubrations d'un esprit sans envergure. Que signifie l'esthétique de l'image dont parlait le vieil Arnold, face aux phénomènes cosmiques, éminemment réels que décrit l'astrophysicienne Hélène Vitorski quand elle se met à disserter sur les ondes gravitationnelles, le rayonnement électromagnétique, les vents solaires, la lumière fossile ? Face aux vérités qu'elle nous assène, les miennes n'existent plus. Alors, je l'écoute et je tente de comprendre. Mais je n'y arrive presque jamais.

Gérald, quant à lui, est suspendu aux lèvres d'Hélène lorsqu'elle raconte ses histoires d'étoiles. Il dit qu'elle donne là le meilleur d'elle-même, que c'est la seule chose, en elle, qui vaille la peine d'être admirée. J'ignore jusqu'où il réussit à la suivre quand elle se lance dans la physique quantique, la dilatation du temps ou les mystères de la matière sombre, mais il est évident que la mécanique céleste suscite son enthousiasme et qu'il adore qu'on lui en dévoile les secrets.

Dans le couloir, la voix d'Hélène me parvient, haute et claire. Je retire mon blouson et mes chaussures sans allumer la lumière, puis je me glisse jusqu'au seuil de la salle et l'écoute parler. Elle pérore sur les pulsars et la façon dont le premier a été découvert en

1967. Pour une fois, ses explications me paraissent limpides. Elle compare les deux faisceaux d'ondes radioélectriques émis par l'étoile aux éclats d'un phare tournant à cadence régulière. À chaque rotation du pulsar, l'un des faisceaux balaie la terre. Son rayonnement est donc capté sous forme d'impulsions périodiques, tels les éclats d'un phare.

Elle continue ainsi durant plusieurs minutes et, soudain, elle découvre ma présence.

— Pauline, ma chérie ! Nous commencions à désespérer de te voir rentrer !

Elle est assise sur le canapé avec, à ses côtés, un homme que je ne connais pas. En face d'eux, à demi accroupi sur un pouf, Gérald semble d'excellente humeur, visiblement passionné par la leçon d'astronomie que vient de lui donner sa belle-mère. Il y a des verres et des bouteilles sur la table mais personne ne fait mine de me servir à boire.

— Je te présente mon ami Karl ! dit Hélène, tout sourire. Nous étions en route pour Ti Coz quand la nuit nous a surpris. Nous avons alors décidé de faire un crochet par Saint-Jacut…

L'inconnu se lève et me tend la main.

— Karl Meissner… Madame, c'est un plaisir que d'être reçu dans une aussi jolie maison. Je vous prie d'excuser notre intrusion quelque peu cavalière.

— Quelle idée ! s'exclame Hélène. Pauline est toujours très contente de voir du monde. Ça la change de sa cambrousse !

Je dois avoir l'air complètement larguée car Gérald vient à mon secours et me tend un pastis bien tassé et une cigarette allumée.

— L'envie de voir la mer nous a pris brusquement, poursuit ma mère. Comme Karl ne connaît pas l'Arcouest, c'était l'occasion. Après Rennes, j'ai pensé que nous pouvions venir vous dire bonjour et voir les enfants. Il faut de temps en temps que je me rappelle à eux sinon ils finiront par oublier qu'ils ont une grand-mère. Ah ! Ah ! Ah !

Puis elle ajoute, d'un air pincé, que le dragon qui nous sert de gouvernante lui a interdit l'accès de leur chambre, sous prétexte qu'on ne réveille pas des enfants endormis.

— Jamais je n'ai entendu pareille idiotie ! Mais je n'ai pas insisté. J'espère seulement que vous n'observez pas ce genre de principe.

Elle arbore ensuite un large sourire et demande tout à trac s'il y a quelque chose à manger dans cette maison, car elle meurt littéralement de faim. Et moi qui rêvais du plateau-repas que me sert généralement Gérald, quand je rentre tard et fatiguée !

Je me traîne dans la cuisine et là, je bénis Julienne car, sur la table, tout est préparé pour faire un dîner honorable. Salade, gratin à réchauffer au micro-ondes, mousse au chocolat.

Ma vieille amie a même pensé à monter un honnête beaujolais de la cave.

Alors que je m'apprête à retourner dans la salle

pour y dresser le couvert, le compagnon d'Hélène entre dans la cuisine, deux bouteilles à la main.

— Pourriez-vous me passer un tire-bouchon ? Je vais les ouvrir tout de suite afin que le vin puisse respirer, dit-il d'un air gourmand.

— Bien sûr, monsieur Meissner, mais il ne fallait pas…

— Oh ! C'est la moindre des choses ! Et je vous en prie, appelez-moi Karl, comme tout le monde…

En fin de compte, nous avons passé un bon moment ensemble. Le vin de notre hôte, un excellent Saint-Estèphe, y contribua certainement ainsi que sa conversation qui s'avéra agréable et intéressante. Je lui en sus gré car, éreintée comme je l'étais, j'aurais eu du mal à mener une discussion.

Au moment de se coucher, Gérald me fait remarquer que si Karl a abondamment parlé, nous n'avons presque rien appris de lui. Nous ne savons pas réellement qui il est, d'où il vient, quelle profession il exerce.

— Une prouesse pour quelqu'un qui a tenu le crachoir toute la soirée !

— Nous aurions peut-être dû nous intéresser davantage à lui… Mais questionner quelqu'un paraît vite indiscret.

— C'était à ta mère de le faire.

— Oh ! Tu la connais. Avec elle, tout coule toujours de source. Figure-toi que j'ai dû lui demander discrètement si elle comptait dormir avec Karl ou non.

— C'est vrai que rien ne laissait deviner la nature de leur relation.

— Elle m'a regardée d'un air offusqué puis répondu que, Dieu merci, elle n'avait que cinquante-trois ans et que l'heure des amours platoniques n'avait pas encore sonné pour elle !

*

C'est le lendemain qu'Hélène me dévoile la vraie raison de sa visite.

Elle s'est levée tard, bien après le départ des enfants pour l'école. Apparemment, son désir de les rencontrer lui était sorti de l'esprit ! Elle a pris un petit-déjeuner copieux et consacré une bonne demi-heure à sa toilette, puis elle me propose d'aller faire un tour dans la forêt de Boquen.

Nous embarquons donc dans ma voiture et je l'emmène jusqu'à l'orée du bois où démarre un chemin forestier. Les premières gelées ont fait flamber la frondaison des feuillus. Par endroits, le jaune des châtaigniers donne à la forêt une luminosité si extraordinaire que je regrette de ne pas avoir emporté mon appareil photo.

Nous marchons un moment sans rien dire, juste en écoutant le bruissement des feuilles mortes sous nos pas. Les mains dans les poches, Hélène semble pensive et ne prête pas attention à la splendeur des arbres. Son silence ne me dérange pas, je n'ai jamais grand-chose à lui raconter. Je crains toujours de l'ennuyer en lui parlant des sujets qui me tiennent à cœur. Pourtant, quand il m'arrive de le faire, elle m'écoute avec attention mais sans poser de questions ni demander de détails. La conversation finit par tarir comme un ruisseau qui se perd sous la terre.

Tout en brassant bruyamment les feuilles mortes avec mes pieds, je me dis que, comme d'habitude, la rencontre d'aujourd'hui ne débouchera sur rien. Et je me mets à remuer le fond de nostalgie que je porte en moi, en songeant au temps perdu qui ne se regagne jamais et aux occasions manquées qui ne peuvent être rattrapées.

— J'ai quelque chose à te demander, déclare soudain Hélène en s'arrêtant.

— Ah oui ! Quoi ?

— Je vais donner une série de conférences en Pologne, du 5 au 12 novembre prochain. Je veux que tu viennes avec moi.

— Hein ? En Pologne ? Que… qu'est-ce que j'irais faire là-bas ?

— J'aurai besoin de toi.

La surprise me rend muette. Jamais elle ne m'a invitée à l'accompagner dans ses voyages, sauf une fois, aux États-Unis.

Mais c'était le cadeau qu'elle m'offrait pour mes vingt ans.

— Tu as entendu ce que je viens de te dire ? lance-t-elle, visiblement agacée par ma perplexité. Ce n'est pourtant pas compliqué. Je veux que tu…

— Tu veux ? Depuis quand me donnes-tu des ordres ? J'ai trente-cinq ans, un mari, des enfants. Je ne suis pas à ta botte !

Elle se radoucit instantanément.

— Oh, excuse-moi ! Disons que j'aimerais beaucoup que tu sois à mes côtés, lors de mon prochain voyage en Pologne. Formulé ainsi, est-ce que cela te convient mieux ?

— Oui, ça va… Mais j'ai des obligations. Je ne peux pas me libérer sur un simple claquement de doigts.

— Laisse-moi t'expliquer, dit-elle d'un ton soudain plus grave.

Nous rebroussons chemin et, tandis que nous revenons lentement sur nos pas, elle m'apprend que ce qui se passe actuellement en Pologne est beaucoup plus important que ne le disent les médias français. L'agitation massive qui secoue le pays dépasse le simple mécontentement populaire.

Le syndicat fondé en septembre par les ouvriers des chantiers navals de Gdansk, s'est mué en un véritable mouvement d'opposition.

Son ampleur menace directement le régime en place.

— Tu es au courant de tout ça, je suppose ?

— Évidemment ! Mais je ne vois pas en quoi…

— J'ai mes sources d'information personnelles. Par ce biais, je sais que la situation peut très vite devenir critique et que tout risque de basculer en quelques jours.

— Comme en Tchécoslovaquie en 1968 ?

— Exactement. Les observateurs internationaux craignent que les concessions accordées par Gierek ne soient prétexte à une intervention armée de l'URSS. Les amis que j'ai là-bas sont très inquiets.

— Je comprends. Mais je ne vois toujours pas en quoi ça nous concerne.

— Au cours des ans, j'ai noué des contacts étroits avec des scientifiques polonais qui sont partie prenante dans le combat que mène Solidarnosc. Aujourd'hui, ils comptent sur moi et sur quelques autres, pour faire savoir à l'étranger ce qui se passe exactement dans leur pays. Bien entendu, il n'est pas question que je me défile !

Je n'en reviens pas. Jamais, je ne m'étais doutée que ma mère avait la fibre politique.

Je m'arrête et la regarde étonnée. Son visage ne reflète aucune émotion, aucun enthousiasme. Je me rends compte que, pour elle, les faits demeurent les faits et qu'elle laisse à d'autres le romantisme et les élans patriotiques.

— Par mes informateurs, je sais que depuis quelques semaines, les inscriptions à Solidarnosc affluent, reprend-elle.

— C'est plutôt une bonne nouvelle !

— Bien entendu. Mais cela risque aussi de faire chavirer le navire. Il ne faudrait pas que Walesa et tous ceux qui l'entourent soient victimes de leur succès.

— Comment ça ?

— N'oublie pas qu'à l'Est, il y a l'ours russe qui ne demande qu'à sortir du bois !

— Je te trouve bien alarmiste…

Elle secoue la tête en disant que les événements de Pologne sont une fissure dans le bloc communiste, ce que les dirigeants ne peuvent se permettre de tolérer.

— Tout ce qui est compact est fragile, décrète-t-elle comme si elle énonçait une loi de la physique.

— Bof ! Gierek et le Parti vont concéder deux ou trois choses, probablement améliorer l'approvisionnement du marché. Quand les gens auront leur assiette mieux remplie, ils se calmeront.

— Gierek n'est plus à la tête du POUP, le Parti Ouvrier Unifié Polonais. Il a été remplacé par Stanislaw Kania !

— Et ça change quoi ?

— Rien. Mais à mon avis, les Russes ont du souci à se faire.

— Si tu le dis… Seulement tu ne m'as toujours pas expliqué pour quelle raison je devrais t'accompagner là-bas.

— Tu es photographe, non ?

*

En fin d'après-midi, alors qu'Hélène fait de louables efforts pour tenter d'apprivoiser ses petits-enfants, Karl me rejoint dans la cuisine où j'épluche des légumes pour le potage du soir. Il s'assied à la table et me regarde faire. Puis il me raconte que jadis sa mère servait de la soupe tous les jours et qu'alors il détestait ça, surtout l'odeur du poireau.

— J'espère que vos goûts ont changé.

— Oh oui ! Ne vous inquiétez pas ! Cela se passait avant la guerre, quand nous étions encore des enfants gâtés…

Ce que cette phrase sous-entend aiguise ma curiosité, mais il n'en dit pas plus et je n'ose le questionner. Il me demande alors si nous cultivons un potager.

— Juste des salades, quelques plants de tomates et des herbes aromatiques. Nous n'avons ni le temps ni la patience d'en faire davantage.

Il acquiesce en souriant. C'est un hôte prévenant, discret et, pour autant que je puisse en juger, facile à vivre. Physiquement, il est plutôt pas mal. Grand, assez corpulent, un visage carré, de fortes mâchoires et de superbes cheveux gris.

Il m'est arrivé à plusieurs reprises de rencontrer les hommes avec lesquels couchait ma mère. J'ai remarqué que, si elle enchaînait les liaisons, celles-ci duraient rarement plus de quelques mois et qu'elle ne cohabitait jamais avec ses amants. Je n'ai aucune idée de sa façon de faire l'amour. Je ne parviens pas à l'imaginer au lit ni même dans l'intimité d'une chambre. J'essaie d'imaginer quelle tête ferait Karl si je lui posais la question. Sans doute me remettrait-il poliment à ma place puis quitterait-il la pièce, dans un silence qui en dirait long.

Alors que je me débarrasse de mon tablier, il me demande si j'ai accepté d'accompagner ma mère en Pologne.

— Je n'ai encore rien décidé, mais ça m'étonnerait…

Toujours assis à la table, il passe lentement une main sur son visage.

Alors je lance :

— Et pourquoi n'y allez-vous pas vous-même ?

Il me regarde en esquissant un vague sourire.

— Je ne peux pas… Cela m'est absolument impossible.

— Tu es complètement folle ? s'exclame Hélène, après le souper. Si Karl traversait le Rideau de Fer, il se ferait coffrer aussi sec !

Puis, devant notre air décontenancé, celui-ci explique qu'il est un transfuge de la RDA et bénéficie du statut de réfugié politique en France.

— Depuis de nombreuses années, je travaille comme journaliste spécialisé dans les questions Est/Ouest, et plus particulièrement dans celles concernant la partition de l'Allemagne. Je suis très au courant de tout ce qui se passe là-bas mais ne peux pas y retourner, tant que Erich Honecker et sa bande seront au pouvoir. De toute manière, mon job concerne la presse écrite. Les photos… je n'y connais rien.

Voilà qui règle définitivement la question. Je soupire puis tente désespérément de trouver d'autres excuses. Nous sommes réunis autour de la table du salon, des verres et des bouteilles de digestifs devant nous. J'ai couché les enfants beaucoup plus tard que de coutume car je me doutais bien que le voyage en Pologne reviendrait sur le tapis. Rozenn et Matthieu s'en sont donné à cœur joie et je les ai laissés se déchaîner jusqu'à la limite du supportable. C'est Gérald qui, excédé, a mis fin à leur festival en les expédiant au lit. Pendant que je montais avec eux, Hélène en a profité pour lui parler de son projet.

— Je ne vois aucun inconvénient à ce voyage, me dit-il lorsque je les rejoins. En tout état de cause, la garde des enfants ne doit pas être un empêchement. Julienne et moi, nous nous débrouillerons très bien sans toi.

Ça, je le sais. Ce qui me pose problème est d'un autre ordre. Je ne vois tout simplement pas comment je pourrais supporter ma mère, une semaine durant. Je n'ai jamais vécu avec elle, sauf durant de courtes périodes, au cours de mon adolescence, quand elle m'invitait chez elle à Paris. Et le souvenir que j'en garde n'est pas vraiment bon.

Hélène me répète ce qu'elle m'a dit le matin. Elle profiterait d'une invitation officielle à donner des conférences dans diverses universités polonaises, pour rencontrer ses amis mêlés aux événements qui secouent le pays, et voir de quelle manière elle pourrait les aider.

— Tu n'as pas réglé ça par téléphone ?

Elle me regarde comme si j'étais une demeurée.

— Bien sûr que je les ai appelés mais nous n'avons pas abordé ce sujet.

— Pourquoi ?

— Les écoutes téléphoniques. Tu n'imagines pas à quel point les intellectuels sont surveillés dans les pays de l'Est !

— Eh bien, la question est réglée ! Je n'ai aucune envie d'aller dans un état aussi policier !

Je vois la colère la gagner.

Hélène est quelqu'un qui a l'habitude d'être écoutée et obéie. Lui tenir la dragée haute me cause un malin plaisir.

— Il n'est pas question d'envie, rétorque-t-elle. Je ne te propose pas un voyage d'agrément, je le reconnais. Voilà ce que j'ai pensé : si tu viens avec moi, tu seras considérée comme mon accompagnatrice officielle et, en tant que telle, quasiment intouchable. Tu auras des laissez-passer qui te permettront de te rendre à peu près partout. Mes amis t'indiqueront d'avance le lieu des manifestations. Tu t'y trouveras, apparemment par hasard, et tu photographieras tout ce que tu verras. Si tu te fais cravater, tu sortiras tes sauf-conduits… Dans ce genre de régime, tout le monde a peur de son supérieur hiérarchique et s'écrase devant des documents officiels. De retour en France, tes photos seront distribuées à toute la presse.

— Et les pellicules, comment comptes-tu les faire sortir du pays ? On risque de se les faire confisquer à la douane…

— Ne t'inquiète pas pour ça, j'ai mes filières.

— Je vous assure, Pauline, que vous ne risquez absolument rien, intervient alors Karl en m'adressant un bon sourire.

Puis ils se mettent à parler tous ensemble comme si mon accord leur était acquis.

— Tout est prévu. Si elle suit les consignes à la lettre, elle n'aura aucun problème. Quoi de plus naturel que de photographier une manif ? À Paris, tous les touristes le font… Aucune difficulté non plus, côté technique. Pauline photographie comme elle respire… Nous lui fournirons un petit Praktica complètement automatique, un modèle de discrétion, qu'elle fourrera au fond de sa poche et qu'elle sortira juste pour tirer ses photos. Non, vraiment, je ne vois pas ce qui la retient.

— L'avion. J'ai peur de prendre l'avion…

Suit un silence interloqué, puis Hélène balaie cet argument pitoyable d'un revers de la main.

— À trente-cinq ans, on doit savoir dominer sa trouille ! Et si tu n'y arrives pas, demande à ton médecin de te prescrire un tranquillisant. La moitié des passagers en avalent avant d'embarquer.

J'objecte alors que, contrairement à Hélène, je ne

parle pas polonais et qu'il me sera difficile de me débrouiller seule, dans les endroits où l'on compte m'envoyer.

— Avec l'anglais, on passe partout, riposte-t-elle. Et puis, ne me dis pas que tu as complètement oublié le polonais. Paps le parlait avec toi quand tu étais petite, il doit t'en rester quelque chose !

— Non, je regrette, tout est effacé.

Gérald qui voit la discussion s'envenimer, verse une autre tournée de cognac, vodka ou whisky. Me connaissant bien, il sait qu'on n'arrivera nulle part en me poussant dans mes retranchements.

— Si Pauline ne veut rien entendre, c'est son droit, déclare-t-il d'un ton apaisant.

— Pour une fois que je lui demande quelque chose, elle pourrait faire un effort !

Je ne réponds pas et me laisse aller en arrière, la tête appuyée au dossier du fauteuil.

Karl fait tourner son cognac au fond de son verre. Je devine qu'il a envie de dire quelque chose. Il me regarde puis hausse les épaules et s'enfonce lui aussi dans son siège.

Je sirote lentement ma vodka et, quand le verre est vide, j'avance l'idée qui vient de me venir à l'esprit :

— Pourquoi ne demanderais-tu pas à Anna ? Elle parle polonais et, avec un bon appareil, elle est parfaitement capable de prendre toutes les photos que tu voudras…

Quand je prononce le nom d'Anna, j'ai l'impression que son souvenir me revient brusquement, brillant et douloureux comme l'éclat d'un miroir au soleil.

Pourtant, il serait plus juste de dire que je pense constamment à elle, mais de manière si diffuse que cela se situe aux limites de l'inconscient. Dans ma mémoire, elle est là depuis toujours, avec mes grands-parents, dans l'appartement du quai du Bas où nous avons grandi.

Elle a deux ans de plus que moi et, comme tous les aînés, c'est elle qui essuyait les plâtres et défrichait le terrain. Grâce à elle, j'ai su avant même d'y entrer à quoi ressemblait le "jardin d'enfants" et ce qu'on y faisait. La même chose s'est passée à l'école primaire. Dès le premier jour, je savais tout sur la maîtresse, madame Rheinhardt, et, deux ans plus tard, sur monsieur Piazzo. Ce que l'on pouvait dire et ce qu'il valait mieux garder pour soi, ce qu'ils aimaient et ce qu'ils ne toléraient pas. Lorsque j'ai commencé l'école secondaire, j'ai fait figure d'initiée en affranchissant mes copines sur les tics, manies et autres marottes des différents professeurs. Cela a duré ainsi jusqu'à la fin de ma scolarité, quand j'ai quitté le monde de l'enfance pour entrer sagement en apprentissage chez le vieil Arnold, alors qu'Anna qui avait dix-huit ans, faisait le désespoir de Paps et de Moumi, en foulant aux pieds tous les principes qu'ils lui avaient inculqués.

— Anna ! s'écrie Hélène. Quelle drôle d'idée ! Qu'est-ce qui t'a fait penser à elle ?

— Elle parle plusieurs langues couramment, elle a l'habitude des voyages et, surtout, elle n'a aucune obligation familiale.

— C'est vrai. Seulement, elle n'est pas ma fille !

Sa réponse et ce ton sans réplique me stupéfient. Hélène qui n'a jamais accordé d'importance à notre filiation, semble en faire soudain un argument massue. Je ne comprends plus rien.

— D'ailleurs, poursuit-elle, je ne saurais pas où l'atteindre. Cela fait je ne sais combien de temps que je n'ai pas eu de ses nouvelles.

C'est un mauvais prétexte mais je n'insiste pas. Je ne vois aucun motif qui pourrait inciter Anna à accompagner Hélène en Pologne. Le monde des ouvriers et des luttes syndicales n'est pas le sien. Quant à la politique internationale, elle ne s'y est jamais intéressée.

— Enfin, Hélène ! s'exclame alors Karl d'une voix impatiente. Pourquoi ne donnes-tu pas à Pauline "l'autre" raison pour laquelle tu veux l'emmener là-bas ?

Nos regards se braquent sur lui, puis sur Hélène dont le visage blêmit. Visiblement, son ami vient de trahir une confidence. Mais celui-ci ne paraît pas s'en apercevoir.

Il se tourne vers Gérald et lui tend son verre. Mon mari y verse du cognac et, sans nous demander notre avis, il remplit aussi les nôtres. Je me dis qu'au train où nous allons, nous serons tous bourrés avant la fin de la soirée !

— La seule raison, je l'ai donnée, c'est son talent de photographe ! réplique Hélène en le fusillant du regard.

— Voyons ! Ne t'entête pas ! Si tu veux convaincre ta fille, dis-lui pourquoi tu veux que ce soit elle qui t'accompagne en Pologne, et personne d'autre !

Gérald et moi échangeons un regard étonné. Quelque chose nous échappe, mais quoi ?

L'alcool que j'ai bu m'a brouillé les idées, toute cette discussion à propos de mon éventuel voyage m'a énervée. Et maintenant, je découvre que ma mère mène un double jeu… C'en est trop !

Je me dresse, pointe un index accusateur vers elle et crie :

— Dis-nous ce que tu magouilles et qu'on en finisse !

Cet éclat de voix est si peu dans mes habitudes que tous trois me regardent bouche bée. Puis Hélène qui est probablement aussi imbibée que moi, fait front sans hésiter.

— Je n'ai jamais magouillé de ma vie et ce n'est pas aujourd'hui que je commencerai ! hurle-t-elle à son tour. Si je te demande de venir avec moi, c'est que j'ai de bonnes raisons. Maintenant, évidemment, je ne peux pas t'y obliger… Quant à toi, ajoute-t-elle en se tournant vers Karl, lorsque j'aurai besoin de ton aide, je te ferai signe. En attendant, mêle-toi de ce qui te regarde et boucle-la ! Sur ce, j'ai assez bu, je vous ai assez vus et je monte me coucher !

*

* *

Dans l'avion de la LOT Airlines qui nous emmène vers Varsovie, je me rends compte que ma mère m'observe du coin de l'œil. Nous avons eu un décollage sans incident et atteint notre altitude de croisière, mais je n'arrive pas à oublier que l'avion n'est qu'une minuscule bille d'acier projetée dans le vide, et qu'un coup de ciseau du destin le ferait tomber en chute libre. L'horreur…

— Sais-tu que j'ai eu des nouvelles d'Anna, la semaine passée ? me dit-elle, manifestement pour me distraire de mon angoisse.

— Hum…

— La femme d'un collègue du CNRS l'a rencontrée, fin septembre, à Amsterdam. Toutes deux séjournaient dans le même hôtel, sur le Damrak.

— Hum… Est-ce qu'elle va bien ?

— Apparemment. Elle était en vacances pour quelques jours. Il y a actuellement une exposition de je ne sais quel peintre, au Rijskmuseum.

— Elle s'est toujours intéressée à la peinture.

Je n'aime pas parler d'Anna et je déteste encore davantage qu'on me parle d'elle. Quand quelqu'un prononce son nom, ma curiosité se réveille, j'ai envie d'apprendre ce qu'elle fait, où elle habite, avec qui elle vit. Ce besoin d'en savoir plus aiguise une soif que rien ne peut étancher. Avoir des nouvelles d'Anna me fait du bien tout en me faisant du mal. C'est pourquoi je coupe court. Toujours. Je tourne la tête vers le hublot. Nous volons juste au-dessus des nuages et la vision trompeuse de dunes et de collines enneigées me permet de regarder dehors, sans avoir la gorge serrée et l'estomac retourné.

Bientôt, l'hôtesse passe en poussant un chariot plein de bouteilles d'alcool. Hélène me conseille une vodka, celle que propose la LOT Airlines étant, paraît-il, excellente. J'hésite parce que je n'ai pas l'habitude de boire de l'alcool fort avant le repas.

— Autant t'y faire tout de suite ! C'est la coutume là où nous allons. Tu n'as qu'à manger des amuse-gueules, ça en atténue les effets.

J'accepte donc un verre. Hélène avale le sien cul sec et en redemande un autre. Puis, comme on nous présente le menu, elle commande une bouteille de vin de Hongrie.

Depuis que nous nous sommes retrouvées ce matin à Roissy, elle se montre tout sucre tout miel, visiblement reconnaissante que j'aie fini par accepter son invitation. Grâce à la vodka et au vin, je me détends et je mange de bon appétit. Après le café, j'ose même quitter mon siège et me rendre aux toilettes.

— Eh bien, on dirait que ça va mieux, fait Hélène alors que je me rassieds à côté d'elle. Je pense que tu es capable, maintenant, d'écouter ce que je vais te raconter. Nous avons encore deux heures de voyage, largement le temps de t'expliquer certaines choses.

Je me dis qu'elle va revenir sur l'indiscrétion commise par Karl, dix jours auparavant, à Saint-Jacut où leur séjour s'est achevé sans qu'on en apprenne davantage. Mais je me trompe. Dès que nous sommes débarrassées de nos plateaux, Hélène se lance dans un historique du monde scientifique polonais. Je découvre avec étonnement que ce pays dont on parle peu et qui semble complètement sous l'emprise de l'Union Soviétique, se situe à l'avant-garde, dans certains domaines des mathématiques et de la physique.

— Cela ne date pas d'hier. La Pologne a une longue tradition scientifique et c'est grâce à celle-ci que la recherche a pu repartir aussi vite, après l'occupation nazie. Un vrai miracle quand on songe à l'état de dévastation de ce pays, en 1945.

Hélène évoque les exactions commises pendant la guerre puis énumère différentes découvertes, dans les disciplines qui l'intéressent au premier chef.

— Peu après la guerre, Hugo Steinhaus a effectué des avancées notoires dans le calcul des probabilités et les processus stochastiques qui…

— Hein ? Ça veut dire quoi ?

— Qui comprend une variable aléatoire, qui relève partiellement du hasard. Mais peu importe !

Elle mentionne ensuite le Centre International de Mathématique Stéfan Banach, à Varsovie, où elle doit donner une conférence mercredi prochain, ainsi que le Centre d'Héliophysique de Wroclaw qui paraît beaucoup l'impressionner. Nous devons nous y rendre et il est prévu qu'elle rencontre le docteur Meigentaler dont elle connaît les travaux.

— À Varsovie, j'aurai le plaisir de revoir Stefan Piotrowski, un des maîtres de l'astrophysique actuelle. Comparée à lui, je ne suis qu'une très modeste chercheuse. Il m'a néanmoins invitée à participer à un colloque sur les rayonnements cosmiques produits par les pulsars. Je dois dire que j'en suis extrêmement honorée.

L'entendre parler ainsi me déroute. Elle que je considère comme une sommité et qui, face à notre ignorance à tous, fait figure d'érudite, rétrograde soudain au rang de simple disciple. C'est surprenant, inattendu et donne à son visage une expression juvénile que je ne lui connaissais pas.

*

À l'aéroport de Varsovie, une fois les formalités douanières accomplies, nous apercevons Roman Bek qui nous attend, planté près du portillon. Il fait de grands signes de la main et Hélène se précipite à sa rencontre. Il la prend dans ses bras et l'embrasse avec des éclats de rire tonitruants. Ma mère le considère comme un ami de longue date et m'en a parlé dans l'avion. À près de soixante ans, il est maître de conférence à l'université de Varsovie et membre de l'Académie Polonaise des Sciences, organisme à qui elle doit son invitation.

Elle m'a prévenue aussi qu'un membre de la police politique accompagnerait très probablement Roman Bek à l'aéroport et que nous devions nous attendre à être escortées durant tout notre séjour.

— Mais… nous sommes invitées officiellement, on ne va pas nous imposer un chaperon partout où nous irons !

— Je crains que si… En présence de cette personne, tu devras faire attention à tout ce que tu diras car c'est l'oreille du Parti. Mais nos amis feront en sorte que tu puisses t'échapper de temps à autre… pour mener à bien ta mission de photographe.

Ses effusions terminées, Roman Bek se tourne vers moi et, à mon tour, je disparais dans ses bras, le visage pressé contre le drap de son manteau qui sent la pluie et le brouillard.

— Et voici Pauline ! Quel plaisir pour moi de vous connaître enfin ! Un jour béni entre tous !

Sa voix résonne dans l'aérogare et les r qu'il roule grondent au fond de sa bouche, fendue jusqu'aux oreilles par de larges sourires.

Hélène patiente un peu puis le saisit par une

manche et, sans plus s'occuper de moi, tous deux se dirigent vers la sortie, à l'autre extrémité du hall. J'empoigne nos valises lorsque je vois un homme s'avancer vers moi. Il porte un feutre gris et une grosse écharpe de laine. Il est resté discrètement à l'écart, le temps de nos retrouvailles, et je n'ai pas prêté attention à lui.

— Bieniecki, secrétaire adjoint du directeur administratif de la fac de sciences. Bienvenue à Varsovie ! J'espère que vous avez fait un agréable voyage...

Je le remercie, un peu déroutée qu'il s'adresse à moi plutôt qu'à ma mère. Tandis que nous traversons le hall, il me déclare qu'il sera à notre disposition pendant notre séjour dans la capitale. Nous échangeons quelques banalités, le temps d'arriver jusqu'aux deux taxis qui stationnent devant l'aérogare. Hélène et Roman Bek s'engouffrent dans le premier, Bieniecki et moi dans le second, puis les voitures nous emmènent à l'hôtel Europejski où nos chambres ont été retenues. Comme il est presque dix-neuf heures, Hélène et moi décidons de dîner sur place.

Demain matin, Roman Bek viendra la prendre pour l'accompagner à l'université. Et moi, j'aurai quartier libre.

Sur le trottoir, Bieniecki me tend une liste de musées et de monuments susceptibles de m'intéresser, avec leurs adresses et les heures d'ouverture, ainsi qu'un laissez-passer qui me permettra de les visiter gratuitement.

— Ils sont presque tous situés dans le centre. Vous trouverez un plan de la ville à la réception de l'hôtel.

Puis il me souhaite une bonne nuit et monte dans un des taxis qui démarre aussitôt. Il n'a parlé ni de guide ni d'escorte. Apparemment, il n'y en aura pas. Je me dis alors qu'Hélène a peut-être exagéré.

*

Le lendemain, il est presque neuf heures lorsque j'ouvre les yeux. Mon réveil de voyage n'a pas fonctionné et, à la réception, personne n'a pris l'initiative de m'appeler. Comme ma mère n'est pas venue frapper à ma porte, j'en conclus qu'elle est partie pour la fac de sciences, sans se soucier de moi. Je sais que sa prestation se terminera vers treize heures et qu'elle doit ensuite déjeuner avec le doyen, mais j'ignore comment se déroulera la fin de son après-midi.

Ni dans l'avion ni avant notre départ de Paris, elle n'est revenue sur ma mission de photographe. J'ignore comment je serai contactée et n'ai aucune idée des endroits où il se passera quelque chose.

Après une douche rapide, je descends prendre mon petit-déjeuner et décide de consacrer ma première matinée à la découverte de toute la partie historique de Varsovie, reconstruite à l'identique après la guerre. Puis, si rien ne se produit, j'irai visiter un des palais qui figurent sur la liste de Bieniecki.

Mais avant d'entreprendre quoi que ce soit, je veux

absolument appeler Saint-Jacut pour avoir des nouvelles des enfants. La veille, j'ai essayé de le faire depuis ma chambre, sans résultat. Je me rends donc à la réception et demande à parler au directeur. Après m'avoir écoutée, celui-ci se dit tout à fait navré car il ne peut me donner satisfaction. Il me conseille de me rendre à la poste principale où, en passant par le central téléphonique, il sera peut-être possible de me mettre en communication avec la France.

En quittant l'hôtel, je suis surprise par la fraîcheur de l'air. Il fait beau, le ciel est bleu mais les trottoirs sont bordés de flaques d'eau complètement gelée. Je relève mon col, enfouis mes mains au fond de mes poches et prends la Krakowskie Przedmiescie en direction de la vieille ville, mon appareil photo suspendu bien en évidence à mon épaule gauche.

Dans les ruelles qui entourent le Rynek Starego Miasta, je flâne en photographiant des maisons anciennes. Il y a une jolie lumière, des perspectives intéressantes mais je ne me sens pas le cœur à l'ouvrage. Les vitrines sont tristement vides, la circulation clairsemée.

Les passants mal vêtus vont leur chemin, sans prêter attention à moi. J'ai d'ailleurs l'impression qu'ils ne font attention à rien. Enfin, je m'attarde devant une sorte de kiosque à journaux où j'espère trouver des cartes postales. À ce moment-là, un homme s'arrête à côté de moi et me demande, en français, ce que je pense de Varsovie. Étonnée, je lui réponds que je viens d'arriver et que je n'ai pas encore eu le temps de me faire une opinion.

— Puis-je me permettre une suggestion ? dit-il. Vous devriez revenir sur vos pas et visiter le Musée de la Caricature. Il n'est pas loin d'ici, Rue Kozia. Je suis sûr que vous serez agréablement surprise par ce que vous y découvrirez.

Puis il me fixe d'un air grave avant d'ajouter :

— Vous trouverez là-bas quelqu'un qui saura vous expliquer la signification de certaines œuvres.

J'ai compris. Je le remercie de son amabilité puis nous nous saluons et il poursuit sa promenade sans se retourner.

Mon séjour comme simple touriste vient de tourner court.

Une heure plus tard, je passe sans transition derrière le somptueux décor des ryneks et des églises baroques, pour plonger dans une réalité furtive et excitante où les rencontres sont discrètes, les consignes chuchotées et les visages déterminés. L'accès à ce monde parallèle ne peut se faire sans mentor. Le mien m'aborde alors que j'admire des dessins à l'encre de Chine, dans la salle 2 du Musée de la Caricature.

— Vous avez l'œil, Eryk Lipinski est certainement l'un de nos meilleurs caricaturistes, me dit-il sans ambages. Il est connu chez nous pour son humour et son style percutant.

Il me parle un peu de cet artiste et me cite le nom des différentes personnalités dont j'ai les portraits devant moi. Comme j'ignore encore s'il m'a adressé la parole par hasard ou non, j'attends la suite, la gorge sèche.

— Vous savez que nous sommes très forts dans l'art des affiches, poursuit-il. C'est une tradition dans notre pays.

— Oui, je suis au courant et ça m'intéresse beaucoup. J'ai lu quelque part qu'un musée leur était consacré.

— Exact ! Dans les jardins du palais Wilanow. Mais c'est assez loin, à l'extérieur de Varsovie. Dans l'immédiat, c'est à un autre endroit que je vous propose d'aller maintenant.

Là-dessus, il se présente, Stefan Dolny, professeur de mécanique dans un lycée technique, militant à Solidarnosc et adhérent d'un syndicat d'ouvriers métallurgistes dont je ne retiens pas le nom. Puis, pour donner le change, il me suggère de continuer la visite, chacun de notre côté.

Je parcours lentement les différentes salles, étonnée par la qualité des dessins. Je ne m'attendais pas à tant de non-conformisme et de truculence, dans un pays coincé entre la rigueur de l'église catholique et la pudibonderie communiste. J'en profite aussi pour observer du coin de l'œil, l'homme censé m'introduire dans le mouvement qui ose s'opposer à la toute-puissance soviétique.

La trentaine, petit et râblé, il a des cheveux noirs et des lunettes cerclées de métal. Il sent l'eau de Cologne bon marché et porte des vêtements mal coupés.

Vers douze heures trente, comme nous terminons la visite, il s'approche à nouveau de moi.

— En sortant, vous irez jusqu'à la place du Château Royal où vous prendrez le bus numéro 121. Il vous conduira à la gare de Varsovie-Est, dans le quartier de Praga, de l'autre côté de la Vistule. Juste en face de la gare, vous verrez le café Bolek. Vous y entrerez et vous commanderez une bière au bar. Ensuite, vous verrez bien…

— Et vous ?

— Moi, j'y vais aussi, mais par un autre chemin. Ah ! Encore une chose… à partir de maintenant, planquez votre appareil photo au fond de votre poche.

*

Dans l'arrière-salle du Bolek où m'a conduite une dénommée Alina, je suis accueillie par deux autres femmes, Ella et Magda, qui m'invitent à leur table. Autour de nous, des hommes, nombreux, jouent aux cartes ou discutent avec animation. Il n'y a pas d'éclats de voix mais on sent une sorte d'énergie retenue, un bouillonnement de colère et d'exaltation. Naturellement, je ne comprends pas un mot de ce qui se dit mais Alina m'explique que tous parlent de ce qui s'est passé la veille, à proximité de certaines usines des faubourgs, des manifestations durement réprimées par les ZOMO.

— Chez vous, on les appelle les CRS, précise-t-elle. Hier, ils se sont déchaînés. Des dizaines de personnes ont été blessées, plusieurs sont à l'hôpital.

Puis Ella, la plus jeune des trois, me dit dans un français hésitant, qu'il en est ainsi depuis l'été, dans toutes les villes polonaises.

— En France, nos journaux en ont parlé, dis-je, mais peu de gens ont vraiment conscience de l'importance de votre mouvement.

— C'est pourquoi nous comptons sur toi. Nous ne manquons pas de bons photographes. Seulement, des photos prises par quelqu'un comme toi, qui n'es pas marquée politiquement, auront plus de poids à l'étranger. Personne ne pourra te soupçonner de parti pris.

— Vous êtes bien renseignées. C'est ma mère qui vous a dit ça ?

— Ta mère a quelques bons amis en Pologne. Certains d'entre eux comptent parmi les intellectuels qui se sont mis à la disposition des ouvriers pour les aider et les soutenir dans leurs négociations avec le Parti.

Autour de nous, le brouhaha semble s'intensifier. Je consulte ma montre, il est treize heures trente et je n'ai pas encore mangé. Je demande à Alina s'il est possible de commander un sandwich.

— Non, pas au Bolek, je regrette. Mais tout à l'heure, quand tu te rendras à l'église orthodoxe, tu pourras t'arrêter dans un mieczny, c'est bon marché et vite servi.

Je dois avoir l'air complètement perdue car elles éclatent de rire et Magda, une femme corpulente aux rondeurs comprimées dans une veste trop étroite, me saisit familièrement par l'épaule.

— Tu prendre nous pour bande de fous ! Mais Polonais tous un peu dingues ! Ça qui a permis survivre. Ça et vodka !

Puis se tournant vers ses compagnes :

— On pourrait boire une, non ? Pour fêter rencontre avec… Comment tu t'appelles déjà ?

— Pauline… Pauline Mioss…

— Ton prénom seulement ! me coupe Alina en jetant un coup d'œil réprobateur à sa camarade. D'ailleurs, la vodka n'est pas conseillée. Nous devons garder les idées claires, à cause de ce qui va se passer tout à l'heure.

Je renchéris aussitôt, imaginant l'effet de l'alcool sur mon estomac vide. Magda hausse les épaules et décrète qu'il est temps qu'elle y aille. Elle noue un foulard sur sa tête, m'embrasse puis gagne la sortie, en faisant un signe du menton à une tablée d'hommes qui se lèvent et la suivent. Alina et Ella échangent quelques mots en regardant l'horloge suspendue au mur. Visiblement, elles attendent quelqu'un qui n'arrive pas. Alors Alina soupire.

— Stefan a dû avoir un empêchement. Je vais te passer les consignes.

Elle se penche vers moi et poursuit à voix basse :

— En sortant, tu prendras la rue Targowa, tu passeras à proximité du bazar de Rozyekiego où tu trouveras des bars à lait, les petits restaurants dont on parlait tout à l'heure. Tu auras le temps d'y manger un morceau. Ensuite, tu continueras tout droit jusqu'à l'église orthodoxe. Impossible de la manquer, avec ses clochers en forme de bulbes. Tu la photographieras puis tu y entreras pour la visiter. En fait, c'est là que tu attendras le défilé des grévistes. Le cortège doit descendre la grande avenue qui mène à la Vistule. Son passage devant l'église est prévu vers quinze heures. À partir de là, à toi de jouer ! Fais au mieux et, si la police t'interpelle, sors tout de suite ton passeport et ton laissez-passer. Quand tu auras fini, tu retourneras dans la vieille ville et tu te débrouilleras pour te trouver devant la poste centrale, vers dix-sept heures trente.

— Ah ! Ça tombe bien ! Je comptais justement téléphoner chez moi. Et où se trouve cette poste ? dis-je en sortant de mon sac le plan de la ville fourni par mon hôtel.

— Non ! Pas ici ! Tu le consulteras plus tard, quand tu auras repris ton rôle de touriste.

— Qu'est-ce que vous craignez ?

— Tous nos syndicats sont infiltrés par des indics de la police politique. On doit se montrer très prudents.

Je sens mon estomac se nouer et mes genoux flageoler.

— Tu… tu crois que… que quelqu'un nous observe, ici même ?

— Possible. C'est pourquoi il ne faut pas t'attarder. Finis ta bière et disons-nous au revoir !

Je me lève, embrasse les deux femmes puis parcours l'arrière-salle du regard. Je n'y reviendrai sans doute jamais et je ne veux pas l'oublier. Pourtant, elle est terne, mal éclairée, assez sale. La clientèle n'a rien de pittoresque ni de chaleureux. Ce sont des ouvriers en bleus de travail et vestes râpées, certains portent une casquette, d'autres non. Presque tous fument. Personne ne prête attention à moi, pourtant je suis sûre qu'ils m'ont tous remarquée. Savent-ils que je suis là pour la bonne cause… la leur ?

J'ai soudain envie de rire. La situation me paraît si irréelle. Le risque que je prends, pour minime qu'il soit, existe néanmoins et cela me remplit d'une gaieté un peu acide et indéfinissable. J'ai l'impression de jouer dans une pièce de théâtre où il n'y a pas de spectateurs, uniquement des acteurs.

Dehors, cette drôle d'euphorie persiste. Après quelques minutes de marche, j'aperçois un de ces bars à lait dont on m'a parlé. Mais je ne comprends pas un mot des menus placardés à l'entrée, alors je passe devant sans m'arrêter. Un peu plus loin, je vois une boutique où l'on vend du pain. J'entre et achète une petite miche que je mange sur la rue. Très vite, j'arrive devant l'église orthodoxe. J'enfouis le reste du pain dans ma poche, en sors mon appareil photo et prends ostensiblement plusieurs instantanés avant de pénétrer à l'intérieur. Il est trois heures moins le quart.

J'admire les mosaïques représentant les douze apôtres puis, comme l'église comporte deux étages, je m'engage dans l'escalier. À mi-chemin, je repère une petite fenêtre qui donne sur le carrefour. Endroit idéal pour photographier sans être vue. L'œil dans l'oculaire, j'effectue quelques vérifications quand j'entends le pas feutré de quelqu'un qui monte les marches.

Je me retourne. Un pope me regarde, l'air étonné. Je bafouille quelques mots d'excuse et essaie d'expliquer ce que je fais là. Il doit comprendre car il hoche vivement la tête et me fait signe de le suivre.

Nous traversons la nef du premier étage puis il m'introduit dans une pièce qui doit servir de sacristie.

De la fenêtre, je plonge directement sur l'avenue… une avenue où je découvre, médusée, une foule immense, une masse de manifestants telle que je n'en ai encore jamais vu.

La coulée humaine occupe toute la largeur de la rue. J'en distingue parfaitement le front, composé d'hommes qui se donnent le bras. Derrière, un moutonnement de têtes, surmontées de banderoles et de pancartes, s'étire aussi loin que porte mon regard.

Devant ce cortège, dans l'espace qui le sépare encore du carrefour, il n'y a rien. Pas un véhicule, pas un journaliste, pas un chien… même pas un bout de papier chassé par le vent.

Ce vide que la foule investit implacablement me fascine à tel point que j'en oublie pourquoi je suis là. C'est le pope qui me le rappelle en montrant du doigt mon appareil photo. Alors je me mets à mitrailler sans compter.

Il faut absolument dévoiler au monde ce que l'on veut lui cacher : l'ampleur du mouvement, la force des syndicats, la détermination et le nombre des manifestants. Voilà la responsabilité qui m'incombe.

Tandis que la tête du défilé atteint le carrefour, le dépasse, poursuit son chemin en direction de la Vistule, j'emmagasine image sur image, change mes films à une vitesse record, passe les bobines au pope toujours debout à mes côtés.

Quand ça se termine enfin, je fourre tous mes rouleaux de pellicule dans la poche de mon manteau, celle qui a un trou. Ils tombent entre l'ourlet et la doublure. C'est là une cachette assez dérisoire mais je n'en ai pas trouvé de meilleure. J'introduis ensuite un film vierge dans l'appareil et tends la main au pope pour le remercier.

Il me guide alors vers une petite sortie latérale et m'indique où prendre le tram qui me ramènera directement au centre de la ville.

*

La nuit est tombée. L'illumination des monuments renforce l'impression d'irréalité dans laquelle je baigne depuis que j'ai quitté le café Bolek. Fausses perspectives, trompe-l'œil, artifices… Les couleurs vives et gaies des bâtiments ne semblent destinées qu'à abuser le passant car, derrière ce décor baroque, je sais que la ville a la fièvre.

J'erre un peu dans le dédale des ruelles puis, soudain, je débouche sur la place Defilad où se dresse le Palais de la Culture, ce cadeau hideux offert par Staline aux Polonais. Quelques minutes plus tard, j'arrive devant la poste centrale.

Pas plus qu'à Praga, rien ne laisse deviner qu'une manifestation y est prévue.

Je dois être en avance. J'entre alors dans le bâtiment afin de me renseigner sur la façon de téléphoner en France. Il y a un monde fou et une queue à tous les guichets. En regardant bien, je remarque le dessin d'un téléphone au-dessus de l'un d'eux et je prends place dans la file d'attente. Quand vient mon tour, je tente de m'expliquer en français, puis en allemand, puis en anglais. Sans succès. Je fais alors le geste de téléphoner en répétant désespérément France… France… L'employée secoue la tête d'un air renfrogné puis, ignorant ma présence, elle s'adresse par-dessus mon épaule, au client suivant. On m'avait avertie que dans les pays de l'Est, il ne fallait pas s'attendre à être reçu aimablement. Mais tout de même, quelle grossièreté !

Assez énervée, je gagne la sortie, pousse la porte… et me heurte à une rangée de dos en uniforme. Impossible de passer ! L'accès à la poste est investi par les forces de police. En face, à quelques dizaines de mètres, se dresse une foule compacte, immobile, silencieuse.

Je jette un coup d'œil à droite et à gauche pour voir par où m'esquiver. Plusieurs personnes réussissent à longer la façade et disparaissent dans l'ombre. Je leur emboîte le pas et, sans savoir comment, je me retrouve soudain dans les premiers rangs des manifestants.

Au même instant, le silence se rompt. Des voix d'hommes commencent à hurler des slogans, aussitôt repris par la foule. Des projecteurs s'allument, les gens éblouis se cachent le visage derrière leurs bras. Je me dis qu'avec ce violent éclairage, je pourrais prendre des photos sans utiliser de flash, donc sans me faire remarquer. Et je me mets aussitôt à mitrailler manifestants et policiers. La foule continue à scander des phrases que je ne comprends pas. Tout à coup, des projectiles volent en direction de la poste. Les policiers ne bougent pas, ils lèvent juste leurs boucliers. Les gens commencent à avancer. Ils ne marchent pas mais semblent glisser sans à-coup, comme tractés par une force irrésistible. L'espace qui les sépare des forces de l'ordre diminue.

Je photographie sans arrêt en me concentrant sur les visages et les gestes des manifestants. Je veux traduire leur volonté et la tension dramatique de la situation.

Je crois avoir réussi et je songe à me tirer de ce guêpier avant qu'il ne dégénère en bagarre générale, quand je sens une main se poser sur mon épaule.

— Vous êtes complètement folle ou quoi ?

Je me retourne, Bieniecki est derrière moi, l'air furieux.

— Donnez-moi la main, on va tâcher de se barrer d'ici en vitesse !

Et sans plus attendre, il m'entraîne à travers la foule qui semble n'avoir d'yeux que pour les rangs de policiers, toujours cloués sur place, dans une immobilité mortifère.

*

Une demi-heure plus tard, je rejoins Hélène dans sa chambre d'hôtel. Elle me regarde extirper mes rouleaux de pellicule des profondeurs de mon manteau, puis écoute le bref résumé de ma journée.

— Nous verrons ce que nos amis en diront tout à l'heure. Je pense qu'ils seront satisfaits. Ils te demanderont peut-être de te cantonner, demain, dans ton rôle de touriste. Tu en as assez fait aujourd'hui. Pousser le bouchon trop loin risquerait de compromettre tes chances de prendre des photos intéressantes plus tard.

Elle réfléchit et ajoute d'un ton préoccupé :

— C'est la présence de cet homme qui m'inquiète... Comment s'appelle-t-il déjà ?

— Bieniecki.

— À mon avis, cette rencontre à la poste centrale ne doit rien au hasard. La question est de savoir depuis quand il te filait...

— Il n'a pas eu l'air de mettre en doute l'explication que je lui ai donnée.

— Quelle explication ?

— La raison pour laquelle je me trouvais à la poste. Je lui ai dit que je voulais téléphoner à mon mari et avoir des nouvelles des enfants, ce qui est d'ailleurs l'exacte vérité. S'il me pistait, il a dû me voir attendre au guichet.

— D'accord, seulement ensuite, il t'a certainement vue aussi en train de photographier les manifestants !

— Peut-être, mais ça n'a pas eu l'air de l'alarmer. Il semblait surtout pressé de me faire dégager de là, avant que ça tourne au vinaigre.

Hélène hoche la tête puis me dit de remettre mes films dans leur cachette.

— Nous sommes invitées à manger chez les Bek. Un taxi doit venir nous prendre dans une demi-heure. Tu as juste le temps de te changer. Surtout, en partant, n'oublie pas ton manteau !

Le sourire amusé et un brin admiratif qu'elle m'adresse me fait plaisir. Il ne me reste plus qu'à espérer que les photos répondront à l'attente de ceux pour qui je les ai prises.

Les Bek habitent un petit immeuble, dans la banlieue sud de Varsovie. Le quartier me paraît tranquille et assez agréable. Les grands ensembles, style réalisme socialiste, semblent l'avoir épargné.

Dans le taxi, Hélène m'explique à voix basse que, vu le poste qu'il occupe à l'université, Roman Bek pourrait prétendre à un logement d'un standing bien supérieur, une maison individuelle ou un bel appartement au cœur de la vieille ville. Seulement, il a toujours refusé d'adhérer au POUP et il est une figure notoire de l'opposition.

— Il ne manque aucune occasion de clamer ses opinions libérales. Il appartient au KOR, le comité de défense des ouvriers, depuis 1977, et signe très souvent des publications dans les revues hors censure qui ont commencé de paraître, voici un an ou deux… L'État polonais réprime ses détracteurs avec les moyens qu'il possède, conclut-elle alors que le taxi arrive à destination.

Sur le trottoir souffle une bise glacée et nous nous précipitons vers l'entrée d'un immeuble dont plusieurs pièces du rez-de-chaussée sont allumées.

L'appartement s'avère aussi modeste qu'Hélène me l'a dépeint. Du vestibule, j'aperçois une cuisine où s'activent plusieurs femmes. Devant moi s'ouvre la salle de séjour avec, en enfilade, un bureau-bibliothèque où s'entassent des meubles, des bibelots et des livres. Au centre du séjour, la table est dressée en buffet autour duquel se pressent de nombreux invités.

À notre entrée, les discussions cessent puis fusent des exclamations joyeuses. Hélène se met à serrer des mains, à embrasser des joues, à rire et à plaisanter. Je ne sais pas très bien quelle contenance adopter lorsque je reconnais Stefan Dolny qui bavarde avec un homme assez âgé, debout dans l'encoignure d'une fenêtre. Il m'adresse un petit signe de la main. Puis j'entends quelqu'un m'appeler de la cuisine. C'est Alina qui vient vers moi, un large sourire aux lèvres.

— Alors, comment ça s'est passé ? Tu n'as pas eu de problème ?

— Tout a bien marché. J'ai apporté plusieurs rouleaux de pellicule. Je... j'aimerais savoir à qui les remettre.

Alina hèle alors Izabella, la femme de Roman Bek, lui dit quelques mots puis s'adresse en polonais aux autres invités.

Je me taille un joli succès en racontant comment j'ai pris mes photos et on me félicite pour l'excellente idée que j'ai eue de monter au premier étage de l'église orthodoxe. Quelques personnes s'interrogent sur la présence de Bieniecki à la poste centrale mais ne semblent pas prendre ça au tragique.

— Il a beau être un ponte de la police politique, il reste un flic dans l'âme. Il adore aller renifler le terrain. Ses informateurs avaient dû le prévenir qu'il se passerait quelque chose à la poste. Voilà la raison de sa présence.

Puis les conversations reprennent à bâtons rompus

tandis qu'Alina et Izabella déposent sur la table quantité de bouteilles et des grandes assiettes pleines de hors-d'œuvre, ce qui tient du tour de force vu la pénurie qui règne dans les magasins d'alimentation.

Ce repas informel où chacun va et vient, grignote, boit et fume à sa guise, me permet de faire la connaissance de la majorité des convives. À ma grande surprise, presque tous manient assez bien le français. Plusieurs d'entre eux m'expliquent comment ils voient la situation politique de leur pays. Ils s'interrogent aussi sur l'avenir. Qu'en sera-t-il de la suite ? Comment conserver les acquis ? Comment manœuvrer, sans le casser, ce gros navire qu'est Solidarnosc ? Les questions de fond sont innombrables et mes interlocuteurs savent que le plus dur reste à faire.

À un moment donné, alors que je discute avec deux invités d'une soixantaine d'années, Pawel Marek, et Tomasz Staziuk, la conversation dévie sur l'après-guerre et sur Bieniecki. Je comprends que les trois hommes se connaissent depuis longtemps.

— En 1945, la situation était terriblement confuse. Les ruines, les modifications territoriales, les déplacements de populations... Au début, nous espérions pouvoir nous arranger entre Polonais, sans l'intervention de l'URSS. Mais il a vite fallu déchanter. Dès janvier 1947, nos illusions se sont envolées. Aux élections législatives, le bloc communiste a remporté 86 % des voix. On savait tous que les résultats étaient truqués mais ça ne changeait rien. En quelques mois, l'opposition non communiste a été balayée et le POUP est devenu la structure dirigeante du pays. Aujourd'hui, en 1980, ça dure encore.

— Jerzy Bieniecki ne s'est pas posé de questions, poursuit Tomasz. Il a toujours été un communiste pur et dur. Pour lui, le bonheur des peuples ne peut être apporté que par le grand frère soviétique et les méthodes pour y parvenir ne se discutent pas. Partant de ce principe, il a accepté et exécuté toutes les missions qu'on lui a confiées.

— Et il l'a fait sans état d'âme ! renchérit Pawel. Ah ! il n'y est pas allé de main morte, dans sa chasse aux déviationnistes. Salopard d'apparatchik ! Le nombre d'innocents qu'il a fait arrêter, de scientifiques et d'intellectuels qu'il a rétrogradés, révoqués, réduits au désespoir… Et il a continué comme ça, même après la mort de Staline. Sous Gomulka, sous Gierek… Les politiciens ont passé mais lui, il est toujours là !

Je leur fais alors remarquer que la veille, à l'aéroport, il s'est présenté à moi en tant que secrétaire du directeur administratif de la fac de sciences.

— C'est sa couverture officielle.

— S'il occupe un poste aussi important, comment se fait-il qu'il soit venu personnellement à l'aéroport ? Un de ses sous-fifres aurait suffi.

— C'est vrai. Il semblerait qu'Hélène et vous intéressiez particulièrement Jerzy Bieniecki. Je me demande pourquoi.

— Ma mère a beaucoup d'amis en Pologne qui ne sont pas dans les petits papiers du régime ! Pour eux, elle a accepté de rendre certains services à Solidarnosc. C'est la raison pour laquelle je fais partie du voyage. Ceci peut expliquer cela.

Tous deux hochent évasivement la tête. Je leur demande alors de quand date leur amitié avec Hélène. Ils échangent un bref regard étonné.

— Elle ne vous a jamais parlé de nous ?

— Non... Contrairement aux apparences, nous ne sommes pas très liées. Il en a toujours été ainsi... J'ai été élevée par mes grands-parents, en Suisse, alors qu'elle poursuivait ses études, et je suis restée avec eux plus tard, quand elle a entamé sa carrière scientifique.

Je ne sais pourquoi je leur dis tout ça. Cela ne présente pas d'intérêt pour eux.

Pourtant, ils m'écoutent avec attention puis Pawel se racle la gorge et lâche :

— Nous avons séjourné en Suisse... autrefois.

— Ah oui ?

Je ne peux cacher mon étonnement, ce qui les fait éclater de rire, puis ils m'apprennent qu'ils y ont passé toute la guerre.

— Nous faisions partie des nombreux Polonais résidant en France qui ont formé la Deuxième Division de chasseurs à pied, commandée par le général Prugar et incorporée dans le 45e corps d'armée français. En juin 1940, nous avons été engagés, avec quelques bataillons français, dans de violents combats le long du Doubs. Le 19 juin, acculés à la frontière suisse par la Wehrmacht, nous avons été autorisés à pénétrer dans le pays. Après avoir déposé les armes, nous avons été basés dans des camps disséminés dans toute la Suisse. En 1941, les soldats français ont été rapatriés et nous autres, Polonais, avons bénéficié du statut d'interné militaire. Tomasz et moi étions cantonnés dans un camp, près de Bienne. C'est comme ça que nous avons eu l'occasion de rencontrer Jan Vitorsky, votre grand-père, puis d'être reçus chez lui, Quai du Bas. Vos grands-parents nous ont accueillis avec une bienveillance que nous n'avons jamais oubliée.

La stupeur me fait ouvrir des yeux tout ronds.

— C'est incroyable ! Figurez-vous que j'ai entendu parler de ça toute mon enfance… C'est donc à ce moment-là que vous avez fait la connaissance de ma mère ?

— Oui et non. À notre arrivée, en 1940, c'était encore une adolescente à laquelle nous ne prêtions guère attention. Nous n'avons séjourné que quelques semaines près de Bienne. Ensuite, nous avons été dispersés. On nous envoyait travailler là où la main-d'œuvre manquait, chez les agriculteurs ou dans des chantiers d'intérêt public. En 44, nous avons à nouveau été regroupés dans les baraquements du début. Je suis alors retourné Quai du Bas pour saluer les Vitorsky. Votre mère était devenue une jolie jeune fille… avec qui je serais volontiers sorti.

— Pawel a toujours été un coureur de jupons, se moque Tomasz.

— Dès 1945, ceux qui le désiraient ont pu quitter la Suisse. J'en faisais partie et Tomasz aussi.

— C'est plus tard, dans les années cinquante, à Paris, poursuit celui-ci, que grâce à des relations communes, nous avons renoué avec Hélène et que nous sommes devenus amis.

— Et eux ? dis-je en désignant un groupe de sexagénaires qui discutent bruyamment à l'autre bout du séjour.

— Eux non. Ce sont des scientifiques qu'Hélène a rencontrés dans le cadre de sa profession. Nous menons un combat commun depuis plusieurs années, mais nous ne partageons pas le même passé.

Je comprends qu'il n'a pas envie d'en dire davantage. Je m'apprête à rejoindre Alina quand une dernière question me vient à l'esprit :

— Et Bieniecki ?

— Oui, répond Pawel qui a saisi le sens de ma demande. Oui, Jerzy était avec nous en Suisse.

— Pourtant Hélène ne l'a pas reconnu à l'aéroport !

— Trente-cinq ans ont passé. Il a changé. En outre, à l'époque, il portait un nom de guerre.

Presque en fin de soirée, alors que je commence à me sentir fatiguée, un dernier convive fait irruption chez les Bek. C'est encore un homme de la génération d'Hélène, grand, sec, le visage marqué de rides profondes. Il salue l'assemblée d'un signe de la main puis déclare que la manifestation de la poste centrale s'est terminée sans violence. Les gens ont écouté les consignes des leaders et se sont dispersés dans le calme.

— Une fois de plus, nous avons gagné ! s'exclame Izabella Bek.

— Refuser l'affrontement, ne pas répondre aux provocations… voilà bien une preuve de notre maturité politique ! lance quelqu'un.

— Les défilés de Gdansk et de Poznan se sont bien passés eux aussi. Une foule immense et pas de dégâts…

Autour de moi, les visages s'épanouissent. Pawel Marek prend alors la parole avec une certaine solennité :

— Mes amis, j'ai une nouvelle à vous communiquer. La validation des statuts de Solidarnosc par la Cour Suprême est imminente. Elle a été fixée au 10 novembre prochain. J'attendais l'arrivée de notre ami Brozec pour vous en faire part.

Les convives laissent éclater leur joie. Roman Bek remplit les verres et on porte des toasts au combat et à la liberté, à Lech Walesa et à d'autres personnalités dont je n'ai jamais entendu parler. L'euphorie règne. Hélène a les yeux brillants et elle n'est pas la seule. Je remarque alors qu'un de ses collègues la serre de près, ce qui n'a pas l'air de lui déplaire.

Pawel attend que l'enthousiasme se calme et reprend :

— Malheureusement, je dois aussi vous informer d'un événement que certains d'entre vous connaissent déjà. Stanislaw Kania et le premier ministre Pinkowski ont été convoqués à Moscou, le 30 octobre dernier. Ils se sont fait chapitrer par Brejnev. Les mises en garde du Kremlin ont dû être sévères. Aujourd'hui, le bruit court – et mes sources sont fiables – que les signataires du Pacte de Varsovie sont prêts à intervenir pour "rétablir le socialisme en Pologne". Des déclarations en ce sens doivent être faites officiellement, très prochainement.

— Qu'est-ce qui peut se passer ? Un remake de l'insurrection de Budapest ? fait Izabella d'une voix blanche.

— La situation internationale n'est pas comparable. N'oublions pas que, depuis l'année dernière, l'URSS est en guerre en Afghanistan. Ouvrir un deuxième front ici ne serait pas opportun.

— Pourtant, ils en ont les moyens.

— Certainement ! Seulement, à mon avis, ils manœuvreront autrement. Rappelez-vous le Chili !

— Un putsch militaire ?

— Exactement. On sait que Solidarnosc ne fait pas l'unanimité. L'armée polonaise peut déclarer la patrie en danger et prendre le pouvoir, avec la bénédiction des Russes. Ensuite, ce sera le grand éteignoir. Nos syndicats seront interdits.

— Brozec ! Comment peux-tu être aussi pessimiste ? s'indigne Stefan Dolny. Aucune répression ne pourra étouffer Solidarnosc.

— Crois-tu ? Tu es jeune et bien innocent. Il suffit que nos adversaires s'en donnent vraiment la peine… Si tu n'en es pas convaincu, relis l'histoire de la Pologne, les précédents ne manquent pas, hélas !

Un lourd silence s'établit.

— Pour le moment, rien de tout cela ne s'est encore produit, déclare Pawel Marek d'une voix ferme. Nous naviguons à vue, c'est un fait, mais avec un certain succès. Cela se sait à l'étranger, et doit se savoir encore davantage, c'est extrêmement important. Oublions donc le scénario catastrophe de Brozec et buvons aux bonnes nouvelles… et à nos deux invitées françaises !

Il lève son verre, tout le monde l'imite et les conversations à bâtons rompus reprennent aussitôt.

J'en profite pour rejoindre Stefan Dolny car j'ai envie d'en savoir plus sur Brozec. Contrairement à tous les invités des Bek, il ne fait aucun cas de notre présence. Il a serré distraitement la main d'Hélène, quant à moi, il ne m'a même pas regardée.

Ma mère qui doit avoir un coup dans l'aile, semble s'en moquer éperdument. Assise ou plutôt affalée sur un canapé, elle flirte ouvertement avec un de ses collègues qu'elle appelle Darek. Gênée, je lui tourne le dos et écoute Stefan Dolny me rapporter à voix basse ce qu'il sait de Tadeusz Brozec. Typographe de métier, celui-ci a commencé par travailler dans les imprimeries étatisées de l'après-guerre. Mais il a été plusieurs fois mis à pied et même incarcéré, pour avoir osé exprimer des critiques sur l'organisation des entreprises et l'incompétence des cadres dont le seul mérite était une allégeance inconditionnelle au POUP.

— En 1977, c'est grâce à lui et à quelques autres artisans imprimeurs qu'ont pu paraître des revues contestataires telles que *Zapis* ou *Puls*. En dehors de ça, il a participé à la publication de cours universitaires destinés à combler les lacunes des programmes officiels. Des brochures qu'on s'arrachait partout... L'Occident a d'ailleurs participé à cette action, en procurant clandestinement de grandes quantités de papier et du matériel d'imprimerie.

Je suis impressionnée et d'autant plus désappointée de voir un tel personnage nous snober. J'en fais part à Dolny qui arbore un petit sourire gêné.

— Il ne faut pas lui en vouloir. C'est un communiste de la première heure, un de ceux qui pensaient sincèrement qu'il était possible d'instaurer un socialisme à la polonaise, sans intervention étrangère. Je ne sais pas ce qui lui reste de ses illusions, mais il a conservé une méfiance viscérale vis-à-vis des bourgeois et des intellectuels... ce que vous personnifiez un peu toutes les deux, il faut le reconnaître.

Je me récrie qu'il a tort et que nous ne sommes rien de tout ça. Puis je remarque que la soirée tire à sa fin. Les invités sont en train de se dire au revoir et endossent leur manteau. À cet instant, Izabella me prend par le coude et me chuchote qu'Hélène s'est retirée en compagnie de Darek Soltyk et que je dois rentrer seule à l'hôtel.

Il est minuit. Épuisée par la journée que je viens de passer, je m'apprête à me coucher quand le téléphone se met à sonner. Une voix me dit, dans un mauvais anglais, que je vais être en communication avec l'étranger. Il y a un silence, un peu de friture, puis la voix de Gérald résonne dans la nuit.

Tout va bien. Les enfants se portent à merveille. Il fait beau. Julienne s'acquitte parfaitement de sa tâche. Barcelone a confirmé notre invitation à la biennale.

Je réponds que, de mon côté, tout se passe au mieux, que le séjour est intéressant, qu'après-demain nous partirons pour Cracovie et que je donnerai d'autres nouvelles si je le peux. À cet instant, la communication est coupée mais ce n'est pas grave. L'essentiel a été dit.

De toute façon, Hélène m'a expressément défendu de raconter au téléphone quoi que ce soit de ce que j'ai pu voir ou entendre. Recommandation parfaitement inutile. Après vingt-quatre heures passées dans ce pays, j'ai acquis, sans même y prendre garde, les automatismes de méfiance et de prudence dont ses habitants ne se départent jamais.

*

Le lendemain, comme me l'a recommandé Hélène, je décide de consacrer ma journée à faire du tourisme. Le matin, je me rendrai au Musée Historique et à la cathédrale Saint-Jean. L'après-midi, ce sera le Palais Royal puis, si j'en ai le temps, le cimetière juif. Ma mère donne une conférence au Centre International de Mathématique Stefan Banach et je dois la retrouver, vers dix-huit heures, à l'Académie Polonaise des Sciences, pour un vin d'honneur.

Alors que je dépose ma clé à la réception, on m'informe que le directeur a un message pour moi.

— Quelqu'un a demandé que vous le rappeliez à ce numéro, me dit-il en sortant un bout de papier de sa poche.

— Il n'a pas donné son nom ?

— N… non. Mais je vous serais personnellement reconnaissant de bien vouloir le faire. Je vous en prie… s'il vous plaît.

Son insistance un peu anxieuse m'étonne. Je saisis le billet qu'il me tend et me dirige vers l'une des cabines téléphoniques du hall, persuadée qu'il s'agit d'un invité des Bek.

Mais, à ma grande surprise, je reconnais la voix de Bieniecki.

— Je voulais juste savoir si vous étiez remise de vos émotions d'hier, et si vous aviez passé une bonne soirée.

— Oui, excellente, merci.

— Et pour aujourd'hui, vous avez des projets ?

— Je compte visiter le Musée Historique et la cathédrale, ce matin.

— Bonne idée ! Et ensuite, est-ce que ça vous dirait de déjeuner avec moi ?

— Euh oui… pourquoi pas…

— Dans ce cas, je réserve une table au Garret, pour treize heures. C'est un restaurant situé 55, rue Marszalkowska. Facile à trouver, vous n'aurez qu'à descendre l'avenue vers le sud, en partant du Palais de la Culture… À tout à l'heure !

Il raccroche aussitôt comme s'il craignait que je ne change d'avis. Et moi je reste là, le récepteur à la main, désemparée.

Après ce que j'ai appris la veille sur son compte et ses méthodes détestables, je ne me sens pas très rassurée. Que me veut ce type ? M'a-t-il percée à jour ?

J'ai aussi conscience de l'ambiguïté de la situation. Hier, je passais la soirée avec des opposants au régime, aujourd'hui j'accepte de déjeuner à la table d'un des chefs de la police politique. Cela m'inquiète. Qu'arrivera-t-il aux amis d'Hélène si, par mégarde, je lâche des renseignements sur leurs activités politiques ?

Toute la matinée, je ne pense qu'à ça, ce qui n'arrange pas mon affaire mais gâche ma visite du musée et de la cathédrale. Je finis par me résigner, en me jurant de tenir ma langue et de laisser Bieniecki parler.

Mais je me suis alarmée pour rien. Très vite, je constate que cet homme est beaucoup plus fin et intelligent que je ne le croyais. À peine sommes-nous attablés devant nos verres de vodka et un plat de harengs marinés, qu'il annonce la couleur en me demandant si les nouvelles que j'ai reçues de ma famille sont bonnes.

— Évidemment, l'heure était un peu tardive mais je suis sûr que la sonnerie ne vous a pas réveillée !

En deux phrases, il m'apprend que c'est grâce à lui que j'ai pu parler à Gérald et qu'il sait que je n'ai pas passé la soirée à mon hôtel. Je le remercie sans faire de commentaire.

— Quand je vous ai vue hier, à la poste centrale, prête à affronter la foule et risquer un mauvais coup, pour un malheureux appel téléphonique en France, je me suis dit que je devais intervenir. Sachez toutefois qu'il est très rare que je profite de ma position pour convenance personnelle. J'ai toujours eu horreur des passe-droits !

Ces derniers mots claquent sèchement et j'entrevois le militant dogmatique et inflexible qui se cache derrière les sourires et la courtoisie. Puis le garçon apporte la carte ce qui nous permet de changer de conversation.

— Voyons ça ! s'exclame Bieniecki. Kotlet, golonka, bigos, karp, pierogi… À vous de choisir ! Ici, tout est succulent.

Il me décrit les différents plats et je choisis une

carpe à la juive, tandis qu'il opte pour un jambonneau mariné aux aromates. Il commande aussi un vin de Crimée et remplit nos verres. Il en boit une gorgée puis, les coudes sur la table et le menton dans les mains, il pose sur moi un regard ironique.

— Alors, dites-moi, la soirée chez les Bek a-t-elle été instructive ? J'imagine que vous y avez rencontré plein de gens intelligents !

Je me sens rougir mais comprends tout de suite que l'attaque est trop directe pour être dangereuse. Inutile de simuler l'étonnement ou l'embarras.

— Vous êtes bien renseigné !

— C'est mon métier. Et ne me faites pas croire qu'hier, on ne vous l'a pas dit !

— Si… quelqu'un y a fait allusion, en passant. La conversation était générale et roulait sur toutes sortes de sujets.

Puis j'ajoute d'un ton que je veux résolu :

— Si vous m'avez invitée pour m'entendre vous rapporter ce qui s'est raconté chez les Bek, je vous préviens que…

— …que je me trompe d'adresse ! Soyez sans crainte, je n'ai pas besoin d'une petite espionne française pour savoir ce qui se dit dans les réunions de ce genre !

— Eh bien, tant mieux ! Comme ça, les choses sont claires.

Bieniecki paraît réfléchir tandis que le garçon pose sur la table des chauffe-plats dont je vois briller les petites bougies.

Puis il reprend plus tranquillement :

— Je vais vous apprendre quelque chose qui vous amusera sûrement, mais avant, dites-moi si Brozec était là, hier soir… Rassurez-vous, vous ne dénoncerez personne. Je n'ai qu'un coup de fil à donner pour obtenir ce renseignement.

— Oui, il est arrivé assez tard.

— Ainsi, vous avez fait la connaissance de Tadeusz, dit-il, un vague sourire aux lèvres. L'avez-vous trouvé sympathique ?

— Non.

— Voilà qui a le mérite d'être franc !

— C'est un jugement un peu hâtif parce qu'en vérité, je n'ai pas échangé trois mots avec lui.

— Ce qui ne m'étonne pas !

— Vous le connaissez ?

Pour la première fois, son visage de bureaucrate impassible se détend, comme si un souvenir agréable lui revenait à l'esprit.

— C'est de ça dont j'allais vous parler. Figurez-vous que Brozec, Roman Bek et moi sommes nés la même année, dans la même rue de Varsovie. Que nous avons fréquenté les mêmes écoles, joué aux mêmes jeux, dragué les mêmes filles… Bref, que nous sommes copains d'enfance. Inattendu, non ?

— En effet !

— Juste avant la guerre, je me trouvais en France. J'étais un jeune journaliste et je voulais apprendre la langue et les méthodes de travail de votre pays. Quand je suis revenu ici, en 1945, rien n'était plus pareil.

— Vous avez retrouvé vos anciens amis ?

— Oui. Roman avait survécu… je ne sais comment. Il s'apprêtait à poursuivre ses études de physique dans ce qui restait de la fac de sciences. Brozec qui avait rallié les partisans communistes dans l'est du pays, était rentré à Varsovie et tentait de reprendre son métier d'imprimeur.

Il s'exprime d'une voix indifférente comme si la destinée de ces deux hommes ne le concernait plus depuis longtemps.

Je me demande s'il va me parler de la Suisse et des années qu'il y a passées mais, à cet instant, le garçon dépose les plats devant nous.

Alors Jerzy Bieniecki me souhaite bon appétit et attaque son jambonneau.

Après s'être resservi deux fois, il sauce consciencieusement son assiette et me demande si le poisson était à mon goût.

— Oui, c'était très bon.

— Souvent, les gens trouvent la carpe farcie trop fade, dit-il en s'emparant de la bouteille. Encore un peu de vin ?

— Non, merci.

— Selon ce que j'en sais, c'est votre dernier jour à Varsovie ?

— En effet. Demain, nous partons pour Cracovie. Ensuite, ce sera Wroclaw et Torùn.

— Ce sont de belles villes, vous pourrez y prendre de jolies photos. Mais faites attention ! Evitez de vous retrouver au milieu d'une manifestation, on ne sait jamais comment cela peut tourner… N'allez pas vous fourrer là où il ne faut pas, comme hier ! Je ne serai pas là pour vous tirer du pétrin.

— Oh ! Je pense que je m'en serais très bien sortie toute seule ! dis-je étourdiment.

— Pauline, fait-il en me regardant droit dans les yeux, ne vous mettez plus dans un mauvais cas ! L'agitation est quotidienne et la police sur les dents. Restez à l'écart ! Me suis-je bien fait comprendre ?

— Euh oui, mais je…

— Pauline, ne me prenez pas pour un imbécile ! Je connais parfaitement les gens avec qui Hélène est en relation. Ils font partie de cette intelligentsia complètement inconsciente qui s'est ralliée aux syndicats pour leur prêter main-forte… Que les classes populaires revendiquent de meilleures conditions de vie, le Parti le comprend et essaie de les satisfaire. Seulement…

— Seulement, il n'a pas les coudées franches…

Il me considère d'un air pensif.

— Oui… mais pas dans le sens où vous l'entendez. Le Parti connaît exactement le rapport des forces en présence. L'empire soviétique… et quelques microbes qui frétillent et croient pouvoir le faire trembler sur sa base. Un seul mot de Brejnev et la Pologne sera remise au pas. Voilà ce que le POUP veut empêcher. Mais la marge de manœuvre est étroite et nous devons la jouer finement.

Il développe ensuite sa pensée, en l'étayant de divers exemples que je suis incapable de contester. J'avance néanmoins quelques arguments. L'intervention de l'Occident... La guerre en Afghanistan... L'influence de l'église catholique...

Là, Bieniecki éclate de rire.

— Vous faites sans doute allusion à tout le cinéma dont le clergé nous gratifie, depuis des mois ! Les messes en plein air, la ferveur collective, les génuflexions, les confessions en public... Ah ! Quand j'ai vu les photos dans la presse, j'ai eu envie de vomir. Une fois de plus, la Pologne court au martyre, comme si elle n'en avait pas connu assez dans le passé !

— Pourtant, cela a abouti aux accords de Gdansk ! Gierek les a acceptés et Jagielski signés.

— Oui, dans l'urgence, pour que cette hystérie collective ne finisse pas en déroute générale... L'insurrection romantique, voilà en quoi les Polonais sont les meilleurs du monde ! Ils possèdent la fougue et l'insouciance qui leur permettent de surfer sur une utopie. Tant que la vague avance et les porte, ils sont gagnants. Mais quand elle termine sa course, ils se cassent la gueule. Aujourd'hui, ce que le Parti essaie de faire, c'est de canaliser cette énergie pour la transformer en quelque chose de constructif. N'en déplaise à Walesa, Gemerek, Mazowiecki, Michnik... et au Pape lui-même !

Que puis-je répondre ? J'ai affaire à un dialecticien chevronné, imbattable sur un terrain qu'il connaît par cœur. Me clouer le bec est d'une simplicité enfantine. Je le lui fais remarquer et il en convient. Il m'offre une cigarette en me souriant avec gentillesse.

— Je ne vous ai pas convaincue, dit-il alors qu'on nous apporte le café.

— Ne croyez pas ça ! Votre argumentation tient debout… Mais maintenant, je vous en prie, parlons d'autre chose ! La politique ne m'intéresse pas.

Il me lance un regard incisif, celui d'un homme qui n'a pas l'habitude de se faire remettre en place. Puis, beau joueur, il me demande de quoi j'ai envie de discuter.

— Eh bien, de la raison pour laquelle vous m'avez invitée à déjeuner, par exemple, dis-je d'un ton badin.

— Les Polonais aiment la compagnie des jolies femmes…

— Merci. Mais vous esquivez ma question… J'ai cru d'abord que c'était pour me cuisiner sur les gens que fréquente ma mère mais, manifestement, vous en savez beaucoup plus que moi là-dessus. Votre réseau d'informateurs doit être de premier ordre.

— Le renseignement et le noyautage sont les clés du pouvoir. D'autres l'ont expérimenté avant moi.

Il a repris son expression de bureaucrate intraitable qui me fait froid dans le dos. Je jette un coup d'œil discret à ma montre. Il est plus tard que je ne le pensais. Si je veux profiter de mon après-midi pour visiter quelques monuments, c'est le moment de prendre congé. Mais à cet instant, Bieniecki appelle le garçon et commande deux vodkas.

— Pas pour moi !

— Allons ! Allons ! Rien ne presse ! D'ailleurs, regardez le temps qu'il fait dehors !

Je me retourne. Derrière les baies vitrées, la rue a pris un aspect cendreux, le contour des bâtiments s'estompe. Il neige.

Mais pas à gros flocons comme en Bretagne. C'est une neige extrêmement dense et fine qui ne fond pas en se posant par terre. Sèche, froide, elle colle aux trottoirs et recouvre les rares voitures d'un mince crépi blanc.

— Il neige souvent début novembre, dit Bieniecki. La météo l'a d'ailleurs annoncé. Il y a du vent et la température a dû chuter. Ce n'est pas un temps à se balader… Allons, buvez votre vodka, ensuite je vous appellerai un taxi.

Il ne semble pas pressé de quitter le restaurant, alors je décide d'aborder la question qui me brûle les lèvres depuis un moment :

— Si j'en crois ce que l'on m'a dit hier soir, vous connaissez ma mère. Il paraît que vous l'avez rencontrée quand vous étiez en Suisse, pendant la guerre…

— Ah ! Cette vieille pie de Pawel Marek n'a pas pu retenir sa langue !

— Ce qui m'a semblé normal, vu les circonstances.

— Évidemment…

— Vous étiez bien de ceux qui se sont rendus chez mes grands-parents Vitorski, Quai du Bas, à Bienne ?

— Ça m'est arrivé. J'y ai été amené par des camarades de chambrée, au début de notre séjour. Votre mère était très jeune, je n'ai fait que l'entrevoir. Ensuite, nous avons été dispersés et on m'a transféré dans une autre région… Pour vous dire la vérité, je garde un mauvais souvenir de ces années-là.

— Pourtant, mieux valait être en Suisse que prisonnier des Allemands, surtout pour un Polonais !

— Je vous l'accorde…

Visiblement, il n'a pas envie d'approfondir le sujet, mais je n'en tiens pas compte.

— Et ensuite, vous n'êtes jamais retourné Quai du Bas ?

— Si, en 1944.

— Et alors ?

— Alors rien… Les Alliés étaient en train de repousser les Allemands. Pour diverses raisons, je voulais prendre le large et rejoindre la France au plus vite. Votre grand-père m'y a aidé et j'ai réussi à me barrer, sans demander la permission de personne.

— Hum… Ma mère ne vous a pas reconnu, l'autre soir, à l'aéroport.

— Je vous l'ai dit, je n'avais fait que la croiser.

— Pourquoi ne lui avez-vous pas dit qui vous étiez ?

— Elle n'avait d'yeux que pour Roman Bek ! Et puis, vu nos divergences politiques, cela aurait été trop long, trop compliqué…

— Voyons ! Soyez franc ! Pour quelle raison vous trouviez-vous à l'aéroport, si ce n'est en mémoire du passé ?

Bieniecki me toise froidement et j'ai l'impression qu'il regrette d'avoir prolongé notre entretien.

— Ridicule, lâche-t-il.

— Pourquoi ? Tout le monde a parfois envie de ranimer des souvenirs de jeunesse.

— Pas moi ! En tout cas, pas ceux de cette époque… Maintenant, je vous prie de m'excuser mais j'ai quelques rendez-vous en milieu d'après-midi, il est temps de se quitter.

Il se penche vers moi et ajoute d'une voix tout à fait radoucie :

— Chère Pauline, vous n'imaginez pas le plaisir que j'ai eu à vous rencontrer. Je vous remercie du fond du cœur d'avoir accepté mon invitation. Je vous souhaite une bonne fin de séjour dans mon pays, et je vous demande une dernière fois d'être prudente. J'insiste… N'allez pas mettre votre joli nez là où il ne faut pas !

Il accompagne cet avertissement d'un regard aigu puis va jusqu'au bar pour acquitter sa note.

Nous nous séparons devant le restaurant où une voiture de fonction l'attend. À l'intérieur, il donne un ordre au chauffeur puis me fait un signe de la main et disparaît. Debout sur le trottoir, je décide de rentrer à l'hôtel à pied.

La neige qui continue à tomber, fait glisser la ville hors du temps.

Cette tempête est semblable à celles qui, depuis toujours, balaient Varsovie. Grâce à elle, les rues sont redevenues celles que voyait mon grand-père quand il était petit garçon.

Les milliards de flocons effacent les marques de la modernité. Les palais baroques, voilés par ce tulle gris pâle, n'ont jamais été détruits puis reconstruits.

Ils sont le passé tel qu'en lui-même l'éternité le garde.

Je marche en mettant mes pas dans les pas de promeneurs inconnus, suivant ainsi les traces d'hommes ou de femmes qui n'existent plus.

La neige efface nos empreintes et je me sens poussée par une allégresse qui me fait tourbillonner en moi-même comme les flocons dans la tempête.

Et lorsqu'enfin je regagne l'hôtel et que je me vois dans les miroirs du hall, toute recouverte de blancheur, je me reconnais à peine. Mais très vite, la chaleur et la lumière des lampes me rendent à moi-même. Elles estompent aussi l'image de Bieniecki et de son étrange déjeuner.

*

Ce n'est que dans l'avion qui nous ramène à Paris que je relate cette rencontre à ma mère. L'étonnement lui fait écarquiller les yeux, puis elle me demande si j'ai eu assez de bon sens, pour ne pas révéler quoi que ce soit de susceptible de mettre ses amis en danger.

— Ne t'inquiète pas ! De toute façon, Jerzy Bieniecki en sait sur eux beaucoup plus que je n'aurais pu en dire. Ils n'ont pas l'air de se rendre compte à quel point leurs organisations sont infiltrées.

— Jcrzy ?

Pendant quelques secondes, Hélène regarde autour d'elle d'un air égaré, comme si elle cherchait quelqu'un.

— Jerzy ? répète-t-elle d'une voix étranglée.

Puis elle hausse les épaules, incline la tête et s'endort.

Ce matin, à l'aéroport, je me suis rendu compte de sa fatigue.

Son planning a été plus chargé que prévu. Elle a enchaîné les conférences, les colloques et les séminaires, sans compter les cours magistraux hors programme qu'elle a donnés, à la demande des doyens de facultés.

À cela s'ajoutent les réceptions officielles et, presque chaque soir, des réunions comme celle de chez les Bek. Hélène a remarquablement fait face à ses obligations, mais maintenant que tout est fini, la tension s'est relâchée et elle accuse le coup.

Elle dort plus d'une heure, émettant de temps à autre de petits gémissements que je suis seule à entendre. Lorsque l'hôtesse passe avec les plateaux-repas, elle ouvre les yeux et déclare qu'elle a faim et soif. Puis elle me demande pour quelle raison un cadre de la police politique m'a invitée à déjeuner.

— Franchement, je n'en sais rien.

— Il t'a draguée ?

— Non, pas du tout.

— Et tu l'as trouvé comment ?

— Ambigu... énigmatique... intéressant.

L'œil d'Hélène s'allume.

— Tiens ! Tiens ! Il était bel homme, au moins ?

— Tu l'as vu le jour de notre arrivée, à l'aéroport de Varsovie.

— Qui ? Le type qui escortait Roman ? Je n'y ai pas prêté attention.

— Dommage ! Tu aurais dû parce que tu l'aurais peut-être reconnu ! Tu l'as déjà rencontré.

Elle me regarde en fronçant les sourcils.

— Et où, s'il te plaît ?

— Il y a longtemps, chez tes parents, pendant la guerre.

— Oh ! S'il fallait que je me souvienne de tous les Polonais qui ont défilé chez nous, à cette époque ! À certains moments, Moumi tenait pratiquement table ouverte. Je me demande d'ailleurs comment elle se débrouillait, avec le rationnement et les tickets d'alimentation...

Elle réfléchit quelques instants puis conclut :

— Évidemment, dans ces circonstances, j'ai pu rencontrer cet homme. Il s'est passé tant de choses ces années-là…

Puis elle attaque la cuisse de poulet qu'elle a dans son assiette, manière de me signifier que le sujet est clos.

Au café, nous revenons sur notre séjour en Pologne. Hélène en est très satisfaite. Les échanges qu'elle a eus avec des scientifiques de haut niveau l'ont positivement enchantée. Quant aux membres de Solidarnosc, elle souscrit à leurs thèses et à leur combat avec un enthousiasme et une absence d'esprit critique qui me sidèrent. Où sont passés l'objectivité et l'esprit logique qui, selon elle, doivent être à la base de toute réflexion, de toute action ? Cette incohérence ne semble pas la déranger, elle ne paraît même pas la discerner.

Après un long silence, elle me demande si, de mon côté, je suis contente de mon voyage et si l'accompagner n'a pas été trop difficile. Je la rassure puis, me rapprochant d'elle, je la prie gentiment de me révéler maintenant "l'autre" raison pour laquelle elle m'a emmenée avec elle.

Elle soupire, maugrée contre Karl et ses allusions malencontreuses…

— Eh bien ? dis-je, consciente que c'est le moment où jamais de la pousser dans ses retranchements.

Elle toussote puis lâche à mi-voix :

— Je désirais te faire rencontrer quelqu'un.

Je suis abasourdie car c'est bien la dernière chose à laquelle je m'attendais.

— Et cette rencontre a-t-elle eu lieu ?

— N... non... Pas que je sache en tout cas.

— Le rendez-vous a été manqué ?

— Il n'y avait pas de rendez-vous ! En fait, comme ma visite était annoncée dans les journaux et même à la télévision, j'imaginais que l'homme en question aurait vent de mon séjour en Pologne avec toi et qu'il se manifesterait d'une manière ou d'une autre. Je me suis trompée. Celui que j'attendais ne s'est pas présenté.

Je cherche vainement à comprendre.

— De qui parles-tu ? Tu ne pourrais pas être plus claire ?

— Non, je ne peux pas ! De toute façon, ça n'a aucune importance. Comme je te l'ai dit, la vraie raison de ton voyage, c'étaient les photos. Et aujourd'hui, je suis sûre que parmi toutes celles que tu as prises, il y en a quelques-unes qui vont atteindre leur but. Rien de tel qu'une image-choc pour ébranler l'opinion publique !

— On est d'accord, inutile de revenir là-dessus !

— Inutile de revenir sur le reste non plus !

Et, sans autre explication, elle se recroqueville, pose le menton sur son épaule et se rendort.

Je suis perplexe et terriblement désappointée. Qui ma mère avait-elle voulu me faire rencontrer ? Et pour quel motif ? J'essaie de me remémorer tous les hommes que j'ai croisés mais cela ne mène à rien. Je me promets alors qu'à la prochaine occasion, je me rabattrai sur Karl Meissner.

Avec lui, je suis à peu près sûre d'obtenir le fin mot de l'histoire.

*

Mais hélas ! À peine suis-je rentrée à Saint-Jacut que cette énigme et tout ce que je viens de vivre en Pologne sont balayés par l'épouvantable nouvelle que m'annonce Gérald.

Il est presque minuit. Les enfants qui sont descendus m'embrasser ont regagné leur lit.

Gérald me tend alors une grande enveloppe blanche sur laquelle figure le nom d'un cabinet de radiologie rennais.

J'en sors quelques clichés que je regarde à travers la lumière de la lampe. Puis je les pose sur la table.

— Qu'est-ce que c'est ?

— Les résultats d'examens que j'ai passés juste avant ton départ. Je ne t'en avais pas parlé à ce moment-là parce que je ne voulais pas t'inquiéter.

— Mais… mais je ne comprends pas… Ça signifie quoi exactement ?

Livide, il m'explique alors d'une voix détachée, comme s'il s'agissait de quelqu'un d'autre, qu'il est en train de développer un myélome multiple, autrement dit un cancer de la moelle osseuse et qu'à moyen terme, ses chances de survie avoisinent le zéro.

— Cette vacherie s'appelle la maladie de Kahler. Et ça, ajoute-t-il en brandissant l'enveloppe blanche, c'est mon arrêt de mort !

TROISIÈME PARTIE

1962 - 1963

BIENNE – BREHEC.

— Je n'arrive pas à comprendre comment tu peux supporter ce vieux crabe, dans son atelier puant ! s'exclame Anna. Est-ce que tu te rends compte qu'il te prend pour sa boniche ?

— Tu… tu te trompes.

— Ah oui ! Et qu'est-ce que tu faisais pendant que je discutais avec lui ?

— Je balayais… C'est aussi le travail des apprentis.

— Tu as remarqué tout de même que ton patron n'a aucune considération pour toi ?

— C'est un peu normal… Il en sait tellement plus que moi.

— Ma pauvre Pauline ! À dix-sept ans, tu es toujours la même indécrottable idiote !

— Tu n'avais pas l'air de trouver le vieil Arnold si antipathique quand tu rigolais avec lui tout à l'heure… D'ailleurs, tu as accepté de poser pour lui.

— Ça, il peut toujours attendre !

— Quoi ? Tu n'iras pas ?

— Bien sûr que non !

— Dommage ! C'est un as du portrait ! Si tu voyais le nombre de gens qui viennent se faire photographier par lui… Il refuse du monde.

— Peut-être, mais je m'en fous.

— Et ton dossier ?

— Quel dossier ?

— Ton press-book… Tu y mettrais une ou deux photos tirées par le vieil Arnold, je te jure que ça ferait de l'effet !

— Tu me vois prendre la pose devant ce vieux schnock, avec son matériel archaïque et son décor 1900 ? J'aurais l'air de quoi ?

Quand Anna s'entête dans sa mauvaise foi, ce n'est pas la peine d'insister. Ma sœur est faite d'un bloc, on se casse les dents si on essaie de la faire plier. La meilleure manière de s'y prendre, c'est de la manœuvrer dans son entier. Mais c'est difficile, et je n'y arrive pas toujours.

J'aurais dû deviner que l'argument du press-book n'avait aucune chance d'aboutir. En acceptant, elle aurait eu l'impression de manquer à ses principes et de se laisser manipuler.

Je ne réponds rien et la regarde appliquer sur ses ongles de pieds le vernis corail qu'elle vient d'acheter à “Mon Désir”, la parfumerie du quartier. Quand Anna se paie quelque chose, c'est toujours un produit de marque. Maintenant qu'elle travaille comme secrétaire chez Häuser SA, elle peut se le permettre.

— Et pourquoi tu ne les ferais pas toi-même, ces portraits ? dit-elle en rebouchant son flacon. Je suis sûre qu'ils seraient aussi bons que ceux de ton patron.

— Tu débloques ? Je ne suis qu'en deuxième année d'apprentissage.

— Et alors ? Tu as l'œil, on n'a qu'à voir tes dessins ! Tu as plus de sens artistique que tous les photographes de la ville réunis !

Ça fait plaisir à entendre mais je n'en crois pas un mot.

Il est vrai que j'ai toujours adoré dessiner. Seulement, je pense que mon talent n'a rien d'exceptionnel, même si j'ai obtenu, il y a deux ans, le premier prix au concours d'arts graphiques organisé par la ville de Bienne. J'ai eu droit à ma photo dans le journal et à quelques articles élogieux dans la presse régionale. Mais Paps a tout de suite relativisé la chose en déclarant que les compliments ne coûtent rien et n'engagent personne. Moumi y est allée de son grain de sel en ajoutant que, dans le domaine artistique, il y a beaucoup d'appelés et peu d'élus. Il fallait que j'apprenne un vrai métier quitte, plus tard, à m'inscrire aux Beaux-Arts et voir comment cela tournerait.

« Ce que tu aimes doit passer avant tout », me répétait sans cesse Anna. « N'écoute pas ces deux-là, ils ne savent pas de quoi ils parlent ! Ton avenir t'appartient, ils n'ont pas le droit de te pousser là où tu n'as pas envie d'aller. »

C'était peut-être vrai, seulement je manquais trop de confiance en moi pour m'obstiner. J'ai repoussé ma décision le plus longtemps possible, mais le jour arriva où je dus faire mon choix. C'est là que Paps est intervenu en avançant une idée qui, selon lui, satisferait tout le monde.

— Deviens photographe ! C'est une profession qui répondra à tes dispositions artistiques tout en te permettant de gagner ta vie.

De prime abord, cette proposition ne m'avait pas déplu, d'autant que Paps avait enchaîné en disant que son ami, Arnold Prutchik, ne demanderait pas mieux que de m'engager comme apprentie.

— Quelle horreur ! avait hurlé Anna. Vous la voyez enfermée toute la journée dans le noir, en train de développer des négatifs ? Ou de tirer le portrait de tous les connards qui se présenteront à la boutique ? Vous avez déjà vu la tronche des gens, dans la vitrine des photographes ?

— Ça suffit, Anna ! avait tonné Paps. Tu te tais ou tu sors d'ici…

Le prenant au mot, elle avait quitté la pièce, non sans avoir d'abord lancé à mon adresse :

— Fais ce qu'ils te disent et tu t'en mordras les doigts toute ta vie !

J'aimais et admirais énormément Anna, mais son insolence et son esprit de rébellion m'effrayaient. Je leur préférais le bon sens et la gentillesse de mes grands-parents. C'est pourquoi j'ai accepté leur compromis et suis devenue apprentie photographe.

Aujourd'hui, j'ai presque terminé ma deuxième année et j'aime ce que je fais. Moumi me pousse à dessiner pendant le week-end et j'ai entrepris une série de portraits au crayon des personnes de mon entourage. J'en ai montré quelques-uns à Anna qui a soufflé bruyamment et décrété qu'une passion ne se vivait pas qu'en fin de semaine, mais tous les jours et à fond ! Puis elle s'est radoucie et m'a dit que mes dessins lui plaisaient et que c'était dommage que je perde mon temps chez le vieil Arnold.

— Arrête, Anna ! Certaines de ses photos sont de vrais tableaux…

— Ah oui ! Les photos d'art… persifla-t-elle. Joli alibi pour un raté !

— Tu n'as pas le droit de dire ça puisque tu n'as jamais vu celles dont je parle.

— Les échantillons qui se trouvent dans sa devanture me suffisent, merci !

— Ça ne compte pas, ils y sont depuis des années.

— Eh bien, tu devrais t'en occuper, parce que sa vitrine est franchement dégueulasse !

— Il s'en fout.

C'est alors que j'ai proposé à ma sœur de venir me prendre, un soir, à la boutique. Elle verrait les photos accrochées à l'intérieur et quelques autres, si le vieil Arnold était de bonne humeur. Elle n'a répondu ni oui ni non et a affiché un tel dédain que je suis sortie de mes gonds.

— Ça te va bien de dire aux autres ce qu'ils ont à faire ! Tu ferais mieux de mettre tes conseils en pratique. Mais ça, c'est beaucoup plus difficile, hein !

Elle a posé ses yeux bleus sur moi, sans que je réussisse à deviner s'ils exprimaient une rage froide ou une réflexion intense… Et j'ai continué sur ma lancée :

— Parce que ça fait plus de six mois que tu as passé ton diplôme de secrétaire et que tu travailles… Tu nous as pourtant assez répété que, dès que tu aurais ce foutu papier, tu te tirerais d'ici ! J'attends toujours. Jusqu'à maintenant, tu n'as rien fait d'autre que t'acheter des fringues et monter ton fameux press-book… Pour qui, pour quoi ? Personne ne le sait !

Anna est allée jusqu'à la fenêtre et a regardé le canal et le quai, quatre étages au-dessous. Puis elle s'est retournée.

— Le travail, c'est parce que j'ai besoin d'un pécule de départ. Le press-book… parce que je dois en présenter un si je veux être engagée.

— Comme quoi ?

— Mannequin, modèle, doublure, utilité… je m'en fous, du moment que c'est dans le show-biz.

Je l'ai regardée, bouche bée.

Durant toute mon enfance et jusqu'à il y a peu, j'ai pris au sérieux les rêves et les ambitions d'Anna. Je la voyais vraiment devenir actrice, chanteuse, danseuse ou mannequin. Mais aujourd'hui, j'ai dix-sept ans et j'envisage la vie de façon plus réaliste. Bien sûr, ma sœur est une vraie beauté. Mince, grande, une allure sublime, un visage de madone… Pourtant, je l'imagine mal débarquant à Paris, Londres ou Rome avec, pour tout bagage, son physique de déesse.

— Tu veux dire que… que tu vas vraiment tenter ta chance ?

— Naturellement.

— Et… et comment est-ce que tu comptes t'y prendre ?

Elle relève le menton d'un air conquérant puis se met à marcher de long en large, comme si elle défilait déjà sur une estrade.

— J'ai quelques adresses. Dans ce milieu, le tout est de trouver quelqu'un qui te mette le pied à l'étrier. Ensuite, à toi de te démerder !

Je lui demande alors si elle n'a pas peur parce que moi, à sa place, je serais terrifiée.

— Peur… et de quoi, bon Dieu ?

— De tout ce qui peut se passer. Plonger comme ça dans l'inconnu… moi je ne pourrais pas.

— C'est justement ce qui est excitant ! Tout larguer, partir sans savoir de quoi demain sera fait… La liberté, quoi !

Une liberté qui ne me tente pas du tout !

Il faut dire qu'Anna et moi, nous ne nous ressemblons en rien, ce qui est normal puisque nous ne sommes pas de vraies sœurs… Personne n'en parle. La plupart des gens l'ignorent. Mais nous, nous le savons depuis toujours.

Paps et Moumi nous l'ont expliqué, il y a longtemps déjà. Moi, je suis leur petite-fille, l'enfant d'Hélène, tandis qu'Anna est une orpheline de guerre qu'ils ont recueillie puis adoptée.

Nous n'avons que deux ans d'écart, voilà pourquoi nous avons grandi et été éduquées ensemble, comme deux sœurs. Dit ainsi, ça paraît simple. Mais en réalité, tout a été très compliqué du fait qu'Anna possède un caractère rebelle qui la pousse à toujours vouloir connaître le pourquoi et le comment. Et ça, à mon avis, c'est parce qu'elle ne sait rien, ou si peu, de ses origines.

Alors qu'elle avait douze ou treize ans et qu'elle faisait sa première crise d'adolescence, Paps a sorti tous les papiers la concernant et les a posés sur la table, devant elle. Il lui a expliqué, aussi doucement que possible, qu'elle avait été découverte dans les ruines de Dresde, le 14 février 1945, au lendemain des effroyables bombardements qui ont anéanti la ville. Elle avait été recueillie par des bénévoles et amenée dans un centre de regroupement de la Croix-Rouge.

— Tout a été fait pour retrouver les membres de ta famille et pour tenter de t'identifier, malheureusement sans résultat. Tu n'avais aucun signe distinctif, pas de papiers, d'objets ni de bijoux, rien qui aurait pu indiquer d'où tu venais. Tu étais en bonne santé mais tu ne parlais pas, sans doute traumatisée par ce qui s'était passé. Personne ne t'a reconnue, personne n'est venu te réclamer. Toute ta famille a dû périr dans les décombres de Dresde. Tu étais une survivante, un bébé perdu, comme beaucoup d'autres. Très vite, par crainte de nouveaux bombardements, le groupe d'orphelins auquel tu appartenais a été évacué vers l'ouest. C'était la débâcle en Allemagne. Les routes étaient encombrées par des réfugiés, des prisonniers, des gens qui fuyaient devant les Russes. Après plusieurs jours d'un voyage chaotique, vous avez échoué dans un camp de la Croix-Rouge, près de Wiesbaden. Tu y es restée jusqu'à la capitulation de l'Allemagne, puis quelques mois encore, car les gens qui travaillaient à la réunification des familles espéraient toujours retrouver trace de la tienne. Quand il est devenu manifeste que tu étais seule au monde, tu as été inscrite sur la liste des orphelins de guerre. À ce moment-là, la Suisse a fait savoir qu'elle autorisait l'entrée de plusieurs centaines de ces enfants sur son territoire et qu'elle confiait à la Croix-Rouge le soin de les répartir dans les familles d'accueil. C'est ainsi que tu es arrivée chez nous, le 20 août 1945.

Paps a alors tendu un document à Anna, elle l'a parcouru puis a levé les yeux.

— Je… je n'avais même pas de prénom ? a-t-elle demandé d'une voix blanche.

Moumi l'a prise tendrement par l'épaule.

— Non. Et veux-tu savoir pourquoi nous avons choisi celui que tu portes ? C'est parce que c'est un prénom qui existe dans presque toutes les langues européennes. Comme nous ne connaissions pas ta nationalité…

— Je suis Allemande, non ? Puisque c'est à Dresde qu'on m'a trouvée…

— Oh ! Pas forcément. Au moment des bombardements, la ville était pleine de réfugiés venus de l'Est. Tu pouvais aussi bien être polonaise, tchèque, ukrainienne… Personne n'en savait rien.

— Et ma date de naissance ?

— L'administration de la Croix-Rouge l'a fixée, un peu arbitrairement, au 14 février 1943. Selon le médecin qui t'a examinée à Wiesbaden, tu avais deux ans environ, et comme tu as été prise en charge un 14 février, c'est cette date-là qui a été inscrite sur tes papiers.

Anna n'a rien dit, mais j'ai bien vu qu'elle était au bord des larmes. Elle avait les poings serrés et un regard mauvais. Puis elle s'est détendue et elle a dit qu'elle ne gardait aucun souvenir de tout ça. Moumi a répondu que c'était peut-être mieux ainsi. Anna a secoué la tête.

— Non, je ne crois pas…

Moi, j'ai compris ce qu'elle entendait par là. Elle aurait voulu posséder quelque chose de sa vie antérieure, une preuve qu'elle existait déjà avant qu'on la retrouve. On ne commence pas sa vie à deux ans.

— Et quand est-ce que je me suis mise à parler ?

— Eh bien… pas très vite, je dois le reconnaître, a fait Moumi. Il a fallu de la patience. Mais quand tu t'es décidée, tu as rattrapé ton retard à une vitesse qui nous a tous stupéfiés.

— À quel âge ?

— Trois ans… Un matin, en te réveillant, tu m'as appelée “Moumi”. Et depuis, ce nom-là m'est resté !

— On ne peut pas dire que j'ai été précoce…

— Oh ! Mais tu étais si mignonne et je voyais à tant de signes que tu étais intelligente… Je ne me faisais aucun souci, tu parlerais quand tu en aurais envie. Et c'est ce qui est arrivé.

Paps a alors montré à Anna les papiers concernant son adoption, ils étaient datés du 11 septembre 1948. Elle se rappelait cet événement car mes grands-parents avaient organisé une petite fête en son honneur. Cela ne la perturbait pas. Ce qui rongeait ma sœur, c'était ce dont elle ne se souvenait pas.

Pendant des années, je l'ai écoutée fantasmer sur ses parents hypothétiques, sur une famille qu'elle ne pouvait qu'imaginer. Vers quinze ans, elle a écrit au Centre International de la Croix-Rouge à Genève, en fournissant toutes les données qu'elle possédait. Là, on s'est occupé très sérieusement de son cas. Paps et Moumi la soutenaient pleinement dans sa quête car ils devaient penser que cela l'aiderait à trouver une certaine tranquillité d'esprit et que son agressivité se calmerait.

Malheureusement, ses efforts n'ont rien donné. Elle s'est alors adressée aux ambassades de la RDA et de la RFA à Berne, en expliquant son histoire, mais on lui a opposé une fin de non-recevoir. Sans écouter Paps qui lui conseillait de laisser tomber, elle a entrepris la même démarche auprès des ambassades de Pologne, de Tchécoslovaquie et même d'URSS. Sans résultat. Et comme Anna n'a jamais supporté qu'on lui résiste, ces échecs n'ont fait qu'aggraver sa difficulté d'être.

Quand elle s'est rendu compte qu'elle n'obtiendrait de réponse ni des uns ni des autres, elle a fini par ne plus aborder le sujet. Nous avons pensé qu'elle s'était fait une raison jusqu'au jour où elle a volé dans les plumes de Moumi, en lui demandant ce qu'elle avait fait de ses habits. Ma grand-mère qui était en train de repasser, crut qu'elle parlait de ceux qui venaient d'être lavés. Mais ce n'était pas ça. Anna répliqua qu'elle voulait voir les vêtements qu'elle portait quand on l'avait retrouvée dans les ruines de Dresde.

— Parce que j'espère que tu les as gardés ! Le seul lien tangible avec mon passé… Tu n'as pas pu t'en débarrasser, tout de même !

Moumi lui a expliqué, tant bien que mal, que six mois s'étaient écoulés entre le jour où elle avait été découverte et celui où elle était arrivée Quai de Bas, et qu'elle ne portait naturellement pas les mêmes vêtements. Anna a alors hurlé qu'on avait bousillé le seul élément qui aurait pu comporter des indices, le seul espoir de piste qu'on aurait pu remonter. Comme elle ne se calmait pas, Paps l'avait sommée de se taire en lui disant qu'à l'époque, dans des pays ravagés par la guerre, la Croix-Rouge avait autre chose à faire que penser à garder pour plus tard, quelques vêtements d'enfants. En outre, il était fort possible que ceux-ci aient fait l'objet d'une enquête qui n'avait pas abouti.

Pauvre Anna... Pourquoi remâchait-elle un passé auquel elle n'avait pas accès alors que ses parents adoptifs lui prodiguaient tout l'amour et le bien-être dont un enfant pouvait rêver ? Pourquoi ne parvenait-elle pas à tirer un trait sur ces deux premières petites années ? Cela me dépassait.

Un jour, j'ai entendu notre médecin de famille dire à Moumi qu'Anna n'était peut-être pas remise du choc qu'elle avait subi sous les bombes de Dresde, et que quelque chose s'était alors détraqué dans son psychisme.

C'est aussi ce que j'ai pensé le jour où elle m'a sorti qu'elle était peut-être la fille d'un bourreau, un de ces SS qui se sont déchaînés sur le front russe ou dans les camps de la mort.

— Arrête, Anna ! Si tu es allemande, ton père a probablement été soldat dans la Wehrmacht, ce qui n'en fait pas automatiquement un bourreau !

— Oui, mais ça entre dans le domaine du possible.

Quelque temps plus tard, sautant d'un extrême à l'autre, elle s'imagina dans la peau d'une juive. Elle me fit remarquer combien elle avait le type sémite. J'écarquillai les yeux. Qu'est-ce qu'elle entendait par là ?

— C'est flagrant pourtant ! Mes traits n'ont rien d'allemand. J'ai les cheveux noirs, un teint laiteux… et regarde mon nez !

— Qu'est-ce qu'il a ton nez ?

— Il est busqué.

Elle m'attira devant le miroir de l'entrée.

— Compare avec le tien, dit-elle en me tendant un second miroir, pour nous permettre de nous voir de profil.

J'examinai attentivement nos deux nez, sans rien leur trouver de spécial. Le mien était peut-être un peu plus en trompette, mais en dehors de ça…

Ma sœur ne voulut rien entendre et tenait obstinément à sa nouvelle hypothèse. Elle avait été un de ces bébés juifs que les mères, dans la panique, confiaient à une voisine compatissante au moment de leur arrestation. C'était aussi un cas de figure possible.

Égarée parmi toutes ces éventualités, ma sœur ne voulait ou ne pouvait pas se laisser convaincre de tirer un trait. Excédée par son rabâchage, je finis par lui faire observer que je ne connaissais pas l'identité de mon père et que je ne m'en portais pas plus mal.

— Ta mère te l'apprendra un jour.

— Ça m'étonnerait ! Tu la connais, je suis sûre qu'elle n'y pense plus depuis longtemps.

— Tu n'as qu'à lui poser la question !

— Je l'ai fait, figure-toi ! Et tu sais ce qu'elle m'a répondu ? Que c'était sans aucune importance et que je ne devais pas me casser la tête avec ça !

— Bizarre !

— Oui, et tu veux savoir ce que j'en ai conclu ? Elle ignore tout simplement qui est mon père.

— Oh ! Tu crois ?

— Elle a pu coucher avec plusieurs hommes durant la même période et, du coup, elle ne sait pas lequel d'entre eux l'a mise enceinte. Voilà pourquoi elle n'a jamais rien dit à personne.

À seize ans, Anna parut enfin avoir résolu le problème de son origine. Ce fut comme si elle avait trouvé une issue à un cauchemar dans lequel elle tournait en rond. La voir s'apaiser fut un vrai bonheur pour Paps et Moumi. Moi, j'étais bien contente de ne plus avoir à partager ses espoirs, ses déceptions et surtout les sautes d'humeur qui en découlaient.

L'accalmie dura quelque temps, puis je me rendis compte que si Anna avait tourné le dos à son passé, c'était pour mieux affronter l'avenir. Je compris que toute l'énergie qu'elle avait déployée à essayer de retrouver ses racines, allait lui servir à mener à bien un projet qui commençait à poindre dans son esprit.

Je fus la première à qui elle en parla. Je l'écoutai, effrayée et conquise. Anna avait décidé de devenir actrice.

Au départ, tout était simple. Il y avait une scène, des rideaux rouges et elle, au milieu d'un cercle de lumière. Au cours des mois suivants, l'affaire se compliqua, le scénario s'affina. Anna développa son idée, calcula, concrétisa. Ce que le projet perdit en grandeur, il le gagna en réalisme et en vraisemblance. Mettant à profit ce que lui avaient appris ses démarches auprès de la Croix-Rouge et des ambassades, elle écrivit à droite et à gauche afin de se renseigner sur tout ce qui concernait les métiers du spectacle. Puis un jour, elle s'en ouvrit à Paps et à Moumi.

Tous deux douchèrent son enthousiasme et refusèrent tout net de la laisser s'engager dans une voie qui, pour ce qu'ils en savaient, ne menait qu'au chômage, à la misère et au désespoir. Anna avait prévu cette réaction. Elle s'évertua donc à leur démontrer, preuves et chiffres à l'appui, en l'occurrence les réponses reçues des différentes écoles qu'elle avait contactées, qu'ils se trompaient. Ce fut peine perdue.

Mon grand-père était un immigrant qui avait réussi à se faire une situation par son travail, son obstination et son intelligence. Ma grand-mère l'avait aidé et soutenu sans faiblir. Tous deux avaient connu la crise des années trente, subi les grèves et la précarité. Ils savaient ce que tirer le diable par la queue signifiait et, à aucun prix, ils ne voulaient nous voir vivre ce genre d'épreuves. La sécurité étant pour eux le maître mot, ils se montrèrent inflexibles. Il y eut des pleurs, des cris, des bouderies interminables, mais ils ne désarmèrent pas. Anna dut en passer par leur volonté et elle fut inscrite à l'école de secrétariat de la rue du Marché.

Pour l'aider à surmonter sa déception, ils lui proposèrent d'occuper une chambre de l'appartement dont la porte donnait directement sur le palier, ce qui lui conférait un semblant d'indépendance. Elle y déménagea ses affaires et je me retrouvai seule et très à l'aise dans la pièce que nous avions partagée depuis notre plus jeune âge.

Mon grand-père est un homme bon et agréable, mais il peut se montrer aussi dur que du granit lorsqu'il pense avoir raison. Aussi ne douta-t-il jamais du bien-fondé de la décision qu'il prit, s'agissant de l'avenir d'Anna puis, deux ans plus tard, du mien.

Mais si aujourd'hui je suis contente de mon sort, il n'en a jamais été de même pour ma sœur.

Elle a subi son école sans cesser de remâcher sa rancœur. Elle qui avait été brillante au collège, ne fit pas le moindre effort pour obtenir des notes dépassant la moyenne. Elle veilla juste à ne pas devoir redoubler, de peur d'allonger d'un an son pensum. Sans doute pour compenser son mal-être et pour se venger d'avoir vu ses ambitions mises au placard, elle commença à sortir le samedi soir, à s'amuser toute la nuit et à rentrer à des heures impossibles. Elle changea d'apparence et devint une pin-up maquillée, aux cheveux crêpés à l'excès, portant minijupe et talons aiguilles. Paps ne décolérait pas. Moumi, désorientée, disait que sa fille ressemblait à un papillon de nuit affolé par la lumière des lampes. Et moi, j'avais honte d'elle quand je la croisais dans la rue.

Lorsqu'elle redevenait elle-même, elle me racontait ses boums et ses virées dans les bistrots de la vieille ville, avec des jeunes de son âge. Elle se livrait aussi parfois à des confidences plus intimes, des histoires de pelotage et de tripotage qui m'excitaient et m'écœuraient en même temps. Quand elle a couché pour la première fois, elle me l'a dit dès le lendemain. Comme elle voyait que j'étais choquée, elle n'est pas entrée dans les détails mais a tenté de me rassurer en me disant que son amant avait de l'expérience et qu'elle ne tomberait pas enceinte. Je n'avais même pas pensé à ça. C'était le passage à l'acte qui me bouleversait.

Aujourd'hui, j'ai dix-sept ans, l'âge d'Anna quand elle a franchi le pas. Je sors avec des garçons mais sans plus.

Je ne possède pas le tempérament hardi de ma sœur, je suis plutôt calme et accommodante, une bonne nature comme dit Moumi.

Anna a rebouché le flacon de vernis à ongles et vérifie, du bout de son index, si celui-ci est sec.

— Alors, tu comptes partir bientôt ?

— Oui, ça ne devrait plus tarder.

— Tu as pensé à ce que je deviendrai sans toi ?

— Tu t'y feras.

Je suis catastrophée. Comme Paps et Moumi, je

pensais que depuis qu'elle gagnait sa vie, Anna envisageait son avenir de manière plus raisonnable. Je me disais qu'elle allait éventuellement louer un petit appartement en ville, pour être plus indépendante... Hélas, je dois déchanter, elle n'a pas abandonné ses rêves de grandeur.

— Et comment est-ce que tu débrouilleras, question fric ?

— Je parle et j'écris trois langues, même quatre si l'on compte le polonais que j'ai toujours pratiqué avec Paps. Ce sera bien le diable si avec ça et mon diplôme de secrétaire, je ne dégote pas un boulot, le jour où j'en aurai besoin ! De toute façon, je vais travailler encore un peu chez Häuser, le temps de gonfler mes économies.

— Donc, tu ne vas pas t'en aller tout de suite ?

— Non, mais je n'attendrai pas longtemps. J'ai déjà dix-neuf ans et demi. Si je traîne trop, je serai mise au rancart. L'âge limite est vite dépassé dans le show-biz.

Trop vieille, Anna ? Je crois à une plaisanterie mais son air grave me détrompe. Je me demande alors à quoi ressemble le monde où elle désire tant entrer. Qui pourrait être assez bête pour refuser d'en ouvrir la porte à la beauté rayonnante de ma sœur ? Je la regarde et, incrédule, je perçois une lueur de désarroi au fond de ses prunelles. C'est si rare, si inattendu que je fais semblant de ne rien remarquer et me mets à parler d'autre chose.

*

Quelques semaines plus tard, ma mère m'invite à la rejoindre chez elle, à Paris. On est en octobre et je ne l'ai pas vue depuis plusieurs mois. Vers Pâques, elle a fait un saut à Bienne, alors qu'elle se rendait à l'observatoire du Jungfraujoch. Au cours de l'été, nous avons reçu une carte postale de Ténériffe, montrant le Teïde et ses télescopes.

Paps demande pour moi un congé au vieil Arnold et je prends le train, deux jours plus tard. Hélène habite un minuscule appartement dans le Quartier Latin. Quand je suis chez elle, je dors sur le convertible de son bureau. Elle-même partage sa chambre avec l'homme du moment. Comme elle travaille toute la journée à l'Institut d'Astrophysique, je suis libre de faire ce qui me plaît. Le soir, nous dînons dans un restaurant du quartier, seules ou avec quelques-uns de ses amis. Quand elle me présente, la plupart d'entre eux tombent des nues. Apparemment, elle ne leur parle jamais de sa famille, et le fait qu'elle ait une fille semble stupéfier tout le monde. Il est vrai qu'elle n'a que trente-cinq ans et qu'avec sa petite taille, son chignon piqué au sommet de la tête, son pas dansant et son allure de fonceuse, elle paraît beaucoup plus jeune que son âge. Pas plus qu'elle ne se soucie des contingences, ma mère ne perd son temps en explications. Ceux qui la connaissent ne lui en demandent pas et ses amis m'accueillent toujours gentiment dans leur cercle. C'est avec eux que je bois mes premiers pastis, fume mes premières gauloises et apprends à jouer au bridge. Trois choses que j'oublie, dès que je rentre Quai du Bas.

Hélène me traite d'égale à égale, ce que j'apprécie, mais elle ne cherche pas à me connaître intimement. Ce que je pense l'intéresse peu, ma vie sentimentale pas du tout. Elle ne m'interroge jamais sur la façon dont j'occupe mes journées dans Paris. Si je lui en parle, elle écoute distraitement, sans faire de commentaires. J'en suis à me demander si elle connaît autre chose que l'astrophysique… Et dans cette matière, elle est si calée qu'elle ne peut en parler avec personne car personne ne possède les connaissances suffisantes pour la suivre et lui donner la réplique. Je trouve cette solitude intellectuelle affreusement triste.

Pour ce que j'en sais, les hommes avec qui elle couche sont du même avis. J'ai eu l'occasion de discuter avec certains d'entre eux et je me suis aperçue qu'en dehors du lit, ils n'entretenaient pas de véritable amitié avec elle. Ce doit être la raison pour laquelle elle change si souvent de partenaire. L'un d'eux m'a dit un jour qu'il ne fallait pas chercher à comprendre Hélène parce qu'elle était une sorte d'électron libre. Comme je ne connais rien à la physique, je n'ai pas saisi ce qu'il entendait par là.

Je devrais peut-être le demander à Paps. Lui n'est spécialiste en rien mais il sait quelque chose sur presque tout, Moumi dit que c'est un autodidacte. Il s'est cultivé seul et partage sans restriction son savoir avec ceux qui en ont envie. Le contraire d'Hélène qui est un vrai glaçon lorsqu'il s'agit de communiquer sa science.

Malgré ça, je dois dire que j'aime assez aller en vacances chez elle. Son indifférence me fait du bien. Elle me libère de la tendresse un peu étouffante de Moumi. À ses côtés, je découvre qu'il existe d'autres façons de vivre que celle que je mène chez mes grands-parents. Et qu'on peut les adopter sans voir le ciel nous tomber sur la tête.

*

Quand je rentre de Paris, quelque chose a changé Quai du Bas mais je ne peux pas dire exactement quoi. Je perçois un décalage comme si une secousse avait brutalement déréglé le mécanisme qui régit notre famille. La vie a fait une embardée, personne n'occupe plus tout à fait la même place.

Je laisse passer deux jours, pensant que c'est mon voyage qui me fait marcher à contretemps. Puis, comme le malaise persiste, je décide d'en parler à Anna.

Je vais la rejoindre dans sa chambre et la trouve en train de pleurer. Ça m'épouvante parce que cela ne lui arrive pratiquement jamais. D'abord, elle ne veut rien me dire, elle essuie ses larmes en prétextant un coup de blues.

— Ne me prends pas pour une idiote, s'il te plaît ! Tu ferais mieux de me raconter ce qui s'est passé ici. Depuis mon retour, vous êtes tous les trois chamboulés.

Elle va jusqu'à la fenêtre et elle lâche :

— Je suis tombée amoureuse.

Je m'attendais à tout sauf à ça. Pour moi, l'amour est synonyme de bonheur, de gaieté… pas de larmes. En outre, je ne vois pas en quoi cela regarde mes grands-parents qui, jusqu'à maintenant, ne se sont jamais mêlés des flirts de ma sœur.

— Vas-y, explique !

— C'est compliqué.

Ça, je m'en doute… Je m'assois dans un des fauteuils de la chambre et j'attends. Anna finit par prendre place en face de moi.

Elle soupire, roule son mouchoir dans sa main puis se décide :

— Le lendemain de ton départ pour Paris, quand je suis rentrée du boulot vers dix-huit heures, il y avait un type qui discutait avec Paps dans le salon. J'ai jeté un coup d'œil par la porte entrouverte, puis je suis allée dans la cuisine et j'ai demandé à Moumi qui c'était.

— Un ami qu'on pensait ne jamais revoir.

— Il est de passage ?

— Oui et non. Il va probablement rester avec nous quelques jours, le temps de retomber sur ses pieds… Il a fui l'Allemagne de l'Est et il est arrivé en Suisse, ce matin. Il nous a téléphoné de Bâle et, bien entendu, nous lui avons dit de venir ici tout de suite.

Moumi avait l'air toute guillerette, comme rajeunie. Je me suis assise au coin de la table et l'ai regardée préparer le souper. De la salle nous parvenaient des éclats de voix, des rires, des exclamations. « Utopie ! Illusions ! » clamait Paps d'un ton furieux. « Vendus ! Incompétents ! Culte de la personnalité ! » lui répondait une voix de basse. Moumi a soupiré : « C'est triste de devoir renoncer à son idéal. Pourtant, il faut s'y résigner quand l'idéal n'est plus qu'une enveloppe vide. »

Je lui ai demandé où elle comptait faire dormir son invité. « Dans la chambre de Pauline. Ça tombe bien puisqu'elle est à Paris pour une semaine encore. »

Là, j'ai trouvé qu'elle exagérait ! Prêter ta chambre à un inconnu qui pouvait fouiller dans tes affaires et fourrer son nez partout… Je l'ai dit à Moumi mais elle n'a rien voulu entendre. Alors je suis allée chez toi et j'ai tout mis sous clé.

C'est au souper que j'ai fait la connaissance de Karl Meissner. Aux regards qu'il me lançait, j'ai tout de suite remarqué qu'il me trouvait jolie. Lui par contre, je ne peux pas dire qu'il me plaisait avec ses cheveux gras, son air éreinté et ses fringues à quatre sous. En plus, il avait dans les quarante ans. Je n'ai pas d'a priori, il faut goûter à tout, mais sincèrement, ce soir-là, je n'y ai pas pensé.

Le lendemain, à midi, en sortant de chez Häuser, qui je vois sur le trottoir d'en face ? Lui… Il était venu me chercher. Il m'a fait signe et a traversé la rue. D'abord, ça m'a contrariée, puis j'ai vu la tête de mes copines et j'ai changé d'avis. Il faut reconnaître qu'il n'avait plus la même allure ! Il était mieux sapé, avait fait couper ses cheveux, son visage était reposé. Rien à voir avec l'exilé qui avait débarqué chez nous, la veille ! Il m'a fait la bise puis, tout le long du chemin, il m'a raconté plein de trucs marrants en français, alors qu'hier, il n'avait parlé qu'allemand. Il m'a appris qu'il était déjà venu à Bienne, il y a une douzaine d'années et qu'il se souvenait de toi et de moi. Nous étions, paraît-il, deux petites filles gentilles et bien élevées. À ce moment-là, en le regardant bien, son visage m'a vaguement rappelé quelque chose... Ensuite, il m'a parlé d'Hélène qu'il avait côtoyée à l'université de Genève, quand il étudiait l'économie. Il m'a dit qu'il était retourné en RDA, en 1951, parce qu'il pensait sincèrement que le régime communiste était capable de remettre l'économie allemande sur les rails. Il y a cru pendant plusieurs années, puis il a été forcé d'admettre qu'il s'était trompé. « J'ai supporté le plus longtemps possible l'arrivisme, la bêtise, la corruption de ce gouvernement, mais quand je me suis rendu compte que mes efforts ne menaient à rien et que les ennemis que je me faisais en dénonçant les abus, devenaient dangereux pour moi, j'ai pris le train pour Berlin-Est. De là, j'ai passé à l'Ouest. »

Voilà ce que Karl m'a raconté sur le chemin du retour. Je l'ai écouté, je l'ai regardé parler et, arrivée

Quai du Bas, j'étais follement amoureuse de lui. Je ne peux pas expliquer pourquoi. Il ne m'a pas draguée, il m'a expliqué son histoire sans se montrer particulièrement à son avantage. Mais dans ma tête, une chose était claire, il me fallait cet homme à tout prix ! En montant les quatre étages, j'ai eu un mal de chien à me retenir. J'avais envie de le prendre par le bras, de l'attirer contre moi. Si je ne l'ai pas fait, c'est que l'escalier est étroit et qu'il allait plus vite que moi.

À table, il s'est mis à parler avec Paps de ce qu'il avait vécu en Allemagne de l'Est, de l'incurie, de l'ingérence de l'URSS. Il a conclu en affirmant que sa fuite ne l'avait pas complètement mis hors de danger. Il avait entendu dire que les transfuges étaient parfois poursuivis à l'Ouest par les sbires de la Stasi. Abattus, empoisonnés, victimes d'accidents inexplicables… C'étaient des rumeurs, mais il était résolu à se montrer prudent. Paps l'a approuvé et Moumi a dit qu'il pouvait rester chez nous aussi longtemps qu'il le jugerait nécessaire. Moi, je me taisais parce que j'étais en train de gamberger pour trouver un moyen de l'attirer dans ma chambre.

Quand je suis sortie de chez Häuser, à dix-sept heures trente, personne ne m'attendait sur le trottoir. À la maison, je ne trouvai que Moumi qui s'activait devant ses casseroles.

« Ton grand-père a emmené Karl voir des amis susceptibles de l'aider à se dépatouiller. Sa situation est loin d'être facile et je me demande comment il va pouvoir la régler... »

Je n'ai rien répondu mais j'ai pris le journal et suis allée le feuilleter dans le salon. À la rubrique des spectacles, j'ai trouvé le prétexte que je cherchais depuis midi. Il y avait plusieurs nouveaux films à l'affiche. Tout à l'heure, j'inviterais Karl à m'accompagner au cinéma. Il ne pourrait pas refuser.

Le soir même, on est allés voir *Vivre sa Vie*, le dernier Godard. Là, j'ai fait ce qu'il fallait et Karl n'a pas résisté longtemps. Que je sois la fille de son ami n'a pas pesé lourd dans la balance, je te prie de le croire ! En rentrant, il m'a suivie dans ma chambre. Ensuite... inutile de te faire un dessin, hein ? Mais je peux te dire que je n'ai pas été déçue...

Le matin, quand je me suis réveillée, j'étais seule dans mon lit. Je ne l'ai pas vu au petit-déjeuner. À midi, Moumi m'a dit qu'il était parti rencontrer quelqu'un pour discuter des démarches à entreprendre afin de régulariser sa situation. Le soir, il n'est rentré que vers neuf heures. Paps et Moumi suivaient une émission à la radio sur l'affaire des missiles de Cuba. Il s'est assis à côté d'eux et a écouté sans faire attention à moi. Pas le moindre coup d'œil, pas le plus petit signe de complicité. Rien. Alors je suis allée me coucher. J'ai veillé jusqu'à minuit, puis je suis allée le chercher. Je me suis glissée dans son lit mais, comme on avait peur de faire trop de bruit, on est retournés en douce dans ma chambre. Et ça a de nouveau été une folie… Jamais je n'avais aimé faire l'amour à ce point.

Le lendemain après-midi qui était un samedi, je lui ai demandé de venir se balader en ville avec moi. Il a accepté du bout des lèvres. Il paraissait gêné, contrarié même. Tu penses bien que ça ne m'a pas plu ! Alors je lui ai caressé la main et l'ai regardé d'un air qui ne pouvait tromper personne. Paps a tout de suite compris et Moumi a écarquillé les yeux de surprise. Nous sommes sortis ensemble mais, sur le trottoir, Karl m'a dit qu'il préférait aller de son côté. J'étais fâchée et terriblement déçue, je ne comprenais pas pourquoi il agissait ainsi. Rien ne l'empêchait de sortir avec moi. J'étais pratiquement majeure, je gagnais ma vie, je n'avais d'engagement envers personne. Je me suis promenée seule en pensant que, la nuit suivante, il serait à nouveau dans mes bras et qu'on oublierait cette fausse note. Et c'est ce qui s'est passé. Mais le dimanche soir, Karl nous a annoncé qu'il allait repartir. Il avait joint, par téléphone, des amis qui avaient fui la RDA et s'étaient réfugiés à Paris. Ils acceptaient de l'héberger et se chargeaient de lui trouver du boulot. Paps a hoché la tête sans essayer de le retenir. Au contraire ! Il a dit qu'à Paris, il risquerait moins de se faire repérer par les agents de la Stasi. Puis il a noté les coordonnées d'Hélène sur un bout de papier. « Je suis sûr qu'elle sera enchantée de te revoir et qu'elle te donnera un coup de main, en cas de besoin. »

Karl a répondu qu'il y avait pensé et qu'il la contacterait sans faute.

La nuit suivante, quand on s'est retrouvés dans ma chambre, je n'ai pas fait de scène. J'aurais trouvé ça trop humiliant. Karl m'a dit que, s'il partait aussi précipitamment, c'était pour libérer ta chambre. Moumi lui avait appris que tu revenais mercredi. Vu l'exiguïté de l'appartement, il ne pouvait s'imposer plus longtemps. Je ne l'ai cru qu'à moitié. En tout cas, une chose était claire, me quitter ne lui faisait ni chaud ni froid… Tu vois, Pauline, l'inconvénient avec les hommes de son âge, c'est qu'ils n'ont aucun mal à se contrôler et que tu n'es jamais sûre de ce qu'ils ressentent vraiment.

Il est parti lundi dernier. Depuis, Paps et Moumi n'ont fait aucune allusion au fait que nous avons couché ensemble. Tu les connais, pour eux tant qu'une chose n'est pas dite, elle n'existe pas. Pourtant, je suis sûre que c'est à cause de ça que Karl a pris ses cliques et ses claques et s'est tiré sans demander son reste ! Paps a dû lui passer un savon et le résultat ne s'est pas fait attendre. Seulement moi, je n'ai pas dit mon dernier mot ! Le temps où Paps se mêlait de mes affaires est passé. Aujourd'hui, je ne baisserai pas la tête en rongeant mon frein. Là, tu peux me faire confiance, Pauline !

Anna plante son regard dans le mien et, à nouveau, des larmes perlent à ses paupières. De rage, de chagrin.

Je suis entièrement d'accord avec elle, cette fois Paps est allé trop loin. Je le lui dis et ça semble la consoler. Son visage se calme, elle cesse de triturer son mouchoir. Puis elle ébauche un sourire.

— Dans le fond, Paps m'a rendu service. J'hésitais encore à franchir le pas. Eh bien, maintenant, c'est comme s'il me poussait en avant !

*

Anna est partie trois jours plus tard.

Elle a dû préparer sa valise en douce, retirer ses économies de la banque, prendre son billet de train... Nous n'avons rien vu venir, même pas moi qui pourtant étais avertie. Elle a quitté l'appartement le matin, alors qu'il était désert, sans laisser un mot d'explication ni d'adresse où la joindre. À midi, elle n'est pas rentrée manger, le soir non plus. Moumi était aux cent coups et parlait d'alerter la police. Paps qui devait soupçonner la vérité, l'a convaincue de n'en rien faire.

— Anna sera majeure dans trois mois. Ça fait longtemps qu'elle parle d'aller tenter sa chance dans les métiers du spectacle... Inutile d'essayer de la retrouver. Nous n'avons plus qu'à attendre qu'elle donne de ses nouvelles. Et prier pour qu'elle reste dans le droit chemin.

Ces derniers mots me stupéfient. Que Paps en soit réduit à la prière et qu'il exprime aussi ouvertement ses doutes quant à la moralité de ma sœur, me font mesurer l'énormité du fossé qui désormais la sépare de nous. Moumi rétorque que leur fille possède d'immenses qualités, du talent, un caractère bien trempé et qu'avec ces cartes-là, elle peut parfaitement tirer son épingle du jeu.

Paps grogne qu'il ne voit pas les choses de la même façon mais qu'il n'en dira pas plus, de peur de chagriner tout le monde.

Les semaines ont passé, assez atroces, je dois le dire. D'abord parce qu'aucune nouvelle n'est arrivée, ce qui a fait naître en chacun de nous une angoisse qui nous ronge le cœur. Ensuite, parce qu'il a fallu inventer une explication pour tous ceux qui demandaient ce qu'était devenue ma sœur. Nous avons fini par nous mettre d'accord pour prétendre qu'elle était partie aux États-Unis perfectionner son anglais.

C'est ce que j'ai raconté au vieil Arnold qui me tarabustait à propos de la promesse que lui avait faite Anna de poser pour lui.

L'atmosphère morose qui règne Quai du Bas me pèse d'autant plus que ma sœur me manque terriblement. Aussi lorsqu'un soir, en rentrant de l'atelier, je découvre Moumi en pleurs devant ses casseroles, je ne peux m'empêcher de crier que si Paps ne s'était pas mêlé de ce qui ne le regardait pas, Anna serait encore là. Que ce qui était arrivé était la conséquence de son intransigeance et de son étroitesse d'esprit !

Moumi me regarde d'un air déconcerté.

— Que veux-tu dire ?

— Anna m'a tout raconté.

— Tout quoi ?

— Son coup de foudre pour Karl, leur amour partagé, son désespoir quand il a été obligé de partir. Paps n'a pas de cœur ! Il est borné, autoritaire, égoïste…

— Pauline ! Je t'interdis de parler ainsi de ton grand-père !

Son ton tranchant coupe court à mes accusations.

— Ça ne s'est pas passé comme tu le crois, poursuit-elle plus doucement. Jan n'a jamais exigé le départ de Karl Meissner. Celui-ci a parlé à ton grand-père et lui a dit qu'il ne voulait pas d'une liaison durable avec Anna. Elle était en train de s'attacher à lui, ce qu'il ne souhaitait en aucun cas. C'est pourquoi il a préféré rompre tout de suite, jugeant qu'une séparation brutale serait un moindre mal. Jan ne lui a jamais mis le couteau sous la gorge ni ordonné quoi que ce soit. Voilà la vérité.

— Je ne te crois pas !

Moumi soupire.

— Bon, puisqu'il faut mettre les points sur les i, je vais le faire. Tu es en âge de comprendre. En réalité, c'est Hélène que Karl espérait retrouver ici. Jadis, à Genève, il y a eu quelque chose entre eux… Il est bien possible que ce soit chez elle qu'il habite aujourd'hui, à Paris.

Je secoue vivement la tête.

— Ça m'étonnerait ! En ce moment, Hélène a un jules, il s'appelle André, et ils semblent très amoureux l'un de l'autre !

Puis, méchamment, je pousse mon avantage :

— Mais il est vrai que ma mère change de mec à tout bout de champ. Chaque fois que je vais la voir, elle en a un autre. La fidélité, elle ne doit pas savoir ce que cela signifie !

J'ai fait mouche, une ombre triste plane sur le visage de Moumi.

Alors je me dis que la pauvre n'a vraiment pas de chance avec ses filles. Hélène comme Anna ont un caractère de chien. Enfants difficiles, adolescentes ingouvernables, adultes ingrates... Franchement, Moumi méritait mieux. Du coup, je vais la prendre par l'épaule et je l'embrasse. Elle étouffe un petit sanglot puis se ressaisit.

— Ma Pauline, heureusement que tu es là ! Mais ne t'en fais pas... La vie m'a appris que rien n'est jamais fini et que tout a une raison d'être, les événements comme le reste.

De retour dans ma chambre, je me sens mieux. Est-ce l'explication de Moumi qui a remis les pendules à l'heure ? Peut-être car, dans ma tête, Paps est redevenu l'homme bon et juste que je connais et que j'aime depuis toujours.

Je pose sur la platine de mon électrophone, un 45 tours de Claude François que j'ai acheté la veille, après l'avoir entendu à la radio. Assise sur mon pouf, le dos contre la cloison, je l'écoute plusieurs fois. Et plus je l'écoute, plus je le trouve fantastique…

L'absence d'Anna me paraît soudain moins dramatique. Ma sœur a tenu une immense place dans ma vie avec ses récriminations perpétuelles, sa difficulté d'être, ses révoltes… Maintenant, c'est fini ! L'orage qui menaçait depuis si longtemps a éclaté. Il est derrière moi, je n'ai plus à le redouter. J'en suis comme délivrée.

Au bout d'un moment, je songe que je pourrais peut-être emménager dans sa chambre. Elle est plus grande et plus agréable que la mienne. Le soir, j'en parle à table et Paps dit que c'est envisageable mais qu'il faut attendre un peu, au cas où Anna reviendrait. Moumi ajoute que si elle n'est pas de retour d'ici janvier, on profitera des soldes d'hiver pour acheter des rideaux neufs, un couvre-lit, une carpette… En lavant la vaisselle, nous nous mettons à discuter couture et décoration, puis à répertorier les magasins où nous ferons nos achats. Ah ! Comme ça fait du bien de refouler la tristesse et d'envisager l'avenir, même si celui-ci se résume à l'embellissement d'une chambre.

Je découvre alors que les petits riens de la vie peuvent apporter du bonheur et que parler de la couleur d'un tissu ou d'un papier peint repousse parfois un vrai chagrin.

Je n'en suis qu'à demi persuadée jusqu'au moment où j'entends la voix de Paps fredonner un air de la

Traviata, dans le salon. Alors je n'en doute plus, c'est la première fois qu'il chante depuis le départ d'Anna.

*

La chambre de ma sœur est donc demeurée inoccupée. Et heureusement, car cela nous a permis d'héberger Alex et Juliette Novak lorsqu'ils ont débarqué chez nous sans crier gare, un peu avant Noël.

J'avais maintes fois entendu mes grands-parents parler d'Alex. Il faisait partie des soldats polonais qu'ils recevaient chez eux, pendant la guerre, et dont quelques-uns étaient devenus des amis. Comme tous les autres, et malgré les promesses faites au moment du départ, il n'avait jamais donné de nouvelles. Presque dix-huit ans s'étaient écoulés et voilà qu'il surgissait du passé et annonçait sa visite.

Ma grand-mère, oubliant ce long silence, paraît ravie. Paps grogne qu'il est bien temps de réapparaître et que certains ne s'embarrassent vraiment pas des convenances. Moumi lui dit de se taire et d'aller préparer les bouteilles d'apéritifs parce que le couple ne va plus tarder.

Quand la sonnette retentit, je reste enfermée dans ma chambre. J'attends que les exclamations et les rires se calment, puis je respire à fond et rejoins tout le monde, au salon.

Un homme dans la force de l'âge est assis sur le

canapé avec, à ses côtés, une Indochinoise incroyablement jolie. Paps fait les présentations. Juliette Novak me tend cérémonieusement la main et Alex m'embrasse, sans parvenir à cacher sa surprise.

— Hélène a une fille ? Et c'est presque une jeune femme ! Mon Dieu, comme le temps passe !

Je prends alors conscience que si moi je connaissais l'existence d'Alex, lui par contre ignorait la mienne puisqu'il avait quitté la Suisse avant ma naissance et qu'aucune nouvelle n'avait été échangée entre mes grands-parents et lui.

Il ouvre la bouteille de champagne qu'il a apportée et poursuit :

— J'ai vraiment honte de ne pas être resté en contact avec vous, comme je l'avais promis. Mais la vie a passé si vite, les événements se sont enchaînés sans arrêt… Après la guerre, je me suis engagé dans la Légion Étrangère. Pendant dix ans, j'ai baroudé un peu partout, l'Indochine, l'Afrique… J'ai tiré ma révérence au début de la guerre d'Algérie. La décolonisation, je connaissais et je savais comment ça se terminait. Je suis retourné à la vie civile au Vietnam, où j'ai travaillé dans une boîte d'import-export. C'est là que j'ai rencontré Juliette. Nous nous sommes mariés en 1960 puis nous sommes rentrés en France. J'ai acheté une petite crêperie à Bréhec, sur la côte nord de la Bretagne. Comme c'est la morte-saison, j'ai eu envie de revenir en Suisse vous faire une petite visite.

— Quelle bonne idée ! s'exclame Moumi. Vous logerez chez nous, cela va sans dire. Nous avons une chambre d'amis.

Alex proteste qu'ils ne veulent pas déranger. Mais il paraît enchanté de l'invitation et ne se fait pas prier davantage pour l'accepter.

— Toujours la même hospitalité, hein ! Vous n'avez pas changé !

Quant à savoir ce qu'en pense sa femme, c'est impossible. Son visage de statue khmère ne reflète rien, rien qu'une beauté parfaite au sourire à peine esquissé. J'en déduis qu'elle ne comprend probablement pas le français. Mais au moment où Moumi se lève pour dresser le couvert, elle me détrompe en demandant si elle peut l'aider.

En fait, nos invités parlent tous deux un français sans accent. Juliette est dotée d'une voix un peu aigrelette alors qu'Alex possède une basse que je trouve très séduisante.

Au cours du repas, la conversation porte naturellement sur le passé. Paps et Moumi sont avides d'apprendre ce que sont devenus leurs anciens protégés. Des noms fusent, Tomasz, Emil, Karol, Eryk, Pawel... et je m'étonne qu'après tant d'années, ils ne les aient pas oubliés. Alex leur rapporte le peu qu'il en sait. Une partie d'entre eux sont retournés en Pologne et il n'en a jamais plus entendu parler.

— Et les autres, tu n'as gardé aucun contact avec eux ? s'étonne Moumi. Vous étiez pourtant tous bons amis. Vous vous serriez les coudes comme des frères.

— C'est l'adversité et les circonstances qui voulaient ça. Une fois la paix revenue, les liens se sont distendus. Chacun s'est démerdé comme il a pu. Quand je suis rentré chez moi, en Lorraine, toute ma famille avait disparu, pourtant nous n'étions pas juifs. Je n'avais pas de pognon, pas de relations, un petit diplôme de mécanicien… C'est pourquoi je me suis engagé dans l'armée. Je n'étais pas le seul. Vous vous souvenez de Téo Wojna, le grand blond qui parlait si mal le français ?

— Bien sûr.

— Il est entré avec moi à la Légion mais il n'a pas eu ma chance. Il est mort dans une embuscade, près d'Hanoï.

Ils évoquent ensuite d'autres noms, d'autres destinées. Le repas s'achève lorsque Paps demande à Alex s'il pratique encore le polonais.

— Oui, mais je n'en ai pas souvent l'occasion.

Puis il éclate de rire et enchaîne dans cette langue. Paps qui n'attendait que ça, se frotte les mains d'un air heureux. Il sort du buffet une bouteille de vodka et les deux hommes se lancent dans une conversation incompréhensible pour nous.

Moumi nous entraîne dans la cuisine où elle sert le café. Puis nous lavons la vaisselle et Juliette nous parle un peu d'elle-même. Elle nous explique qu'elle a fait toutes ses classes dans une école catholique de

Saigon et travaillé ensuite comme secrétaire dans l'entreprise de son père.

— Vos parents sont restés là-bas ? s'enquiert Moumi.

— Oui. Ils viendront peut-être nous voir l'an prochain.

Ensuite, nous nous rendons dans la chambre d'Anna. Moumi dit que c'est celle de leur fille adoptive, partie poursuivre ses études à l'étranger. Je vois à son visage soudain fermé que le chagrin est revenu et qu'elle a du mal à le dominer. Alors je propose à Juliette de descendre prendre les bagages restés dans la voiture.

En sortant de l'immeuble, nous traversons la rue pour rejoindre la Simca, garée un peu plus loin, le long du canal. Juliette me dit qu'elle trouve mes grands-parents adorables et qu'elle comprend pourquoi Alex tenait tant à les revoir.

— Il ne vous a jamais parlé d'Hélène, ma mère ?

— Oui… non… pas particulièrement.

Juliette a ouvert le coffre et en retire un sac de voyage. Nous l'empoignons chacune par une anse. Il fait froid, le trottoir est glissant, du givre recouvre la balustrade en fonte qui borde le quai. En contrebas coule la rivière canalisée.

Juliette me sourit, elle paraît contente et soudain beaucoup plus jeune, presque mon âge. J'ai brusquement envie d'en faire mon amie. En remontant l'escalier, l'immensité du vide qu'Anna a laissé derrière elle, m'accable. Ma vie est comme ouverte aux quatre vents. Je me sens à nouveau trahie, abandonnée… Heureusement, cela ne dure pas. Ma bonne nature reprend le dessus. Après avoir déposé le sac de voyage dans la chambre du palier, je demande à Juliette si, demain, elle me permettra de dessiner son portrait. Elle semble flattée et accepte tout de suite.

Ensuite, nous rejoignons le salon où Paps et Alex se sont remis à parler en français… sans pour autant avoir changé de sujet. Ils discutent d'un certain Emil dont la personnalité a apparemment marqué les esprits. Paps semble très remonté.

— C'était une forte tête et il n'avait pas à se comporter comme il le faisait ! Moi, en tant qu'étranger, je n'ai jamais touché à la politique, pourtant il y a quarante ans que je vis en Suisse. Je n'ai même jamais adhéré à un syndicat et Dieu sait si les pressions étaient fortes, dans les années trente ! Alors Emil, avec ses discours et son obstination à vouloir convaincre tout le monde, c'était forcé qu'il s'attire des ennuis ! Surtout à une époque où même les Suisses la bouclaient… J'avais beau lui répéter de la mettre en veilleuse, il ne voulait rien entendre. Oui, il a bien cherché ce qui lui est arrivé !

— C'est vrai qu'il y allait fort et qu'il avait un sacré culot !

— Du culot ? Moi, j'appelle ça de la connerie et de l'inconscience ! À cause de lui, on a tous failli passer à la casserole ! Pendant l'hiver 43-44, quand il était cantonné près de Bienne et qu'il passait souvent nous voir, la police des étrangers est venue plusieurs fois sonner à ma porte pour m'interroger. Nous avons même eu droit à une perquisition ! Ils ont enquêté sur moi dans le quartier et à l'usine où je travaillais. Seule, ma bonne réputation nous a sauvé la mise... Emil se croyait encore en France, avant la guerre, quand on pouvait clamer ses opinions politiques à tous les coins de rue. En Suisse, militer pour le parti communiste a toujours été mal vu. Pas étonnant qu'il ait été pris pour un agitateur bolchevique et traité comme tel ! Aujourd'hui, je ne comprends toujours pas qu'un homme aussi intelligent et cultivé ait pu se conduire de manière si insensée !

— Les esprits doctrinaires ont souvent des œillères. Je sais qu'à Paris, il était membre du PCF et qu'il signait des articles dans la presse d'obédience communiste. Je n'en ai pas la preuve, mais je suis persuadé qu'il appartenait au Komintern et recevait des directives de Moscou.

— Non, ça m'étonnerait ! Parce que, dans ce cas, il se serait montré beaucoup plus discret.

Alex admet que Paps a probablement raison.

— Je te jure, reprend celui-ci, que quand il a réapparu chez moi, en septembre 1944, et qu'il m'a demandé de le faire passer clandestinement en France, je n'ai pas hésité, malgré les risques que ça comportait. Il n'était pas le premier à qui je rendais ce genre de service. Je connaissais des Suisses en cheville avec la Résistance française, dans le Doubs. Avant de partir, Emil est resté caché quelques jours ici. Il logeait dans la chambre du palier, celle que vous occupez aujourd'hui. Je lui avais donné l'ordre de ne pas en bouger et surtout de ne pas sortir en ville. Pendant qu'il était chez nous, il m'a raconté quelle vie on menait au camp du Wauwilermoos près de Lucerne, où il avait été relégué. Ça dépassait tout ce qui se disait à l'époque. Les abus de pouvoir, les mauvais traitements... J'en ai été sidéré, à tel point que j'ai soupçonné Emil d'exagérer. Mais à la fin de la guerre, il y a eu une enquête et tout est venu au grand jour. Ce qu'il m'avait rapporté était parfaitement exact.

Paps vide son verre.

— En fait, je n'ai jamais su quel était son vrai nom. Est-ce que tu le connaissais, toi ?

— Non, répond Alex. Je n'étais pas très lié avec lui. Je sais qu'Emil était le pseudonyme sous lequel il signait ses articles, avant la guerre, mais je ne peux pas t'en dire plus.

*

Le lendemain, j'essaie de dessiner au crayon le portrait de Juliette. Mais je n'y arrive pas. Elle a le visage trop lisse, la bouche trop fine, les yeux trop bridés. Ce sont sans cesse les traits figés d'une geisha qui reviennent sur ma feuille de papier. Je finis par renoncer en prétextant la fatigue et une mauvaise lumière. Alors que je déchire mes esquisses, une autre idée me vient. Si le vieil Arnold est d'accord, je demanderai à Juliette de passer à l'atelier et de poser pour moi. Une photo vaut bien un dessin.

Lorsque je lui en parle, mon patron refuse en bougonnant. Le portrait est un genre trop difficile pour l'aborder avant la troisième année d'apprentissage. Mais il revient sur sa décision quand je lui dis que le modèle est l'épouse d'un ami personnel de Paps, et qu'elle n'est à Bienne que pour quelques jours.

— Dans ce cas, amène-la avant qu'elle s'en aille et qu'on ne la revoie plus… comme ta sœur !

L'après-midi, quand Juliette pénètre dans la boutique, c'est le vieil Arnold qui la reçoit. Il la salue gentiment, bavarde quelques instants avec elle avant de la faire passer dans le salon de pose. Puis il me rejoint, l'air goguenard.

— Tu ne m'avais pas dit qu'elle était asiatique. Jamais tu n'arriveras à tirer quelque chose d'intéressant d'un visage comme le sien !

Je veux néanmoins essayer. Mon patron me souffle quelques conseils techniques, puis Juliette prend la pose. Lorsque j'en ai terminé, le vieil Arnold lui demande la permission de tirer, à son tour, quelques photos. Et là, à ma grande stupeur, je le vois faire exactement l'inverse de tout ce qu'il m'a enseigné jusqu'ici.

Lui, si amoureux des nuances et de la sobriété, se

met à jongler avec les ombres et la lumière, dispose des projecteurs aux endroits les plus impossibles, oblige son modèle à adopter des attitudes sophistiquées, insolites, ridicules. Il utilise aussi les mains comme composantes du portrait, chose qu'il s'interdit d'ordinaire. Il les place devant ou à côté du visage, pliant ou dépliant les doigts, tels des ornements qu'il arrange à son goût.

Je le regarde faire avec fascination car il tourne et papillonne autour de son modèle comme un gnome surexcité. La séance terminée, il s'incline avec raideur devant Juliette, la remercie de sa patience et lui dit que les photos seront prêtes le lendemain. Elle pourra venir prendre celles qui lui plairont.

Comme il est dix-huit heures, nous repartons ensemble. Alors que je passe la porte, mon patron m'adresse un sourire en coin dont je ne comprends le sens que le matin suivant, lorsque je lui demande respectueusement de m'expliquer pourquoi, en quelques minutes, il a remis en cause tout ce qu'il m'enseigne depuis deux ans. Son regard lance un éclair de jubilation.

— Ma petite, l'expérience t'apprendra qu'en certaines circonstances, il faut savoir oublier ce que l'on a appris et laisser libre cours à son intuition. Aucune règle n'est absolue. Tout ce qui est tenu pour vrai peut, un jour, s'avérer faux. Quand j'ai découvert que ton amie était indochinoise, j'ai su immédiatement que les méthodes habituelles ne marcheraient pas et qu'il fallait travailler d'une autre manière. Tiens ! Compare tes portraits avec les miens, tu comprendras tout de suite.

Il ouvre un tiroir et en sort nos deux séries de clichés. Les miens montrent une poupée sans âme, la geisha qui revenait obstinément sous mon crayon deux jours auparavant. Sur les siens, le visage de mon amie est comme remodelé par les effets d'ombre et de lumière qui arrachent à son impassibilité d'Asiatique, toute une gamme d'expressions subtiles. Mon œil ne les a pas vues et, par conséquent, ni mon crayon ni mon appareil photo n'ont pu les traduire. L'admiration que j'éprouve pour mon patron s'accroît et, curieusement, mon amitié pour Juliette aussi.

En fin d'après-midi, lorsque celle-ci découvre les photos, elle ne fait aucun commentaire. Son sourire de statue khmère s'accentue et elle observe, de son regard oblique, Alex qui les passe en revue en poussant des exclamations étouffées.

— Il va sans dire que j'achète toute la série, déclare-t-il quand il a terminé.

Puis, se tournant vers le vieil Arnold, il lui serre les mains.

— Monsieur Prutchik, ce sont les plus beaux portraits de ma femme que j'aie jamais vus ! Je… je ne sais pas comment exprimer ma gratitude mais je vous en remercie du fond du cœur.

Mon patron marmonne quelques mots incompréhensibles puis déclare qu'il a voulu donner une leçon à son apprentie. Les Novak ne saisissent pas ce qu'il veut dire, mais je vois que leur enthousiasme fait plaisir au vieil homme et j'en suis contente pour lui. Alex demande ensuite s'il serait possible de faire des agrandissements.

— Oui, aucun problème, Pauline s'en chargera.

— Il faudrait que le travail soit exécuté rapidement parce que nous comptons reprendre la route sous peu.

Ces mots me consternent, ce qui ne doit pas échapper aux Novak car, le soir, au souper, Alex lance une invitation qui est pour moi comme une fenêtre qu'on ouvre.

— À votre tour, il faudra venir nous voir ! Vous ne connaissez pas la Bretagne, c'est l'occasion… Notre maison est assez grande pour vous héberger et je suis sûr que le petit port où nous habitons vous plaira.

Juliette renchérit avec enthousiasme, tandis que Moumi ébauche un sourire indécis et que le visage de Paps se rembrunit.

— On verra ça, grogne-t-il.

Pour moi, c'est tout vu ! Cette réponse est toujours celle qu'il donne quand il n'ose ou ne veut pas dire non à quelqu'un. Elle équivaut à un refus définitif. En l'occurrence, j'en connais la raison. Mes grands-parents détestent sortir de chez eux et ne le font que contraints et forcés. L'invitation des Novak suppose la traversée de la France par le train. Pour eux, un tel voyage est tout bonnement impensable.

*

Je crois pouvoir dire que c'est l'après-midi suivant, alors que je travaille à l'agrandissement de ses portraits, que je tombe amoureuse de Juliette.

Je passe des heures penchée sur son image, dans la lumière rougeâtre de la veilleuse, scrutant ce que le vieil Arnold a su y dévoiler… un pli, une ride, une ombre de tristesse. Je promène ma main sur le papier sensible plongé dans le révélateur, et j'ai l'impression que le visage naît sous mes doigts.

Est-ce ce sentiment de création qui met au jour ce que j'éprouvais peut-être déjà sans le savoir ? Je l'ignore, mais quand j'émerge de l'atelier obscur, les épreuves à la main, quelque chose d'essentiel a changé en moi.

Le soir, après souper, Paps sort avec Alex qu'il désire présenter à certains de ses amis. Moumi fait un brin de toilette et se rend à la répétition hebdomadaire de sa chorale, ce qu'elle ne manque sous aucun prétexte. Avec Juliette, nous rangeons la vaisselle, puis je lui propose d'aller écouter de la musique dans ma chambre.

Nous nous asseyons par terre, le dos contre mon lit, et elle m'offre une cigarette. Puis nous passons en revue ma collection de disques qui est assez importante depuis que je me suis appropriée celle d'Anna. Juliette choisit un trente-trois tours de Miles Davis.

— C'est la bande sonore du film *Ascenseur pour l'échafaud*, je l'adore.

Ce disque appartient à ma sœur parce que moi, le jazz je n'y connais rien. Mon domaine, c'est la musique classique et je joue du piano depuis l'âge de six ans. Pour une raison que j'ignore, Paps tenait à ce que nous pratiquions un instrument de musique. Un essai a d'abord été tenté avec Anna, sans aucun succès. Le piano acheté d'occasion est resté muet jusqu'au jour où Moumi a entendu parler d'une dame qui donnait des leçons à domicile, pour un prix modéré. Rendez-vous fut pris et c'est moi qui me suis retrouvée devant le clavier. J'ai fait de rapides progrès et bientôt, j'ai pu interpréter, pour mes grands-parents et leurs amis de passage, de jolis petits morceaux qui me valurent beaucoup de compliments.

Par esprit de justice, Paps et Moumi désiraient également offrir à Anna une activité extrascolaire qui lui plairait. Aussi lorsqu'elle déclara qu'elle avait envie de faire de la danse, l'inscrivirent-ils sans délai au cours de madame Wiesenberg.

J'avais déjà six mois de piano derrière moi mais, très vite, mes petits succès furent éclipsés par les démonstrations virevoltantes de ma sœur ! Comme chaque fois qu'elle entreprenait quelque chose, Anna se lança dans la danse avec fureur et passion. Elle s'entraîna quotidiennement dans notre chambre, se servant du pied de son lit comme barre d'exercice. Elle ne tarda pas à faire le grand écart sans effort et les cinq positions n'eurent plus de secret pour elle. Elle possédait une paire de chaussons en satin rose et Moumi lui avait confectionné un tutu qu'elle enfilait lorsqu'elle exécutait, devant nous, une figure ou un enchaînement qu'elle venait d'apprendre.

Je trouvais Anna magnifique et regardais avec émerveillement ses pointes qui martelaient le tapis, ses bras en corolle au-dessus de sa tête, son cou et son dos bien droits. En comparaison, mon piano faisait piètre figure. Ce n'était qu'un meuble disgracieux devant lequel je me tenais assise, tournant le dos à ceux qui m'écoutaient. Les morceaux que je jouais me paraissaient d'une niaiserie monumentale et je mesurais le chemin qui me restait à parcourir, avant de pouvoir interpréter les grandes œuvres romantiques que j'entendais à la radio.

Cependant, si l'apprentissage de la musique est un exercice ingrat et difficile, celui de la danse classique ne l'est pas moins. Anna ne tarda pas à s'en apercevoir. Après des débuts ébouriffants, elle découvrit qu'elle n'était pas la seule fillette à être douée et que, si elle voulait tenir la vedette dans le gala de fin d'année qu'organisait le cours Wiesenberg, elle devrait travailler longtemps et avec acharnement.

La rivalité qui nous opposait finit par s'atténuer et disparaître. Il y a trois ans, nous nous sommes produites ensemble en public. Anna dansa sur un rondeau de Mozart que j'interprétais au piano. Nous en avions réglé la chorégraphie nous-mêmes, sous l'œil bienveillant de madame Wiesenberg. Paps et Moumi qui assistaient au spectacle, ont affirmé que notre prestation avait éclipsé toutes les autres. Et Moumi a classé précieusement dans ses archives, une coupure de presse où l'on faisait mention de deux jeunes artistes au talent prometteur : les sœurs Vitorski.

Ma chambre est plongée dans la pénombre. Je n'ai allumé que ma lampe de bureau et l'ai posée par terre, à l'autre bout de la pièce. Dans cet éclairage théâtral, tout en noir et blanc, la musique qui s'enroule à la fumée de nos cigarettes scande la pulsation du sang dans nos artères. Je suis ailleurs, loin de ma chambre, loin de chez moi. Je regarde Juliette qui a fermé les yeux. Sa tête oscille au rythme de la batterie. Son visage est celui des photos prises par le vieil Arnold. Je me glisse contre elle. En face de nous, je vois nos ombres se confondre sur le mur nu et la porte fermée. Alors je laisse la trompette guider ma main sur des chemins interdits. J'embrasse Juliette dans le cou puis sur la bouche, sans m'étonner qu'elle réponde avec tant de fougue à l'élan qui me porte vers elle. Je ne réfléchis pas. La pudeur et la timidité qui d'habitude freinent tous mes gestes, ont disparu. Juliette est dans mes bras, elle se presse contre moi. Plus rien d'autre n'existe.

Nous nous étendons sur mon lit et nous repoussons le monde vers d'improbables horizons. Le temps se désarticule en instants successifs. Je découvre la plaine bleue du désir et la marche assoiffée vers le plaisir. Et lorsqu'il se dresse en moi, unique et solitaire, je le conquiers afin qu'il m'engloutisse.

Plus tard, après que Juliette a regagné sa chambre, les choses retrouvent leurs dimensions ordinaires, ma tête se remet à réfléchir et je me demande comment cela a été possible. Je suis amoureuse d'elle et elle de moi, c'est un fait. Mais les ombres familières, un moment écartées, reviennent en force et elles sont immenses. Elles me dominent, me subjuguent, m'écrasent. Juliette est mariée à Alex, et moi, je dépends entièrement de mes grands-parents. Nous leur avons échappé, l'espace d'une soirée. Heures fugaces, dérobées… Je comprends qu'il en sera toujours ainsi et je me mets à pleurer. Presque à mon corps défendant, je suis entrée dans un pays plus beau, plus étrange, plus redoutable que je ne l'imaginais, et je pleure parce que je sais qu'il me sera bientôt inaccessible. Juliette est un oiseau de passage qui ne m'emportera pas sur ses ailes quand elle s'en ira.

Le lendemain après-midi, nous annonçons que nous allons nous promener dans la forêt, au-dessus de Bienne. En fait, nous louons une chambre d'hôtel, à l'autre bout de la ville. Nous nous y enfermons et tirons les rideaux. Comme la veille, nous bannissons tout ce qui n'est pas nous et dérivons, en de violentes navigations, sur un lit ordinaire devenu un bateau démâté. Moments volés, détournés, mais moments qui nous appartiendront à jamais, dans le silence et le secret de nos mémoires.

C'est ce que nous nous disons en quittant l'hôtel et ce que nous répétons tout le long du chemin du retour.

Lorsque nous arrivons Quai du Bas, il fait nuit. Nous expliquons qu'après la promenade, nous nous sommes attardées en ville, sans prêter attention à l'heure. Les vitrines décorées pour Noël sont magnifiques et il y a tant de choses qui nous tentaient… Alex demande à sa femme si elle a fait des achats. Elle répond que non mais qu'elle y retournera demain.

— Demain ? Mais, ma chérie, demain nous partons !

Juliette le regarde d'un air un peu hagard puis balbutie :

— Mon Dieu, c'est vrai… j'avais complètement oublié.

Moumi déclare que rien ne presse mais Alex semble vouloir s'en tenir à sa décision. Au cours du repas, il réitère son invitation. Paps le remercie et déclare qu'un tel voyage est exclu pour Moumi et lui. Trop long, trop fatigant.

— Par contre, rien n'empêche Pauline d'aller vous voir, si elle le désire. Comme il faut compter deux jours de train, elle pourra s'arrêter à Paris et dormir chez sa mère, puis repartir le lendemain.

— Excellente idée ! s'exclame Alex. Qu'est-ce que tu en dis, Pauline ?

Me séparer de Juliette me paraît soudain beaucoup moins déchirant. Je lui souris.

— Oh oui ! Ça me fait très envie. Je n'ai encore jamais vu la mer.

— Pas possible ! Eh bien, c'est l'occasion de remédier à ça. Qu'est-ce que tu en penses, Juliette ?

Celle-ci opine gracieusement de la tête mais sans plus. Moumi semble enchantée par ce compromis. Nous discutons des avantages et des inconvénients des différentes dates envisageables. Je propose alors les vacances de Pâques.

— Ça me convient tout à fait, approuve Alex. Il n'y aura pas encore trop de touristes et le paysage est magnifique à cette saison. Juliette et toi, vous pourrez faire de chouettes balades. Mais ne compte pas te baigner, la Manche est glacée au printemps !

*

* *

La mer ne m'a pas vraiment impressionnée, elle était exactement telle que je me la figurais. Par contre, j'ai été fascinée par les bateaux qui n'avaient pas grand-chose à voir avec ceux du lac de Bienne. Lorsque je les ai découverts dans le port de Bréhec, le soir de mon arrivée, j'ai tout de suite eu envie d'aller les regarder de plus près, de monter à bord et de les prendre en photo. Le petit Kodak que m'avait prêté le vieil Arnold ne resterait pas dormir au fond de ma valise ! Ce serait une bonne façon d'occuper mon temps.

Et de digérer ma déception… car Juliette n'était pas là !

Alex Novak n'a pas été très explicite quand il est venu me chercher, à la gare de Saint-Brieuc.

— Ma femme est retournée au Vietnam, la semaine dernière.

Devant ma déconvenue, il s'est excusé de ne pas m'avoir prévenue, puis il a ajouté qu'il ferait de son mieux pour que je passe néanmoins des vacances agréables.

— J'ai engagé une jeune fillc pour remplacer Juliette à la crêperie. Je suis sûr que tu t'entendras bien avec elle. Il y aura aussi un étudiant de Rennes qui viendra me donner un coup de main, pendant le week-end de Pâques. Tu ne t'ennuieras pas…

Qu'est-ce qu'il en savait ? Moi, c'était pour Juliette que j'avais fait le voyage. J'avais rêvé de plages, de petites criques, de landes désertes où nous nous serions perdues et retrouvées. Et j'ai senti des larmes de dépit monter à mes paupières.

Alex, plongé dans ses pensées, conduisait le regard rivé sur la route.

Au bout d'un moment, je lui ai demandé s'il y avait une raison à ce départ précipité.

Il a soupiré et avoué que sa femme ne s'était jamais vraiment plu en Bretagne. Elle ne réussissait pas à s'adapter au climat ni à la mentalité des gens. Elle avait fini par se persuader qu'elle ne s'intégrerait jamais.

— Dernièrement, elle m'a annoncé qu'elle avait besoin de marquer une pause et que, pour ça, elle voulait rentrer chez elle. Je ne pouvais pas la retenir de force.

— Mais il y a la guerre là-bas !

— Oh ! je ne m'inquiète pas trop à ce sujet. Le président Ngo Din Diem a le pays bien en main. C'est un catholique et un anticommuniste convaincu. En outre, les États-Unis ont envoyé plusieurs milliers de conseillers pour soutenir le régime. Actuellement, le Sud-Vietnam et Saigon sont calmes. Et le Vietnam du Nord semble respecter la frontière du 17e parallèle.

Je ne l'écoutais que d'une oreille, sans oser lui poser la seule question qui m'importait : pourquoi Juliette était-elle partie juste avant mon arrivée ?

J'oscillais entre la colère et le chagrin, ce qui devait se voir car Alex m'a répété qu'il ferait tout son possible pour que mes vacances soient réussies. J'aurais l'occasion de rencontrer des jeunes de mon âge avec qui je pourrais me lier d'amitié. Je lui jetai un coup d'œil oblique. Pauvre vieux, s'il avait pu se douter…

Lorsque nous sommes arrivés sur les hauteurs de Bréhec, je l'ai prié d'arrêter la voiture.

— La mer… C'est la première fois de ma vie que je vois la mer.

Il a stoppé. Je suis sortie et j'ai regardé. Tout ce

vide, tout cet espace qu'un ciel sans nuage agrandissait encore. Rien où accrocher les yeux, même pas un oiseau, même pas un bateau. Bleue la mer, bleu le ciel. Et moi, debout face à cette immensité…

Quand je suis retournée à la voiture, Alex souriait enfin.

— Alors ?

— C'est beau. Et tellement grand !

Ensuite, nous avons pris la route en lacets qui descend au port.

— Voilà ma crêperie…

Une jeune fille se tenait debout sur le pas de la porte.

— C'est Séverine, l'employée dont je t'ai parlé.

Le lendemain, comme je me le suis promis en arrivant, je vais photographier les bateaux à marée basse. C'est samedi, il fait beau et un tas de promeneurs se baladent le long des sentiers côtiers et sur la plage. Vers seize heures, ils envahissent la crêperie. C'est un peu la pagaille, Séverine, débordée, court d'une table à l'autre. Alex ne peut quitter ses fourneaux. Alors je me rends à la cuisine et je lave la vaisselle qui s'entasse sur l'évier. Cette presse dure jusqu'à ce que la nuit chasse les derniers clients.

— C'est le premier week-end de vrai beau temps, dit Alex. Demain, ce sera pareil. Mais en attendant, à votre tour de passer à table !

Il retourne à dans sa cuisine nous préparer des

crêpes. Je les trouve délicieuses, tout comme le cidre d'ailleurs. C'est la première fois que j'y goûte. Alex me promet alors de me faire découvrir les crustacés et les coquillages, bestioles exotiques auxquelles je n'ai encore jamais touché… Après le repas, Séverine et moi gagnons les chambres qu'Alex a mises à notre disposition. Elles sont aménagées à l'arrière du bâtiment et on y accède par un escalier extérieur. Je bavarde un moment avec ma nouvelle copine et elle m'explique comment se pratique le service en salle. Prendre les commandes, apporter les plats aux clients, encaisser… ça n'a rien de sorcier mais il faut être rapide et attentif à ne pas commettre d'erreurs.

— Si tu veux travailler, c'est plus marrant que la vaisselle. En plus, tu te feras des pourboires !

— Je veux bien essayer, à condition qu'Alex soit d'accord.

— Te bile pas pour ça, je m'en occupe !

Dimanche après-midi, une foule de promeneurs prend à nouveau la crêperie d'assaut. Comme prévu, j'aide autant que je peux devant l'évier et à la salle à manger.

Mais le soir, alors que je compte mes pourboires, Alex paraît contrarié.

— Pauline, tu n'es pas venue ici pour travailler. Qu'est-ce que dirait ton grand-père s'il voyait ça !

— Il n'en saura rien. De toute façon, j'aurai dix-huit ans en juillet et je fais ce qui me plaît !

— D'accord ! Seulement, je tiens à ce que tu profites de tes vacances A partir de demain, Séverine commencera son service à seize heures. Le reste de la journée, vous pourrez aller vous promener. La voiture de Juliette est à votre disposition.

— Merci, mais je n'ai pas mon permis.

— Séverine l'a. Je suis sûr qu'elle te servira volontiers de chauffeur…

Les jours suivants, comme le temps demeure beau, nous sillonnons la région. Séverine est une fille agréable et gentille, seulement elle ne remplace pas Juliette. Et les balades avec elle n'ont rien à voir avec celles dont j'avais rêvé.

Un soir, alors qu'Alex et moi buvons un verre de cidre après la fermeture de la crêperie, je lui demande s'il a reçu des nouvelles de sa femme.

— Oui, elle m'a écrit. Elle s'est installée chez ses parents. Elle a un peu de mal à s'adapter à la chaleur tropicale de Saigon. Elle dit que Ngo Dinh Diem tient fermement les rênes du pays mais qu'on parle de guérilla communiste dans les campagnes… Pour moi, ce ne sont que des rumeurs. Le Sud-Vietnam est en voie de stabilisation. S'il n'y avait pas ces bouddhistes extrémistes et leur manie de se suicider par le feu, les médias parleraient beaucoup moins de ce pays.

Il a sans doute raison mais ce n'est pas du Vietnam dont j'ai envie de parler.

— Juliette savait que je devais venir. Pourquoi est-elle partie juste avant mon arrivée ?

— Va deviner ce qui se passe dans la tête des gens qui dépriment ! Elle en parlait vaguement et, tout à coup, elle n'a plus pu attendre.

— Dommage… Malgré ça, je suis contente d'être venue. Tout me plaît ici, même les fruits de mer !

Alex éclate de rire en évoquant la grimace que j'ai faite en avalant ma première huître. Nous discutons ensuite des photos de bateaux que j'ai prises depuis mon arrivée.

— En rentrant, je les montrerai à mon patron. J'espère qu'il les trouvera bonnes.

— Pourquoi pas ?

— Tu l'as rencontré… Tu as dû te rendre comptes qu'il est exigeant et pas commode.

— Oui, mais c'est un photographe hors pair. Grâce à lui, j'ai des photos extraordinaires de Juliette.

Je n'ose pas lui avouer que je possède, moi aussi, un album rempli de ses portraits et que je le regarde chaque soir depuis trois mois.

Une nouvelle fois, l'amertume me serre la gorge. Qu'est-ce qui a pu pousser Juliette à prendre le large ? Alex est un beau mec, gentil, travailleur. Et moi, je ne mérite pas d'avoir été lâchée ainsi. Je me rappelle alors ce que dit Paps du mal du pays. C'est un tourment affreux qu'on ne peut ni expliquer ni décrire. Une force qui vous remue de fond en comble et vous oblige à revenir en arrière. Pour trouver quoi ? Même les plus atteints ne parviennent pas à le dire.

Alex me verse un autre verre de cidre et me regarde d'un air songeur.

— Depuis notre retour de Suisse, j'ai beaucoup réfléchi à tout ce qui s'est passé là-bas autrefois... Quand je t'ai vue à Bienne, ça m'a causé un choc. Non pas que tu ressembles à Hélène ; ça, pas du tout... Si tes grands-parents n'avaient rien dit, j'aurais pensé que tu étais leur fille, un enfant né sur le tard comme cela arrive parfois.

— C'est ce que croient la plupart des gens.

— Jan m'a tout raconté, à propos d'Anna et de toi. Ça a été très généreux de leur part d'adopter une petite Allemande.

— On n'a jamais rien su des origines exactes d'Anna.

Il hoche la tête puis lance :

— Et toi, quelle est ta date de naissance ?

— Le premier juillet 1945. Pourquoi ?

Il a un vague geste d'excuse.

— Oh ! Pour rien...

À cet instant, je prends brusquement conscience que l'homme qui se tient devant moi est peut-être mon père.

— Tu... tu veux dire que... que tu es... que tu serais...

— Non ! Ôte-toi cette idée de la tête. Ce n'est pas moi qui ai mis Hélène enceinte. Je t'en donne ma parole.

Je hausse les épaules.

— Dommage ! Tu aurais fait un père tout à fait acceptable.

— Je te retourne le compliment. T'avoir pour fille ne m'aurait pas déplu. Mais comme ce n'est pas le cas, mieux vaut parler d'autre chose.

— Tu as une idée de l'identité de mon père ?

— Non.

— Est-ce que ma mère couchait beaucoup, à l'époque ?

— Pourquoi tu me demandes ça ?

— Parce qu'elle est plutôt du genre volage ! Chaque fois que je vais chez elle, à Paris, elle a un autre amant.

Je vois l'embarras se peindre sur son visage.

— À la fin de la guerre, pour autant que j'aie pu m'en rendre compte, Hélène était une jeune fille sérieuse. D'ailleurs, tes grands-parents veillaient au grain…

— Ce qui ne l'a pas empêchée de tomber enceinte !

— Tu ne l'as jamais interrogée franchement à ce sujet ?

— Si, mais elle m'a envoyée paître.

— Recommence ! Elle te doit la vérité.

— On voit que tu ne la connais pas ! Elle est assez gentille comme ça, en apparence. Mais il ne faut pas s'y fier. Si tu grattes un peu, tu trouves sa vraie nature. Elle est froide, asociale, égocentrique.

— Holà ! Comme tu y vas !

Je plonge le nez dans mon verre. Jamais encore, je n'avais prononcé des mots aussi durs devant personne, mais ils devaient traîner au fond de moi et, tout à coup, ils étaient sortis.

Remarquant qu'Alex est gêné, je lui dis que la question de ma filiation ne me tracasse pas et que c'est notre conversation qui m'a amenée à en parler. Son visage s'éclaircit et il pose sa main sur la mienne. « Je te comprends… » Je ne sais comment interpréter son geste mais je sens, avec acuité, la chaleur de sa paume sur ma peau. L'envie me vient de le séduire. Rien ne m'en empêche, il me plaît, la différence d'âge ne mc dérange pas… Mais si avec Juliette tout s'est passé spontanément, sans pudeur ni retenue, face à Alex, je suis prise dans une gangue de timidité et de crainte.

Au bout de quelques instants, il retire sa main et dit qu'il est temps d'aller dormir. J'acquiesce et quitte ma chaise, libérée de ce que j'aurais pu faire et que je n'ai pas fait.

*

Au cours de la Semaine Sainte, les touristes affluent à Bréhec et la crêperie ne désemplit pas. Alex est occupé toute la journée mais il ferme de bonne heure, ce qui nous laisse de longs moments pour bavarder. J'évite de revenir sur les histoires du passé, on m'en a suffisamment rebattu les oreilles. Mais les sujets de conversation sont peu nombreux, nous causons souvent de Paps et Moumi et glissons, malgré nous, vers l'époque où Alex les fréquentait. Le soir du Jeudi Saint, il me dit qu'il a retrouvé de vieilles photos prises à Bienne, vers la fin de la guerre puis il ajoute :

— L'autre jour, je ne t'ai pas raconté tout ce que je savais. J'avais besoin de réfléchir, de me remémorer les événements. J'ai fouillé dans mes affaires, relu des papiers. Si tu veux que je t'en parle, c'est maintenant ou jamais ! À partir de demain, il va y avoir un monde fou à Bréhec et je n'aurai plus une seconde à moi.

J'hésite un peu. Pourquoi vouloir apprendre des choses qui, somme toute, ne me regardent pas et qui peuvent s'avérer déplaisantes ? Je pense à la boîte de Pandore… mais la curiosité est la plus forte.

— Vas-y ! Je t'écoute…

— Pour en revenir à ta mère, elle n'avait rien d'une coureuse. C'était au contraire une jeune fille sage, marrante, intelligente. Ta grand-mère avait dû lui faire la leçon et lui expliquer notre situation d'hommes célibataires, déracinés, et les coups de folie qu'aurait pu déclencher un comportement équivoque de sa part. Tous autant que nous étions, considérions Hélène Vitorski comme une sœur et personne ne se serait permis de la draguer.

— Ouah ! Quelle image d'Épinal ! Tu n'enjoliverais pas un peu ?

— Non, je te jure que c'est la vérité ! Il faut dire que c'était une drôle d'époque. Le tournant de la guerre avait eu lieu et son issue était prévisible. Dans notre tête, nous étions tous prêts à reprendre les armes. Nous n'attendions que le feu vert des Suisses pour passer la frontière et rejoindre l'armée de De Lattre de Tassigny ou celle de Leclerc qui repoussaient les Allemands hors de France. Pour nous autres, les internés polonais, les règlements s'étaient assouplis. La surveillance était moins stricte, nous avions le droit de nous déplacer presque librement et nous en profitions, surtout en fin de semaine. Le seul inconvénient c'était notre habillement. Nous portions une sorte d'uniforme qui nous différenciait du reste de la population. Pas franchement le top pour sortir le samedi soir ! Afin d'y remédier, ta grand-mère avait eu la bonne idée de collecter à droite et à gauche tous les vêtements masculins qu'elle avait pu trouver. Nous nous rendions donc Quai du Bas, nous nous changions, puis nous allions au cinéma, au bal, au café. Note que nous devions avoir une drôle de dégaine dans ces habits dépareillés et pas toujours à notre taille ! Mon copain, le grand Téo, mesurait un mètre quatre-vingt-dix. Pas une seule fois, ta grand-mère n'a réussi à lui prêter un pantalon assez long et un veston qu'il pouvait fermer ! Mais ça ne faisait rien, le cœur y était. Les salles de bal ne manquaient pas à Bienne et on y rencontrait des filles pas trop farouches. Hélène qui était encore adolescente avait parfois le droit de venir avec nous. Avant de quitter l'appartement, ta grand-mère nous prenait à part, moi et quelques gars en qui elle avait toute confiance, et nous faisait jurer d'avoir l'œil sur sa fille et de la raccompagner jusqu'à la porte de la maison. Il n'y a jamais eu le moindre problème.

— Bon ! J'ai compris... Où veux-tu en venir ?

— Je voulais remettre les pendules à l'heure. Je te trouve injuste vis-à-vis de ta mère.

— Écoute ! Je me contrefiche de toutes ces histoires. Hélène ne s'est jamais occupée de moi. S'il n'y avait pas eu mes grands-parents, elle m'aurait placée à l'Assistance Publique. Alors, tu comprends, qu'elle ait été une sainte-nitouche ou une cavaleuse m'est complètement égal. Maintenant, si ça ne te fait rien, je vais aller dans la chambre de Séverine, regarder la télé avec elle.

— Je n'ai pas fini.

— Quoi encore ?

— Hélène a radicalement changé dans le courant de l'automne 44. Elle est devenue maussade, repliée sur elle-même. Personne n'y comprenait rien. Aujourd'hui, j'en devine la raison.

— Elle s'est aperçue qu'elle était en cloque...

— Probablement. Nous autres, nous n'en avons jamais rien su. Nous avons quitté la Suisse avant que ça se voie.

— Bon, c'est tout ?

— Non, je ne t'ai pas encore montré les photos.

Là, il m'intéresse davantage. Grâce au vieil Arnold, les images me parlent plus que toutes les anecdotes réunies. En outre, bizarrement, mes grands-parents ne possèdent aucun cliché de cette époque. Je ne savais même pas qu'il en existait.

— Voilà celles que j'ai retrouvées, dit Alex en me tendant une enveloppe. Elles ont toutes été prises au cours du printemps 44.

Les instantanés sont de mauvaise qualité, trop petits et pris de trop loin. On reconnaît néanmoins ma mère sur la plupart d'entre eux. Elle fait très jeune malgré le style terriblement ringard de ses vêtements et de sa coiffure. Elle a les cheveux relevés au-dessus du front, porte des chaussures à semelles compensées, des robes à épaulettes. Elle paraît minuscule au milieu de jeunes gens rieurs et apparemment en pleine forme.

Une partie des photos ont été tirées sur le quai dont je reconnais la rambarde de fonte, les arbres, le pont qui traverse le canal et, de l'autre côté, la rangée de petits immeubles 1900 qui font face au nôtre. Alex me désigne ses copains puis pointe son index sur un homme un peu plus âgé et me dit que c'est Emil.

— Le communiste dont vous parliez un soir, Paps et toi ? Celui qui a eu des ennuis à cause de ses opinions politiques ?

— Oui.

J'éprouve de l'admiration pour les gens qui osent

afficher leurs opinions et leurs idées. Anna en fait partie, Paps et Moumi sont exactement le contraire. Quant à moi, c'est simple, la plupart du temps je n'ai aucun avis sur rien.

Je me penche sur la photo. L'homme n'a rien de particulier sinon une chevelure hirsute, peut-être parce qu'elle est ébouriffée par le vent. Ni beau ni laid, de taille moyenne, le visage carré, quelques rides d'expression qui le vieillissent, des sourcils assez épais... Il fixe l'objectif sans l'ombre d'un sourire, les lèvres serrées et le regard inexpressif. Alors que tous les amis d'Alex arborent une mine réjouie, lui, semble considérer le monde sans la moindre complaisance.

— Il n'a pas l'air baisant, ton copain. On ne devait pas rire souvent avec lui !

— Tu as raison, mais c'était quelqu'un sur qui on pouvait compter. En plus, il était intelligent et instruit. Malheureusement, dès qu'on abordait des questions politiques, il devenait un sale con, sectaire et borné. Il aurait tout sacrifié, lui compris, pour faire triompher ses idées. Moi, ça me foutait la trouille... à ton grand-père aussi. Personne n'a été étonné quand la police l'a arrêté, en mai 1944, et transféré au camp pénitentiaire de Wauwilermoos.

— Quoi ! Juste pour avoir exprimé ses opinions politiques ?

— Hé oui ! Mais il faut comprendre que la situation était difficile et les restrictions sévères pour tout le monde. Les internés militaires étaient à peine tolérés par la population. La seule attitude raisonnable, pour nous autres, était de travailler dur et de la boucler. Le prosélytisme d'Emil a été considéré comme un délit propre à troubler l'ordre public.

— Et comment ça s'est terminé pour lui ?

— Aucun d'entre nous ne l'a jamais revu.

— Il est mort ?

— Non. En tout cas pas à ce moment-là… Tu veux connaître la suite ?

— Bien sûr !

— Ce que je vais te raconter maintenant, c'est ton grand-père qui me l'a rapporté quand nous étions chez vous, en décembre dernier. Jusque-là j'ignorais totalement comment cette histoire avait fini… Emil a donc été relégué dans un camp pénitentiaire, près de Lucerne. Là, il s'est tout de suite rendu compte que les rumeurs que l'on colportait étaient bien en deçà de la réalité. Interdiction de sortir, interdiction de se réunir, interdiction d'avoir une vie sociale… Installations sanitaires à peu près inexistantes, conditions d'hygiène déplorables, promiscuité, ennui, alimentation infecte, bagarres continuelles… La vie que menaient les hommes était infernale mais ils l'auraient supportée si l'officier de l'armée suisse, qui dirigeait le camp avait été quelqu'un de correct. Malheureusement, c'était un sale type, grossier, sadique, tyrannique. Les brimades, les sanctions et les mauvais traitements pleuvaient. Les choses ont été poussées si loin qu'à la fin de la guerre, les autorités en ont eu vent et sont intervenues. Le tristement célèbre capitaine Béguin a été mis en accusation et déclaré coupable d'escroquerie, d'abus de confiance et d'autorité répétés, puis démis de ses fonctions... Mais Emil n'a pas attendu ce moment-là. Il a réussi à s'enfuir en septembre 1944, grâce à la complicité d'un agriculteur dont les terres jouxtaient le camp. Cet homme l'a caché plusieurs jours dans sa grange, puis il lui a donné un peu d'argent, des vêtements civils et l'a amené jusqu'à la gare de Lucerne. C'est comme ça qu'Emil a pu gagner Bienne et se réfugier chez tes grands-parents. Il y est resté une semaine environ, le temps que ton grand-père organise son passage en France.

J'ouvre des yeux tout ronds. Je ne peux imaginer comment mes grands-parents si timorés, si respectueux des autorités, ont osé se mettre ainsi hors la loi. Dans leur situation de résidents étrangers, c'était prendre des risques énormes... pour un homme qu'ils appréciaient peu et avec qui ils n'avaient aucun lien d'amitié. Vraiment, ça me dépasse !

— Jan Vitorski avait des amis à La Chaux-de-Fonds. Ceux-ci étaient en cheville avec un maquis qui menait des actions, dans la région de Morteau et le long du Doubs. C'est à eux qu'il avait décidé de remettre Emil. Seulement, il ne pouvait courir le risque de le laisser aller seul en train jusqu'à La Chaux-de-Fonds. Il était sans papiers et parlait le français avec un accent qui l'aurait trahi, dès qu'il aurait ouvert la bouche. Jan hésita beaucoup puis, avec l'accord de ta grand-mère, il résolut de confier Emil à Hélène. « Un couple passe inaperçu. Les policiers en civil qui surveillent les gares ne feront pas attention à vous. Vous n'aurez qu'à vous donner le bras et jouer les amoureux. Vous prendrez le train de 18 heures 33 et vous vous mêlerez aux ouvriers qui rentrent chez eux. Hélène parlera assez fort pour qu'on entende qu'elle est bien d'ici, Emil lui répondra par monosyllabes. » C'est ce qu'ils ont fait et ils sont arrivés sans encombre à La Chaux-de-Fonds. De la gare, ils se sont rendus directement dans un immeuble de la vieille ville, chez les amis de tes grands-parents. Au milieu de la nuit, quelqu'un est venu chercher Emil et Hélène est rentrée à Bienne, le lendemain matin. Jan m'a avoué qu'il avait poussé un sacré soupir de soulagement quand l'opération a été terminée. C'est qu'en Suisse, on ne rigolait pas avec ce qui touchait à la neutralité. Les soldats étrangers autorisés à résider sur le territoire ne devaient, sous aucun prétexte, pouvoir regagner un des pays en guerre et reprendre le combat. La Confédération s'y était engagée. Laisser s'enfuir un interné militaire aurait pu être considéré comme une rupture de cette convention, et avoir des conséquences diplomatiques très sérieuses. Ton grand-père m'a dit qu'à l'époque, il n'avait pas vraiment conscience de la gravité de ce qu'il faisait. Il comprenait que ses compatriotes polonais aient envie d'en découdre et donnait raison à ceux qui refusaient de rester planqués en Suisse, alors que les Allemands écrasaient leur pays. « De toute façon, ceux qui voulaient partir, partaient. C'était plus fort qu'eux. Alors autant leur donner un coup de main pour qu'ils réussissent. » Voilà comment Jan raisonnait.

— Je l'approuve ! J'aurais fait pareil.

— Oui, c'est ce que tout le monde affirme… après coup !

Je me penche à nouveau sur la photo d'Emil.

— Je me demande ce qu'il est devenu.

— Il a survécu à la guerre. Ton grand-père m'a dit que, quelques années plus tard, une carte postale signée de lui est arrivée Quai du Bas… Et tu sais où elle avait été postée ?

— Non.

— À Moscou.

*

La veille de Pâques, le temps tourne au vent et à la pluie. Du coup, les touristes boudent la crêperie et Séverine suffit à assurer le service. À l'heure de la pleine mer, j'emprunte le ciré et les bottes de Juliette pour aller photographier les vagues que la tempête pousse dans la baie de Bréhec.

La furie que je découvre sur la plage me pétrifie. C'est un spectacle hallucinant, d'une incroyable beauté. Mais je comprends que je serai tout à fait incapable d'en traduire la violence sur mes photos. Je dois me contenter de regarder.

Je marche un long moment sur le sable, fascinée par les rouleaux qui déferlent en grondant, puis je grimpe par le sentier jusqu'au haut de la falaise. La pluie a cessé et la pente m'abrite du vent. Mais quand j'arrive au sommet, je prends la tempête de plein fouet. Mes yeux larmoient, je peux à peine respirer, le nez et la bouche comme étoupés par les bourrasques… Je rabats mon capuchon et ferme le ciré jusqu'au menton et tourne dos au vent. En bas, l'anse bouillonne comme un chaudron, la côte et les récifs sont blanchis par l'écume. Sur la falaise, les rafales étrillent la broussaille et font craquer les pins noirs. Au bout de quelques minutes, j'enfonce mes mains au fond des poches, rentre la tête dans les épaules et je pivote lentement pour faire face à la mer. Là, je ressens comme une terreur sacrée.

Une nuée verticale, faite de colonnes et de voiles, se dresse sur l'eau et avance vers moi. À ses pieds, la mer est blême et les vagues s'écrasent. Des cloques s'en détachent, des zébrures déchirent sa chair boursouflée. Comme elle approche, je distingue les stries de la pluie puis j'entends le crépitement du grésil et l'ahan des rafales. Je ne bouge pas. Bientôt le grain est tout près. Le vent pousse plus fort. Je m'arc-boute. L'horizon disparaît. Quelques instants encore… et la nuée me noie dans une folie d'eau et de neige mêlées.

Quand je rentre à la crêperie, je dégouline de partout. Je vais déposer le ciré et les bottes dans la chaufferie puis je gagne la cuisine, pour voir s'il y a un coup de main à donner.

— L'étudiant que j'ai embauché vient d'arriver, me signale Alex. Il est dans sa chambre en train de défaire ses bagages. Il ne va pas tarder à descendre et à se mettre au boulot. Tu peux aller te sécher et te reposer, on n'a pas besoin de toi pour le moment.

C'est ce que je fais. Je prends une douche chaude puis je m'allonge sur mon lit, avec un bouquin. La pluie a repris et des bourrasques cinglent les carreaux. Je tire la couette jusqu'au menton et je m'endors presque aussitôt.

Ce sont des coups frappés à ma porte qui me réveillent, la chambre baigne dans une clarté crépusculaire.

— On se demandait où tu étais passée ! s'exclame Séverine. Il est presque vingt heures, on n'attend plus que toi pour se mettre à table.

— J'arrive !

Je rince mon visage à l'eau froide, enfile des vêtements propres puis descends. Alex prépare des crêpes complètes pour notre souper. Dans la salle déserte, j'aperçois le nouvel employé, debout près d'une fenêtre. Il vient à ma rencontre et me tend la main.

— Salut ! C'est toi l'invitée d'Alex ?

— Oui.

— Moi, je suis l'intérimaire.

— On m'avait prévenue de ton arrivée.

— Il paraît que tu as bossé toute la semaine…

— Oui, mais j'ai aussi visité la région.

— C'est joli par ici. Maintenant que je suis là, tu vas pouvoir rendre ton tablier et profiter de ta fin de vacances.

Je le trouve plutôt sympa, j'aime bien son sourire et son regard.

— Allons, les enfants ! À table !

Alex nous rejoint avec les assiettes, Séverine suit, une bouteille de cidre à la main.

— Ah ! Je vois que vous avez fait connaissance, il ne me reste plus qu'à faire les présentations !

Il me prend par l'épaule.

— Voici Pauline Vitorski, dit-il en se tournant vers le nouveau venu. Et voilà Gérald… Gérald Miossec. Embrassez-vous tous les deux !

Au cours du repas, j'apprends que, par une curieuse coïncidence, les parents de Gérald tiennent une boutique et un atelier de photo dans le centre de Rennes et que le père souhaite vivement voir son fils lui succéder, perspective qui n'enchante guère l'intéressé. La discussion s'oriente alors vers les avantages et les inconvénients de ce genre de situation. Pour Alex, la cause est entendue. Quand on bénéficie d'une telle opportunité, il faut être sacrément con pour ne pas en profiter. Moi, je partage plutôt la façon de voir de Gérald :

— Ma vie m'appartient, j'en fais ce que je veux ! Vendre du matériel de photo et développer à la chaîne des clichés de mariage et de première communion... Rien qu'y penser me donne envie de ficher le camp à l'autre bout du monde !

— Enfant gâté ! rugit Alex. Tu ne sais pas de quoi tu parles.

Je dis alors que je fais un apprentissage de photographe et que j'aurai mon diplôme l'an prochain. Gérald me considère d'un air apitoyé.

— Et ça te plaît ?

— Oui, sinon j'apprendrais un autre métier.

— Note que je n'ai rien contre la photo en soi, c'est son business qui m'emmerde.

— De ce côté-là, j'ai de la chance, mon patron est plutôt du genre artiste.

— Ah ? Excuse-moi, mais je ne vois pas bien ce que tu veux dire par là...

— Il fait de la photo artisanale.

— Et il arrive à en vivre ?

— Il n'est pas bien riche, mais il doit s'en sortir.

— Il m'a l'air d'être l'exact contraire de mon père ! Pour lui, on gagne gros ou on ne gagne rien. Ceux qui se contentent de "s'en sortir" sont des ratés. Belle mentalité, hein ?

Je comprends mieux pourquoi il ne veut pas prendre la suite d'un homme pareil.

— Pour moi, la photo est un art. Pour mon patron aussi.

Gérald concède que, vu sous cet angle, le métier ne lui déplairait pas.

— Alex te l'a peut-être dit, je suis étudiant aux Beaux-Arts. Mon père est persuadé que je perds mon temps mais il espère que, par ce biais, je rentrerai dans le rang. Tu comprends, ce genre d'école n'offre pas beaucoup de débouchés et il s'imagine que quand j'aurai goûté au chômage et bouffé de la vache enragée assez longtemps, je serai bien content de pouvoir travailler dans sa boutique.

À ce moment-là, Alex qui nous a écoutés sans faire de commentaires, quitte sa place et revient quelques minutes plus tard, une enveloppe à la main.

— Pauline a raison de dire que la photo est un art. Regarde ça et dis-nous ce que tu en penses…

Gérald ouvre l'enveloppe et étale les portraits de Juliette sur la table.

— Évidemment, ça n'a rien à voir avec ce que fait mon père !

— C'est le maître d'apprentissage de Pauline qui les a prises.

Gérald hoche la tête et dit qu'il comprend pourquoi j'aime ce métier. Je ne réponds rien. Bizarrement, regarder le visage de Juliette ne me bouleverse plus, comme si un voile de brume s'était posé sur mon chagrin. Les couleurs déchirantes de la séparation se sont ternies, j'ai presque cessé de regretter son absence.

Gérald range les photos dans leur enveloppe puis me demande jusqu'à quand je compte séjourner à Bréhec.

— Je repars après-demain.

— Déjà ! s'écrie Séverine.

— Je reprends mon boulot mercredi.

Alex évoque alors la possibilité que je revienne l'été suivant.

— Je peux t'embaucher à mi-temps. Entre le 14 juillet et le 15 août, je manque de personnel. Tu pourrais te baigner, te promener tout en gagnant un peu d'argent.

Cette proposition me sourit tout à fait.

— Oui, ça me plairait ! Seulement, je n'ai pas beaucoup de congés. Il faut que j'en parle à mon patron.

— À toi de voir, mais il me faut une réponse assez rapidement.

Puis il se tourne vers Gérald :

— Je peux compter sur toi pour juillet et août, comme l'année dernière ?

— Pas de problème… à condition d'avoir une petite augmentation !

Alex lui tape amicalement sur l'épaule.

— Tu ne perds pas le nord, toi ! Disons que c'est d'accord, on en rediscutera plus tard.

Puis il se lève et déclare qu'il va se coucher mais que rien ne nous oblige à l'imiter. Gérald attend qu'il soit parti puis nous demande ce qui se passe, à propos de Juliette. Alex s'est montré évasif et il n'a pas osé poser de questions. Séverine rapporte le peu qu'elle en sait. Moi je n'ajoute rien sinon qu'à mon avis, cette absence durera plus longtemps qu'on ne le pense.

Le lendemain, j'annonce à tout le monde que j'accepte la proposition d'Alex et qu'en principe, je reviendrai en juillet. Séverine saute de joie et m'embrasse sur les deux joues.

Gérald Miossec pose sur moi un regard oblique, tout en souriant vaguement, puis il parle d'autre chose.

J'en conclus que la perspective de me revoir en été ne lui fait ni chaud ni froid. Je me dis que ça m'est bien égal alors qu'au fond de moi, je sais que ce n'est pas l'exacte vérité.

QUATRIÈME PARTIE

1951

BIENNE.

Anna est meilleure que moi partout.

J'ai six ans et elle, huit ans et demi. Du coup, tout ce que j'apprends, elle le sait déjà. Il y en a qui disent que c'est pour ça que je suis en avance à l'école. Mais ce n'est pas vrai. Anna ne m'explique jamais rien. Mes devoirs, c'est avec Moumi que je les fais. Elle vérifie mes exercices de calcul et ma page d'écriture. La lecture, elle ne s'en occupe pas, vu que je sais déjà lire depuis un bon moment.

Au début de l'année scolaire, quand la maîtresse, madame Rheinhardt, s'en est aperçue, elle m'a demandé qui m'avait appris.

— Personne.

Elle a levé l'index en fronçant les sourcils.

— Pauline, s'il te plaît, je veux la vérité !

— Ma grande sœur m'a prêté son manuel.

— Et elle t'a montré comment épeler les mots ! C'est bien ce que je pensais…

C'était faux mais je n'ai pas voulu la contredire.

Pourtant elle a insisté :

— Il y a un âge pour tout, celui de l'apprentissage de la lecture se situe à six ans et demi. Voilà pourquoi on commence l'école primaire à ce moment-là et pas avant ! Malheureusement, il y en a toujours qui veulent se distinguer !

Comme j'avais envie qu'elle me fiche la paix, je n'ai rien répondu. De toute façon, même si elle m'y obligeait, je ne pourrais pas désapprendre à lire, alors pas la peine de discuter.

Depuis, j'ai lu le livre de lecture deux fois d'un bout à l'autre, et maintenant madame Rheinhardt me donne des ouvrages qu'elle prend dans une bibliothèque vitrée, au fond de la classe. Au début, elle n'était pas contente de moi. Elle disait que je perturbais la classe parce que je levais tout le temps le doigt. Moumi m'a expliqué que, d'une certaine manière, c'était mal élevé de se conduire comme ça. « Tes camarades ont aussi le droit de s'exprimer. Ce n'est pas leur faute s'ils réfléchissent plus lentement que toi. »

Maintenant, je ne me fais plus remarquer, j'ai compris qu'il valait mieux rester tranquille. La maîtresse est satisfaite, mes camarades ont cessé de me regarder de travers et la vie est devenue beaucoup plus facile pour moi.

Anna est aussi la meilleure de sa classe mais elle, elle n'a pas peur de le montrer. Elle a un caractère courageux et elle aime commander. À la maison, c'est toujours elle qui choisit à quoi on va jouer. Moumi essaie de lui rabattre le caquet, elle dit que je ne dois pas grandir à l'ombre d'Anna.

— Il faut que Pauline ait un domaine bien à elle, où elle puisse s'épanouir sans être en concurrence avec personne.

C'est sûrement pour ça que Paps et elle ont décidé de me faire apprendre le piano.

J'ai tout de suite aimé les touches ivoire et les touches noires, bien alignées les unes à côté des autres. Il suffit d'appuyer dessus avec le bout des doigts et c'est toujours le même son qu'on entend. On ne risque pas de mauvaises surprises. Pour le reste, ça ressemble un peu à la lecture. Les lettres qui se suivent donnent des mots, les notes qui se suivent deviennent une mélodie. Main droite, main gauche, deux mains ensemble… Je ne trouve pas ça difficile. Les morceaux sont comme de petites histoires. Ils ont un début, une fin et aussi un titre. *Colombine est triste* - *En avant, petit soldat* - *Valse*… Anna dit que c'est cucul la praline mais à moi, ça me plaît.

Madame Moscatti, mon professeur de piano, trouve que je progresse vite. En quelques mois, j'ai passé au cahier numéro deux de la méthode Diler-Quayle. Si je continue ainsi, je pourrai jouer à l'audition du printemps prochain. Madame Moscatti en a parlé à Moumi qui a eu l'air très contente. Paps par contre a froncé les sourcils.

— Pauline n'a que six ans et demi. Je ne veux pas qu'on en fasse un singe savant, encore moins un enfant prodige.

— Il n'est pas question de ça, voyons ! a protesté Moumi.

— Ces auditions ne sont ni plus ni moins qu'une manière de se faire de la publicité !

— Madame Moscatti n'en a pas besoin, elle refuse des élèves.

— Et puis il y a autre chose... Je ne veux pas attirer l'attention sur nous.

— Toujours ton vieux réflexe d'immigré ! Il serait grand temps de t'en débarrasser.

— Dans le passé, ça m'a plutôt servi.

— D'accord ! Mais les filles n'ont pas à se cacher ni à passer inaperçues ! De toute façon, l'audition n'a lieu que fin mars. D'ici là, nous aurons le temps d'en discuter.

Paps et Moumi ne sont pas mes parents. Ma vraie mère, c'est leur fille Hélène. Mais j'ai beau faire, je n'arrive pas à le croire. Moumi a essayé de me l'expliquer seulement je n'ai pas compris.

Paps dit que quand je serai grande, j'irai habiter avec ma mère. Moi, je sais bien que c'est impossible. Je les aime trop, je ne veux pas être séparée d'eux ni quitter le quai du Bas. Rien que d'y penser me fait pleurer.

Hier soir, Paps a parlé des études d'Hélène et il

avait l'air plutôt énervé. Pourtant, il devrait être fier parce qu'elle apprend des choses terriblement difficiles et qu'elle réussit mieux que les autres. Comme Anna et moi, elle est la première de sa classe. Paps dit qu'elle ferait mieux de devenir ingénieur ou prof de maths parce qu'elle trouverait tout de suite du travail.

— Qui a besoin d'astrophysiciens ? Et à quoi ça sert d'explorer l'univers alors qu'il y a tant à découvrir sur la terre ?

Moumi soupire et répète qu'il est inutile de revenir sans cesse sur ce sujet, vu que leur fille a fait son choix et qu'elle veut aller jusqu'au bout de ce qu'elle a commencé.

— En attendant, c'est nous qui élevons sa fille ! C'est trop facile de se défausser ainsi de ses responsabilités !

Moumi lui jette un regard furieux et me prend sur ses genoux. J'appuie ma tête contre sa poitrine et me mets à sucer mon pouce. Paps grogne un peu, pour la forme, puis passe sa main dans mes cheveux et les ébouriffe.

*

Hélène est venue passer quelques jours à Bienne, pour les vacances d'automne.

Une nuit, alors que je dors profondément, je sens une main se poser sur mon épaule. J'ouvre les yeux.

Une petite lampe de poche éclaire mon lit. « N'aie pas peur, c'est moi. Lève-toi, je voudrais te montrer quelque chose. » Hélène chuchote et je fais très attention à ne pas réveiller Anna. J'enfile ma robe de chambre et mes pantoufles, puis je la suis dans le couloir.

— Où on va ?

— Chut ! C'est une surprise.

On quitte tout doucement l'appartement et on monte au grenier. Là, Hélène soulève la trappe qui donne sur le toit. On grimpe les échelons et on sort. C'est un endroit en forme de terrasse où je n'ai jamais le droit d'aller, même pas avec Moumi quand elle monte y étendre le linge. Elle a trop peur que je glisse et que je dégringole jusqu'à la rue. Paps m'y a emmenée une fois ou deux mais il n'a pas lâché ma main. De là-haut, c'est très joli. On voit les toits des autres maisons et toutes les cheminées. On voit aussi le canal de la Suze jusqu'au lac, et même une partie du port, avec les canots et les grands bateaux blancs qui transportent les passagers à l'île Saint-Pierre.

Mais ce soir, tout est noir. Hélène me prend par le bras et on avance jusqu'au milieu de la terrasse. Là, on s'assied par terre et elle éteint sa lampe. « Lève la tête et regarde ! » J'obéis. Le ciel est plein d'étoiles… des millions d'étoiles. Jamais je n'avais pensé qu'il pouvait y en avoir autant.

— Couche-toi sur le dos !

Je le fais et là, je vois comme une grande traînée

un peu plus claire qui traverse le ciel. Je demande ce que c'est.

— La voie lactée.

— C'est beau. Combien il y en a ?

— Des étoiles ? Beaucoup plus qu'on ne peut en compter.

— Elles sont petites.

— Oh non ! Elles sont énormes au contraire. Chaque étoile que tu vois est un soleil. Mais elles sont si loin qu'elles paraissent minuscules. Tu comprends ?

— Oui. Il y en a tellement qu'on dirait qu'elles se touchent.

— Là encore, c'est tout le contraire ! Elles sont très éloignées les unes des autres. Un espace immense et complètement vide les sépare.

— Et pourquoi elles ne nous tombent pas dessus ?

Là, Hélène ne répond rien. Elle est couchée sur le dos, à côté de moi. Au bout d'un moment, elle me dit que la terre est comme une boule flottant dans l'espace et qu'il n'y a ni haut ni bas, ni gauche ni droite. Les astres tournent sur eux-mêmes tout en tournant aussi les uns autour des autres, ça s'appelle la gravitation universelle.

— C'est ce que tu apprends à l'université ?

— Oui, et bien d'autres choses encore.

— C'est compliqué ?

— Terriblement.

J'ai envie de lui demander à quoi ça sert mais je me souviens de Paps et je retiens ma langue.

— Quand tu seras plus grande, je t'emmènerai visiter un observatoire.

— Et je pourrai voir le ciel dans un télescope ?

— Oh ! Tu connais ce mot ?

— Et comment ! Paps me permet de regarder ses encyclopédies illustrées. Il y a des photos de télescopes. J'en ai même dessiné un, dans mon cahier.

— C'est très bien ! On m'a dit que tu étais intelligente et en avance pour ton âge ; apparemment, c'est vrai.

Ensuite, elle essaie de me faire repérer les étoiles les plus connues, Sirius, les Pléiades, Aldébaran, l'étoile polaire… et aussi la Grande Ourse et la Petite Ourse. Mais c'est un tel fouillis que je n'arrive pas à m'y retrouver. Je ne le dis pas parce que je ne veux pas qu'elle change d'avis à propos de mon intelligence. Pour me faire bien voir, je tends mon index vers le point le plus brillant du ciel. « Ça, c'est Vénus ! »

— Oui, tu as raison, seulement Vénus n'est pas une étoile mais une planète. Comme la terre, elle tourne autour du soleil.

À sa voix, je comprends que Vénus ne l'intéresse pas. Ma mère aime les espaces infinis. Ce qui est trop près la laisse indifférente.

Le lendemain, on ne parle à personne de notre escapade sur le toit. L'après-midi, quand je vais la rejoindre dans sa chambre, celle qui donne sur le palier, je vois qu'elle est en train de remplir sa valise avec des habits d'hiver.

— C'est vrai que quand tu gagneras vie, tu me prendras avec toi ?

Elle me regarde d'un air étonné.

— Tu en as envie ?

— Non.

— Moi non plus.

— Je veux rester avec Paps et Moumi, et aussi avec Anna.

— T'inquiète pas, poussin, je n'ai pas fini mes études. C'est la dernière année que je passe à Genève mais ensuite, j'irai faire des stages à l'étranger. Il y a des observatoires et des centres de recherche partout dans le monde. Je ne pourrai pas t'emmener avec moi. De toute façon, je ne saurais pas m'occuper de toi aussi bien que Moumi.

— Ça, c'est vrai !

— Bon, puisqu'on est d'accord, la cause est entendue.

Elle me prend par la main et m'attire contre elle. Mais ce n'est pas comme avec Moumi, on sent tout de suite qu'elle n'a pas l'habitude de câliner un enfant. Comme sa figure est tout près de la mienne, j'en profite pour regarder la vraie couleur de ses yeux. Ceux d'Anna sont marron avec de minuscules points orange. Moumi dit que cette partie de l'œil s'appelle l'iris, comme la fleur.

Je prends la tête d'Hélène dans mes mains. Ses

iris sont bleu clair avec un cercle très foncé tout autour. Dans le bleu, il y a un peu de vert, un peu de jaune, comme l'eau d'un ruisseau. Voilà comment sont les yeux de ma mère. Maintenant que je le sais, je la lâche et la repousse. Elle se met à rire.

— Quelle drôle de petite bonne femme tu es, ma Pauline !

Puis elle se replonge dans sa valise. Ce qu'elle vient de dire ne me fait pas plaisir du tout, elle a un sacré toupet de me traiter de bonne femme ! Alors je lui crie :

— Et toi, tu sais ce que tu es ?

Elle ne réagit pas et continue tranquillement à faire ses bagages. Je cherche de toutes mes forces de quels noms je pourrais la traiter. Je viens d'engager une bataille de mots comme il y en a tous les jours à l'école, quand on s'injurie avant de s'empoigner. Je crie à nouveau :

— Tu veux savoir ce que tu es ? Tu veux ?

Pas de réponse. Je me creuse la tête et tout à coup, je pense à ce que Paps a dit un jour et qui a fait bondir Moumi.

— Tu es une fille-mère. Une sale fille-mère !

Je ne connais pas exactement le sens de ces mots mais ils doivent être terriblement blessants parce qu'Hélène se redresse, les lèvres serrées et les paupières rétrécies.

— Où as-tu entendu ça ?

Je hausse les épaules et pousse un ricanement.

— Sais-tu seulement ce que ça signifie ?

Je renifle, les mains enfoncées dans les poches de mon tablier.

— Bon, puisque tu ne réponds pas, retourne près de Moumi et laisse-moi finir ma valise ! Mon train est à 18 heures 56 et je n'ai pas de temps à perdre.

*

C'est quelques jours plus tard que la carte postale est arrivée.

En rentrant de l'école, vers onze heures et quart, je rencontre Moumi, en bas de l'immeuble. Elle est descendue voir si le facteur a passé. Quand elle ouvre la boîte à lettres, une carte postale tombe par terre. Elle la ramasse puis pousse un petit cri. « Oh ! Mon Dieu… » A sa tête, je comprends tout de suite que c'est sérieux.

D'habitude, les cartes qu'on reçoit sont envoyées par des connaissances qui passent leurs vacances dans les Alpes. Nous, nous n'allons jamais nulle part. Paps dit que c'est au-dessus de ses moyens. « Quand on a deux filles à élever, plus une troisième à qui il faut payer des études, c'est un luxe qu'un ouvrier ne peut pas se permettre. De toute façon, je suis très bien chez moi ! »

Là, j'ai du mal à le croire ! Comment est-ce qu'il peut dire une chose pareille alors qu'il vit enfermé du matin au soir dans sa fabrique d'horlogerie, avec juste le samedi après-midi et le dimanche de libres ? Un jour, j'ai entendu Moumi dire à Anna que, dans notre société, les hommes ont beaucoup plus d'avantages que les femmes. Moi, je ne suis pas du tout d'accord ! Je trouve la vie de Moumi bien plus agréable que celle de Paps. D'abord parce qu'elle s'organise comme elle veut, personne ne la commande. Elle s'occupe de l'appartement, va faire les commissions, prépare à manger. L'après-midi, elle tricote ou coud ou brode en écoutant la radio. Quand il n'y a pas classe, elle nous emmène en promenade. En été, à la plage. En hiver, faire de la luge sur la montagne. Franchement, je ne vois pas où sont les avantages de Paps.

— Mon Dieu ! Mon Dieu… répète Moumi en tournant la carte postale dans tous les sens.

Je lui demande d'où elle vient et qui l'a écrite.

— Quelqu'un que tu ne connais pas.

Puis elle remonte en vitesse, sans s'occuper de moi.

À midi, elle attend qu'on ait fini de manger pour la montrer à Paps. Elle la lui apporte alors qu'il boit son café en fumant une cigarette. Je suis assise par terre, sous la table, et j'écoute.

— Elle a été postée à Moscou, dit Paps.

— J'ai bien vu que le cachet était en russe, je n'ai pas réussi à le déchiffrer.

— Elle a été expédiée le 24 juillet dernier.

— Elle en a mis du temps pour arriver !

— On ne sait pas exactement ce qui se passe là-bas. Tu vois ça ? C'est le cachet de la censure.

— La censure ? Pour les quelques mots qu'il a écrits ! « *Amicales salutations et merci pour tout…* » Il n'y a pas de secret là-dedans !

— Les dictatures voient le mal partout, répond Paps avec un petit rire triste.

— Au moins, on sait qu'il est vivant. C'est peut-être juste ça qu'il voulait nous annoncer.

— Sans doute.

— Il ne parle pas de revenir ici…

— Même s'il y songe, ce n'est pas une chose qu'il écrirait au dos d'une carte postale !

— Évidemment.

— Bon sang ! Sacré Emil… Je t'avoue que je le croyais mort.

— Pas moi, répond Moumi. J'ai toujours eu le sentiment qu'il s'en sortirait. Mais pourquoi avoir attendu si longtemps pour donner des nouvelles ?

— Aucune idée ! Va savoir comment est la vie en Union Soviétique. Il y a des bruits qui courent sur de nouvelles purges, on raconte toutes sortes de choses à propos de Staline… En outre, Emil a peut-être déjà essayé de nous écrire. Ses lettres ont pu se perdre. Rappelle-toi dans quel état était l'Europe Centrale, après la guerre ! Tu penses bien que la poste ne s'est pas réorganisée en six mois !

— Tu as raison. Mais qu'est-ce qu'Emil peut bien faire en URSS ?

— Souviens-toi, c'était un communiste convaincu. Qu'il ait rallié le paradis des Soviets n'a rien d'étonnant. J'espère pour lui qu'il y a trouvé son bonheur !

— Tu ne l'as jamais beaucoup aimé…

— C'est vrai. Je ne supporte pas les doctrinaires.

Sous la table, le temps commence à me paraître long, je ne comprends plus très bien de quoi ils discutent.

— À ton avis, faut-il parler de cette carte à Hélène ? demande Moumi.

— Je n'en sais fichtre rien. Tu connais notre fille mieux que moi, à toi de décider !

Puis Paps pose ses pieds à plat l'un à côté de l'autre et repousse sa chaise en disant qu'il est l'heure de retourner à l'atelier. Il gagne le couloir et enfile son pardessus. D'où je suis, j'aperçois les mollets de Moumi et le bas de sa robe bleue. Elle est plantée immobile sur le seuil de la porte. Paps s'approche d'elle et je vois leurs quatre jambes se toucher. J'entends des mots murmurés et un petit rire joyeux. Ensuite, Paps s'en va et Moumi retourne dans la cuisine.

Les jours suivants, on dirait que tous deux ont oublié cette histoire de carte postale. Pas moi. Je meurs d'envie de savoir à quoi elle ressemble et je me mets à la chercher dans tous les coins de l'appartement. Sans la trouver. Alors j'attends d'être seule pour aller fouiller la chambre à coucher de Paps et

Moumi. C'est interdit mais je le fais quand même. Je n'ouvre pas l'armoire à glace parce qu'elle est trop grande, je n'arriverais pas à soulever les piles de draps et de linge. Par contre, la coiffeuse se trouve à ma hauteur. Le parfum de Moumi qui s'échappe des tiroirs me rappelle que je n'ai pas le droit d'être là. Tant pis ! Je fouine dans sa lingerie, je regarde parmi ses bas, ses culottes, ses soutiens-gorge. Je vois les petits coffrets où elle range ses bijoux, de vieux porte-monnaie, des lunettes de soleil, mais pas de carte postale. J'inspecte sa table de nuit. Le tiroir contient des tubes de pommade et des boîtes de médicaments et, dans le placard qui est juste au-dessous, il n'y a que des foulards, des écharpes, des gants et des bonnets en laine. Je dis : « Merde ! Merde ! Merde ! » Puis je contourne les lits jumeaux. J'ouvre la table de nuit de Paps et là, au fond du tiroir, derrière deux piles de mouchoirs, je découvre un pistolet.

D'abord, je crois que c'est un pistolet à eau mais quand je le prends, il est lourd et froid. Non, ce n'est pas un jouet. Je le tiens dans mes deux mains. Il ne me fait pas peur. Je m'assieds par terre et je le tourne dans tous les sens. Je mets mon index sur la gâchette, mais la détente est trop dure, je n'arrive pas à la débloquer. Alors je le prends par le canon et regarde le trou par où sortent les balles. Je me demande s'il a déjà tué quelqu'un. Je l'imagine au ceinturon d'un soldat, dans un étui de cuir. Je me dis qu'une table de nuit n'est pas un bon endroit pour une arme, Paps devrait la poser sur le buffet, à portée de main. Au moins, il pourrait s'en servir si jamais des voleurs entraient dans l'appartement. Je pose la crosse contre ma joue et je décide de l'emporter avec moi, pour la montrer à Anna.

— Qu'est-ce que tu fais là ?

Je me retourne, Moumi est debout sur le seuil de la porte.

— Pose cette arme sur le lit ! Tout de suite !

J'obéis. Le pistolet s'enfonce dans l'édredon. Moumi le saisit, l'examine rapidement et le remet dans le tiroir de la table de nuit. Puis, sans un mot, elle me prend par le bras et m'entraîne hors de la pièce.

*

Le soir, lorsque je dis à Anna que Paps cache un pistolet parmi ses affaires, ça n'a pas l'air de l'impressionner. Nous sommes seules, Paps et Moumi sont allés au cinéma, alors je l'emmène dans leur chambre à coucher pour lui prouver que je ne mens pas. Seulement, quand nous ouvrons le tiroir, l'arme n'est plus là.

— Normal ! Il l'a planquée ailleurs, dit ma sœur. De toute façon, ce genre de truc ne m'intéresse pas.

— Tu ne te demandes pas comment il l'a eue ?

— Non ! Je te répète que je m'en fiche complètement.

— Jure que tu n'en parleras à personne !

— Si tu veux…

Visiblement, elle a la tête ailleurs parce que, d'habitude, tout ce qui est secret et interdit la passionne. Je suis déçue, je pensais qu'on discuterait de ce qui arriverait à Paps, si la police apprenait qu'il cache une arme de guerre chez lui : amende, prison, peut-être même expulsion… Paps dit toujours que ces gens-là ne rigolent pas et que si un étranger veut rester dans ce pays, il ne doit commettre aucun faux pas. Il dit aussi que si on ne veut pas d'ennuis, il faut être juste un petit peu meilleur que les Suisses. Pas trop, à cause des jaloux qui peuvent aussi vous causer toutes sortes de tracas. Il a raison et c'est pour ça qu'à l'école, je garde pour moi les réponses aux questions que pose madame Rheinhardt. Je les connais presque toujours mais je ne lève le doigt que de temps en temps.

Anna m'entraîne dans la salle à manger et là, je comprends pourquoi elle n'a pas fait plus de cas du pistolet. Tout est chambardé. Le tapis est roulé, la table et les chaises repoussées à un bout de la pièce. Anna m'explique qu'elle veut profiter de l'absence de Paps et Moumi pour travailler sa danse, tout à son aise. Il y a trois mois qu'elle suit des cours et tout le monde dit qu'elle est très douée. Elle s'exerce chaque jour dans notre chambre mais c'est trop petit, elle manque de place. Ce soir, elle va pouvoir se donner à fond !

Elle enfile ses chaussons et son tutu puis commence à travailler ses pointes et ses positions.

Je la regarde, ébahie. Elle ressemble à une vraie ballerine… Ah ! Comme je regrette maintenant d'avoir accepté d'apprendre le piano ! Si je pouvais, je lâcherais tout et j'irais moi aussi à l'école de danse.

Emportée par son art, ma sœur cabriole et pirouette comme si elle était sur scène. C'est magnifique. Quand elle s'arrête, elle est à peine essoufflée.

— Il faudrait de la musique, dit-elle. Au cours Wiesenberg, il y a un pianiste. Tu ne saurais pas jouer une valse, une marche ou quelque chose comme ça ?

— Si.

— Bon, alors on essaie !

Je m'assieds au piano. Dans le deuxième cahier de la méthode Diler-Quayle, il y a une polka et une valse que j'ai étudiées dernièrement. Je les joue l'une après l'autre.

— On va débuter par la polka, décide Anna. Garde le rythme et marque bien les temps.

Je recommence et j'entends les pointes de ma sœur marteler furieusement le parquet. Comme le morceau est court, je le reprends trois fois sans interruption. Malheureusement, j'ai le dos tourné et ne vois rien de ce qu'elle fait. Quand elle s'arrête, elle semble très contente.

— Maintenant, on passe à la valse. Rejoue-la-moi !

Gagnée par son enthousiasme, je me lance avec ardeur dans le deuxième morceau et, à nouveau, j'entends les pointes des chaussons frapper le sol avec frénésie.

Tout va bien, nous nous amusons comme deux folles quand, soudain, la sonnette de l'entrée retentit. Nous stoppons aussi sec. Second coup de sonnette, insistant celui-là… Nous nous regardons en silence. Quand Paps et Moumi sortent le soir, on n'a pas le droit d'ouvrir la porte. La sonnette résonne une troisième fois, puis on cogne violemment. Nous gagnons le couloir à pas feutrés.

— Ouvrez ! C'est moi, Zimmermann ! J'ai deux mots à vous dire !

Nous reconnaissons le voisin d'en dessous. Anna tourne la clé et entrouvre la porte.

— C'est quoi ce chambard ? Vous avez perdu la tête ?

Comme toujours, ma sœur prend les choses en main.

— Nous faisons nos exercices de danse et de piano.

— À neuf heures et demie du soir ? Moi, j'appelle ça du tapage nocturne. Où sont vos parents ?

— Au cinéma.

— Je comprends. Quand le chat est parti, les souris dansent, c'est le cas de le dire… Ah ! Ah ! Ah !

Son rire me rassure, même si je ne vois pas ce que la situation a de drôle.

— Si demain je raconte vos exploits à Vitorski, je ne pense pas qu'il vous félicitera, poursuit-il.

— Nous travaillons nos leçons de piano et de danse, répète Anna sans se démonter.

— Ouais ! Bravo pour votre assiduité mais moi, ça fait une heure que je ne m'entends plus penser, avec votre ramdam ! Sans compter le plafond qui risque de me tomber sur la tête…

J'agrippe Anna par son tutu. Je veux qu'elle arrête de discuter avec Zimmermann. De toute manière, quoi qu'on dise, on aura tort. Et puis, je n'aime pas ce type. Il a un regard fuyant et une drôle de façon de ricaner quand je le croise dans l'escalier. Moumi est comme moi. Elle dit qu'il faut le saluer poliment mais sans plus. Surtout ne pas entrer dans son appartement s'il nous invite.

— Dis donc, toi, tu es rudement mignonne dans ta petite robe rose ! fait-il soudain en changeant de ton.

— C'est pas une robe mais un tutu, réplique ma sœur.

— Turlututu, chapeau pointu !

Qu'est-ce qui lui prend ? Le voilà qui se met à rire bêtement en nous reluquant comme si on était des pâtisseries dans une vitrine.

— Écoutez, vous deux, je ne dirai rien à votre père si vous me laissez voir votre spectacle.

Là, je manque de m'étrangler. Je tire violemment Anna en arrière et je crie :

— Non ! Pas question ! Personne n'a le droit d'entrer ici quand nous sommes seules !

Il me jette un coup d'œil furibard puis s'adresse directement à ma sœur :

— C'est toi l'aînée, qu'est-ce que tu décides ?

Il a le regard trop brillant pour qu'Anna ne le remarque pas. Elle veut fermer la porte mais Zimmermann a posé son pied à l'intérieur. Il ajoute alors d'un air gourmand :

— Si tu me laisses te regarder danser, je te donnerai du chocolat.

Ça, c'est le mot à ne pas dire ! Depuis que nous sommes toutes petites, Moumi nous répète que si un homme nous propose des bonbons ou du chocolat, nous devons aussitôt partir en courant. La leçon porte ses fruits car Anna réagit immédiatement :

— Ôtez tout de suite votre pied de là ! Et redescendez chez vous, sinon j'appelle au secours et tous les gens de l'immeuble m'entendront !

Zimmermann prend sa menace au sérieux et recule.

— Sales petites garces !

Puis il dévale l'escalier sans demander son reste.

*

Anna et moi, nous adorons les histoires de reines et de princesses. Moumi est abonnée à *L'Illustré* et une amie lui passe de temps en temps *Paris-Match*. Nous y découpons les photos des familles royales et nous les collons dans un cahier.

Quand je ne sais pas quoi dessiner, je le regarde et je trouve des idées. Walt Disney a dû faire pareil pour le film de *Cendrillon*. À l'école, tout le monde est toqué de Walt Disney. Nous décalquons ses dessins sur des feuilles de papier puis nous les colorions.

Moumi dit que c'est une solution de facilité. D'accord, seulement le résultat est toujours réussi !

Avec Anna, on aime aussi beaucoup inventer des pièces de théâtre. C'est notre jeu préféré quand nos copines d'école viennent à la maison. On a des cartons remplis de vieux habits, de rideaux, de chapeaux. On ouvre notre cahier de photos et on choisit quel épisode on va jouer. Ensuite, on distribue les rôles et on se costume. Ces derniers temps, le mariage de la princesse Élizabeth d'Angleterre et, surtout, l'accident de voiture du roi des Belges et la mort de la reine Astrid au bord du lac de Lucerne, sont nos sujets préférés. Les tragédies et les déguisements, c'est ce qu'il y a de mieux au théâtre. Et aussi le maquillage…

Avec son argent de poche, Anna a acheté en cachette un bâton de rouge à lèvres, du mascara et un lait démaquillant. On les utilise quand Moumi n'est pas là parce qu'elle permet qu'on se costume mais pas qu'on se maquille. Pourquoi l'un et pas l'autre ? C'est ce qu'on se demande, avec Anna.

Un après-midi, Hélène débarque sans crier gare. Quand elle nous voit avec nos déguisements et nos figures bariolées, elle se met à hurler de rire. Puis elle nous demande si elle peut assister à la représentation. Mais on dit non parce que, dans notre théâtre, il n'y a pas de spectateurs, seulement des acteurs. On joue pour nous, rien que pour nous.

Le soir, à table, elle ne parle pas du rouge à lèvres ni du mascara, mais de ses études et des amis qu'elle fréquente à Genève. Parmi eux, il y en a un qu'elle voudrait amener à Bienne.

— C'est un Allemand arrivé en Suisse après la guerre. Sa famille habitait la région orientale de l'Allemagne, celle qui a été attribuée à la Pologne en 1945. Ses parents ont été déplacés dans les environs de Leipzig, lui est venu à Genève poursuivre des études d'économie.

Paps n'a pas l'air enchanté.

— Hum… Je n'ai aucune sympathie pour les Allemands dans leur ensemble. Après tout ce qu'on a découvert sur leurs atrocités… Je t'avoue que je préférerais ne pas rencontrer l'un d'eux…

— Cela ne t'a pas empêché d'adopter une petite Allemande !

— Ne confonds pas tout ! Un enfant de deux ans n'a pas de nationalité !

— En fait, Karl Meissner non plus ! Pour le moment, il a le statut d'apatride.

Ensuite, ils se mettent à discuter en polonais. Dès qu'ils sont ensemble, tous deux passent sans cesse d'une langue à l'autre. Et quand ça ne leur suffit pas, ils ajoutent l'allemand. Moi ça ne me gêne pas, je comprends tout. En revanche, Moumi qui ne sait que le français les rappelle parfois à l'ordre. Alors Paps s'excuse en expliquant qu'il change de langue sans même s'en apercevoir. Sur ce point, Hélène, Anna et moi nous tenons de lui. Moumi trouve ça très bien. Elle dit qu'être polyglotte est un atout dans la vie. « Plus on a de cordes à son arc, mieux ça vaut. »

À l'école, madame Reinhart nous a expliqué que l'organe qui permet de parler s'appelle les cordes vocales. Moi, j'en ai trois : celles du français, de l'allemand et du polonais. Ma copine Myriam en a cinq, les mêmes que moi, plus celles du hongrois et du yiddish. Anna aimerait bien savoir l'anglais, elle dit qu'elle en aura besoin plus tard, quand elle ira en Amérique. Mais il n'y a aucune chance pour qu'elle l'apprenne à Bienne. Ici, l'anglais est une langue complètement étrangère.

En définitive, Hélène a gain de cause. Moumi lui dit qu'elle peut amener son ami Karl à la maison quand elle voudra. « Nous le recevrons à bras ouverts. » Oui, peut-être… encore que je voie mal Paps revenir sur ce qu'il pense à propos des Allemands. Il discutera avec son invité, juste le temps qu'il faudra pour ne pas paraître impoli, puis il trouvera une excuse et lui tirera sa révérence. Paps est quelqu'un d'inébranlable ; quand il a décidé quelque chose, il s'y tient.

L'après-midi où Hélène débarque Quai du Bas, avec son copain allemand, je ne suis pas là. Madame Rheinhardt a organisé une promenade en bateau à l'île Saint-Pierre et prévenu que nous ne rentrerions que vers dix-sept heures trente.

Quand j'arrive chez moi, je grimpe l'escalier à toute vitesse parce que j'ai plein de choses à raconter. Arrivée à notre étage, je tombe sur Anna qui devait me guetter. Elle a les yeux brillants et l'air tout excitée. Elle me dit à voix basse, en montrant la porte de la chambre qui donne sur le palier :

— Ta mère est là avec son amant !

Cette phrase résonne bizarrement dans ma tête. J'entre dans le vestibule sans lui répondre, je retire ma veste et mes chaussures. Alors elle se penche vers moi et répète avec un drôle de sourire :

— Ta mère est dans sa chambre, avec son amant !

Moumi a dû l'entendre car elle sort précipitamment de la cuisine tandis qu'Anna bat prudemment en retraite. Je lui demande pourquoi ma sœur dit amant et pas ami, comme tout le monde. Moumi sourit et m'embrasse.

— Ta promenade s'est bien passée ?

Je lui décris le bateau blanc et ses roues à aubes, l'île, la forêt, les roseaux, les lapins et l'auberge où un écrivain célèbre est resté six semaines en vacances, il y a très longtemps.

— Jean-Jacques Rousseau.

— Oui, tu le connais ?

— Un peu.

À ce moment-là, la porte s'ouvre et Hélène apparaît, suivie de son invité. Je l'embrasse et tends poliment la main à l'inconnu. Il a le front à moitié dégarni et des rides près des yeux et du nez. Quand il se met à parler, il a un tel accent que j'ai envie de lui dire d'employer l'allemand, ce serait plus facile pour tout le monde. J'attends qu'on ne prête plus attention à moi pour filer rejoindre Anna, dans notre chambre. Elle lève les yeux et me demande ce que je pense de lui.

— Il est moche.

— Pas tant que ça…

— Et il est vieux.

— Pas tant que ça non plus.

Plus tard, à table, je vois bien que Moumi est nerveuse. Elle sourit trop et s'occupe sans cesse de ce que nous avons dans nos assiettes. Paps pose quelques questions à l'invité et lui demande s'il préférerait que nous parlions l'allemand. Celui-ci répond que non, pas du tout. Il adore le français.

— C'est une langue magnifique, si… si…

— Précise, lance Hélène.

— Oui… et tellement harmonieuse.

Paps parle alors de Genève. Est-ce que Karl s'y plaît ? À nouveau celui-ci fait preuve d'un enthousiasme débordant. Oui, il adore cette ville. Les Suisses sont des gens très bien et si accueillants. L'université est excellente…

Paps fronce les sourcils. Tous ces éloges lui tapent sur les nerfs. Il jette un regard noir à Hélène qui comprend aussitôt.

— Dis donc, Karl ! Ne te crois pas obligé de faire l'apologie de notre pays ! Ce n'est pas le paradis sur terre. Pour ma part, je trouve qu'il recèle une dose de médiocrité supérieure à la normale. Je n'aurais aucun regret à le quitter et à m'installer ailleurs.

L'Allemand la considère d'un air interloqué mais ne répond rien. Paps qui a monté de la cave une bouteille de vin d'Algérie, remplit les verres. Tout le monde s'extasie sur sa qualité.

— C'est vrai qu'il vieillit bien. Mais il tire à quatorze degrés et monte vite à la tête.

Moumi fait passer le plat de viande puis questionne l'invité sur ses projets d'avenir.

— Je dois passer ma licence en économie, à la fin du semestre. Ensuite, je compte rentrer dans mon pays.

— En RFA ?

— Non, en Allemagne de l'Est. Ma famille est installée en Saxe et j'ai envie de la rejoindre.

— Je comprends ça, dit Moumi. Il y a longtemps que vous êtes séparé des vôtres ?

— Plusieurs années.

— Le régime communiste ne vous fait pas peur ?

— Non. Je pense qu'il y a de la place pour tous ceux qui veulent travailler à la construction de la nouvelle Allemagne. Peu importe la politique.

— Vous avez raison. Il faut aller de l'avant.

Paps semble se concentrer sur le contenu de son assiette.

— Vous comprenez, poursuit Karl, il serait certainement plus facile et plus agréable pour moi de trouver un emploi en Suisse. Je ne pense pas que cela poserait de problèmes administratifs. Mais, en mon âme et conscience, je ne peux pas faire ça. Si tous les exilés allemands agissaient ainsi, notre pays… euh… comment dire ?

— Resterait un éternel champ de ruines, claironne Anna qui n'avait pas pipé mot jusque-là.

Karl la considère d'un air étonné.

— Exactement.

— Et comment comptez-vous faire pour oublier ? poursuit ma sœur.

— Oublier quoi ?

— Les raisons pour lesquelles votre pays est devenu un champ de ruines. Les nazis, les camps de concentration et tout le reste…

— Anna ! s'écrie Moumi, gênée.

Ma sœur a cet air faussement innocent qu'elle prend toujours quand elle sort ses pires vacheries. Je me demande si elle va continuer et si Paps va la laisser faire. J'ai soudain envie de dire à Karl qu'elle est probablement allemande, elle aussi. La tête qu'elle ferait ! Je sens la malice me pousser, les mots sont au bout de ma langue. Mais, au dernier moment, le fond de solidarité qui m'unit à Anna me retient. Hélène prend alors les choses en main en déclarant que, chez nous, la politique a toujours été bannie des conversations à table et que ce n'est pas une môme de huit ans qui changera cette bonne habitude.

*

Deux jours plus tard, je surprends Paps et Moumi en train de se disputer. D'abord, je crois que c'est à cause d'Anna ou de moi, parce qu'ils parlent de “leur fille” qui ne se conduit pas comme ils le voudraient. Enfin, je réalise qu'il s'agit d'Hélène.

— C'est une dévergondée ! gronde Paps. Avoir un enfant illégitime aurait pourtant dû lui mettre du plomb dans la cervelle ! Eh bien non, apparemment cela ne l'a pas calmée ! Imagine qu'elle nous en fasse un deuxième…

— Jan ! Ne sois pas idiot ! Hélène a vingt-quatre ans, elle mène sa vie comme elle l'entend.

— Oui, mais pas sous mon toit !

Là, je comprends qu'avec son caractère vieux jeu, Paps ne veut pas qu'Hélène et son ami dorment dans la même chambre.

— C'est immoral ! Et quel mauvais exemple pour nos deux petites !

— N'exagère pas ! Elles sont trop jeunes pour se rendre compte de quoi que ce soit.

— Pauline peut-être. Mais pas Anna. Futée comme elle est, je suis sûr qu'elle a tout compris.

Puis il saute du coq à l'âne et dit qu'il a invité son ami Arnold Prutchik à venir prendre l'apéro ici, ce soir.

— J'ai envie qu'il rencontre Karl Meissner. Comme tous deux sont originaires de Silésie, je suis sûr qu'ils auront plein de choses à se raconter.

— Oh ! Tu crois ?

La voix de Moumi est incertaine. Je devine que cette idée lui déplaît et même l'inquiète. Elle dit qu'elle ne voit aucun intérêt à cette entrevue et qu'il faut oublier le temps de la haine et de l'obscurantisme.

— Ah ! Vraiment ! Et tu penses que c'est possible ? lance Paps d'un ton grinçant. Si tu veux savoir la vérité, j'éprouve de la sympathie pour ce jeune Allemand. Après tout, je me suis toujours efforcé de juger les gens sans idée préconçue. Il n'y a pas de raison que je fasse exception pour lui. Seulement, je suis méfiant, c'est pourquoi j'aimerais connaître l'opinion d'Arnold à son sujet… Karl avait l'âge d'être soldat pendant la guerre, Hélène lui semble très attachée et je ne voudrais pas qu'on découvre plus tard que… que…

— Ah ! C'est ça qui te tracasse ? Eh bien, rassure-toi ! Hélène m'a confié qu'elle n'envisageait pas une liaison durable avec ce jeune homme. D'ailleurs, il nous a dit lui-même qu'il comptait bientôt retourner dans son pays. Ne te mets pas martel en tête, ça m'étonnerait qu'il devienne un jour ton gendre.

Je ne sais pas si la rencontre avec monsieur Prutchik a lieu parce que Moumi nous emmène au cinéma Studio voir une reprise de *La Belle et la Bête*, à la séance de dix-sept heures. À notre retour, éblouies par ce film, nous filons tout droit dans notre chambre pour en parler et voir comment nous pourrions en faire une pièce de théâtre.

Le plus difficile sera évidemment de fabriquer le déguisement de la Bête. « Il faudrait que Moumi nous prête son vieux manteau de fourrure, le brun avec des mouchetures noires. Pour la tête, on prendra un sac en papier, on y percera des trous en face des yeux et de la bouche, puis on collera des bouts de feutre pour les oreilles et les moustaches… »

En passant à table, nous sommes si absorbées par notre discussion que nous ne remarquons pas l'absence d'Hélène et de Karl ni l'air préoccupé de Paps et de Moumi qui mangent sans mot dire. Leur silence finit pourtant par m'étonner. Je donne un coup de genou à Anna et nous nous taisons nous aussi. À la fin du repas, Paps lève les yeux.

— Alors, les filles, on dirait que ce film vous a beaucoup plu !

— Oh oui ! Tu l'as déjà vu ?

— Non.

— Tu as lu l'histoire ?

— Non plus. Les seuls contes que je connaisse sont ceux des frères Grimm. L'exemplaire que je possède est une édition intégrale en allemand et je ne pense pas que…

— Oh ! Prête-le-moi ! s'écrie Anna. Je suis sûre que je comprendrai.

— Tu risques d'avoir une mauvaise surprise, rétorque Paps. Mon livre est imprimé en caractères gothiques. Tu auras du mal…

Ma sœur répond qu'elle s'en fiche et qu'elle

voudrait l'avoir le plus vite possible. Paps hausse les épaules et quitte la pièce. Quand il revient, il a un vieux bouquin à la main.

— Tenez, les filles ! Amusez-vous bien !

Nous l'ouvrons. Tout de suite, je me rends compte que je ne peux pas en déchiffrer un seul mot. Anna non plus. Elle essaie mais n'arrive à rien. Paps qui nous surveille du coin de l'œil, sourit d'un air moqueur.

— Voilà à quoi mène l'impatience !

Puis il prend le livre et se met à lire à haute voix : « *Schneewitchen... Es war einmal, in der Mitte des Winters...* »

Nous l'écoutons lire le conte de *Blanche-Neige* jusqu'au bout. L'histoire n'est pas vraiment différente de celle que nous connaissons, sauf qu'à la fin, le châtiment de la méchante reine est beaucoup plus cruel. Invitée au mariage de Blanche-Neige et du prince, elle est obligée d'enfiler des chaussures de fer chauffées à blanc et de danser jusqu'à ce que mort s'ensuive.

D'habitude, les récits que nous lisons ne se terminent pas de façon aussi horrible. Dans ma tête, je vois la vieille reine sautiller sur ses pieds brûlés, peau noircie et os fumants... Et je me mets à pleurer. Anna demande alors à Paps si c'est là le genre de choses que l'on faisait subir aux gens dans les camps de concentration.

Moumi sursaute et Paps ne répond rien. Il feuillette

le livre puis dit à Anna de venir s'asseoir à côté de lui.

— Nous allons lire ensemble *Das tapfere Schneiderlein*. Je vais t'apprendre à déchiffrer les lettres gothiques. Tu verras, c'est moins difficile que ça n'en a l'air. Juste une question d'habitude.

*

Le jour de son départ, Karl Meissner nous offre des cadeaux. Une plante verte pour Moumi, du vin à Paps. Anna reçoit un foulard et moi, un poisson rouge dans un bocal avec, au fond, un joli caillou qu'il a trouvé au bord du lac.

Je trouve mon poisson vraiment beau avec sa queue blanche et orange qui flotte comme un voile de mariée autour de lui. C'est un être vivant et pourtant, il ne change jamais. Je n'arrive pas à deviner son humeur ni à savoir s'il me reconnaît. Je suppose que oui parce qu'il vient suçoter mon doigt quand je le pose à la surface de l'eau.

Quand je le regarde, je me pose toutes sortes de questions. Je me demande si c'est un mâle ou une femelle, s'il serait plus heureux en liberté dans un étang, s'il est jeune ou vieux… J'interroge Moumi mais elle ne peut pas répondre et je pense soudain à quelque chose qui me trotte par la tête depuis un certain temps.

— Et toi, Moumi, est-ce que tu es vieille ?

— Tout dépend de ce que tu entends par “vieille”.

— Quel âge tu as ?

— Quarante-six ans.

— Et Paps ?

— Quarante-huit.

— Est-ce que c’est vieux ?

— Par rapport à toi, certainement. En réalité, c’est un âge moyen, entre la jeunesse et la vieillesse.

Moumi semble attendre d’autres questions mais je n’en ai pas. C’est l’après-midi, Paps se trouve à la fabrique, Anna à l’école de danse. La maison est vide. Pas de bruit, pas de mouvement. Moumi est assise sur le canapé sans rien faire, ce qui ne lui arrive presque jamais. Je lui demande si elle se sent fatiguée. Elle secoue la tête puis me prend par la main et m’attire près d’elle.

Je vois qu’elle a envie de me dire quelque chose. Elle hésite un peu avant de se décider.

— Est-ce que je t’ai déjà raconté comment j’ai rencontré Paps ?

Rencontré Paps ? Je ne comprends pas. Pour moi, ces deux-là sont ensemble de toute éternité. Est-il possible qu’il y ait eu un temps où ils ne se connaissaient pas ? Cela me paraît complètement absurde et pourtant…

Lentement, une vérité se fait jour dans ma tête. Avant d’être adulte, chacun est un enfant. Donc, forcément, Paps a été un petit garçon… ce que je n’arrive pas à imaginer.

Moumi s'aperçoit de mon désarroi. Elle va dans sa chambre et revient, un album à la main. Elle l'ouvre.

— Est-ce que tu nous reconnais sur cette photo ? C'est celle de notre mariage, en 1925.

Une jeune femme en robe sombre, un voile blanc sur la tête, un bouquet à la main… Je regarde bien et, peu à peu, les traits de Moumi apparaissent derrière les joues rondes et la peau lisse. L'homme à qui elle donne le bras se tient droit comme un piquet. Son visage sévère et la masse de ses cheveux noirs ont quelque chose d'un peu inquiétant.

— C'est Paps ?

— Bien sûr ! C'est vrai qu'il a perdu ses cheveux et pris des rides, ce qui change son visage…

Elle tourne la page de l'album, là les mariés sont accompagnés d'un autre couple.

— Voici oncle Georges et tante Sophie… ils étaient nos témoins.

— Il n'y avait personne d'autre ?

— Comment ça ?

— Tu n'avais pas de papa et de maman ?

— Si, mais ils sont morts quand j'étais petite.

— Et Paps ?

— Ses parents vivaient en Pologne avec leur deuxième fils, Darek. C'était trop loin et le voyage coûtait trop cher, ils n'ont pas pu venir à notre mariage. Nous leur avons envoyé une photo. Et plus tard, quelques photos d'Hélène.

— Et aussi de moi ?

— Non parce qu'entre-temps, il y a eu la guerre et que, depuis, nous n'avons plus jamais reçu de leurs nouvelles.

— Ils sont morts ?

— Très certainement. Paps a essayé de se renseigner. On lui a répondu qu'ils avaient tous disparu pendant l'insurrection de Varsovie.

— Paps a eu du chagrin ?

— Oui, bien sûr.

— Il a pleuré ?

Moumi referme l'album. Elle a l'air triste et semble regretter d'avoir parlé de tout ça. Alors, pour lui changer les idées, je lui demande qui sont exactement oncle Georges et tante Sophie.

— De vieux amis. Paps a fait la connaissance de Georges Favre peu après son arrivée en Suisse, en 1923. Ils travaillaient dans la même fabrique d'horlogerie.

— Oh ! Ils sont copains depuis si longtemps ?

— Oui… Nous sommes toujours restés en contact avec eux, même après leur déménagement à La Chaux-de-Fonds. Ils doivent d'ailleurs venir nous voir dimanche prochain, je les ai invités à manger.

Cette nouvelle me fait sauter de joie. Anna et moi, nous les aimons beaucoup. Ils nous apportent toujours un petit cadeau. Oncle Georges raconte des histoires rigolotes, Paps est de bonne humeur et Moumi passe son après-midi à bavarder avec tante Sophie. Je me rends compte soudain qu'ils sont les seuls proches que nous ayons. Je trouve ça bizarre parce que tous les enfants que je connais ont plein de cousins et de cousines, d'oncles et de tantes. Et nous, personne.

Le soir, j'en discute avec Anna. Elle me dit qu'elle y a déjà pensé mais qu'elle n'en parle jamais autour d'elle parce qu'elle ne veut pas qu'on lui pose des questions embarrassantes.

— Pauline, ne cause pas de notre famille avec tes copines, me dit-elle, les yeux dans les yeux. Elles croient toutes que Paps et Moumi sont nos parents. Du coup, elles nous fichent la paix. Si un jour tu leur dis la vérité, alors tu n'as pas fini d'en baver ! Notre famille n'est pas normale, mais tant que personne ne le sait, ça n'a pas d'importance. Jure-moi de garder le secret !

Je le fais sans hésiter, d'autant plus qu'hier, juste pour épater Anne-Marie, ma meilleure copine, j'ai été sur le point de lui révéler que mon père n'était pas mon père, que ma mère n'était pas ma mère, que ma sœur n'était pas ma sœur… que notre famille était comme une image déchirée en plusieurs morceaux qui auraient été recollés de travers. Cela lui en aurait bouché un coin ! Mais au moment où j'ouvrais la bouche, la cloche a sonné la fin de la récréation.

Devant l'air implacable d'Anna, je jure une deuxième fois en tendant la main droite, comme on le fait dans nos pièces de théâtre. Ma sœur paraît convaincue. Néanmoins, elle me demande si je sais ce qui arrive aux gens qui trahissent leur serment.

— N… non.

— Ils perdent tous leurs cheveux ! Si tu ne tiens pas parole après avoir juré, le lendemain tu te réveilles, la boule à zéro. Tu lèves la tête et tous tes cheveux restent sur l'oreiller.

Je suis horrifiée, mais Anna hausse les épaules.

— Tu n'as pas à avoir peur ! Tu te tais et il ne se passera rien. Sinon, tu es prévenue…

*

Si moi je dois garder un silence absolu sur notre famille, il n'en est pas de même pour Moumi. Elle est assise sur le canapé avec tante Sophie et n'arrête pas de parler de nous. Je suis installée à la table, devant une feuille de papier à dessin et ma boîte de quarante crayons de couleur. Paps et oncle Georges sont sortis faire un tour pour digérer. Anna passe l'après-midi chez son amie Muriel.

Tandis que tante Sophie et Moumi se racontent leurs petites histoires, je dessine le mariage de Blanche-Neige. Je suis penchée en avant. Mes cheveux sont comme deux rideaux qui pendent de chaque côté de ma figure. Je ne vois que ma feuille mais j'entends parfaitement ce que Moumi et tante Sophie se disent. Au début, je ne fais pas attention parce qu'elles parlent de gens que je ne connais pas.

Mon crayon court sur le papier. Blanche-Neige est au bras du prince charmant. Elle avance, c'est son cortège de mariage. Au fond, on voit le château où elle va habiter. Et le parc, et la rivière. Derrière elle défilent les nains et les animaux de la forêt. À la queue du cortège, la méchante reine se tord de douleur dans ses chaussures brûlantes…

Soudain, je dresse l'oreille, je viens d'entendre les mots “carte postale.” À cause de la visite de Karl et d'Hélène, j'avais presque oublié cet épisode. Moumi quitte le canapé puis revient quelques minutes plus tard, une carte à la main. Tante Sophie la lit et pousse un petit cri.

— Il a donc survécu !

— Comme tu peux le constater.

— Et c'est maintenant qu'il donne des nouvelles ! Il y a mis le temps !

Tante Sophie a l'air en colère.

— Tu as montré cette carte à Hélène ?

— Non. J'ai hésité et, en définitive, je ne l'ai pas fait. L'occasion ne s'est pas présentée.

— Tu as eu tort.

— Pourquoi ?

— Elle a tout de même le droit de savoir qu'Emil est vivant !

— Je n'en vois pas la raison.

— Mathilde ! Ne me dis pas que tu n'avais rien remarqué !

— Quoi ? Tu veux parler de son penchant pour Emil ? Ça n'avait rien de sérieux ! Hélène n'était qu'une gamine et lui frisait la trentaine. Il ne la regardait même pas.

— Mathilde ! Enfin !

— Je ne vois pas où tu veux en venir. Explique-toi !

Je penche la tête et les lorgne à travers mes cheveux. Moumi a l'air contrariée mais ce n'est rien comparé à tante Sophie qui la regarde comme si elle avait commis une faute vraiment grave. Là, je commence à avoir peur. Et Moumi aussi. Ses paupières battent, elle se tord les mains et bégaie :

— Enfin… Souviens-toi ! Emil n'avait rien pour plaire. Comparé à tous les beaux gars qui… qui ont défilé chez nous… Pawel, Alex et tant d'autres. Je… j'aurais compris qu'Hélène tombe amoureuse de l'un d'eux. Mais pas d'Emil !

— Pourtant, c'est ce qui est arrivé !

— Non ! Je ne te crois pas !

— Si mes souvenirs sont exacts, vous l'avez hébergé une huitaine de jours, avant de nous l'amener à La Chaux-de-Fonds ?

— Oui, c'est vrai.

— Eh bien, sache que ta fille le rejoignait chaque soir dans sa chambre et qu'elle passait la nuit avec lui. Elle me l'a avoué le lendemain de leur séparation. Il lui avait en outre juré qu'il reviendrait, une fois la guerre terminée.

— Oh ! le sale type !

— Je ne te le fais pas dire ! Il a trompé votre confiance, abusé de la crédulité d'Hélène en lui faisant Dieu sait quelles promesses… Sans compter les risques que vous couriez, en le cachant chez vous.

— Je comprends maintenant pourquoi Hélène était dans un tel état quand elle est rentrée à Bienne. Et pourquoi elle a tellement changé tout de suite après.

Tante Sophie prend Moumi par la main puis continue :

— Le soir où ils sont arrivés chez nous, à La Chaux-de-Fonds, Hélène m'a dit qu'elle coucherait dans la chambre d'amis, avec Emil. Elle ne m'a pas demandé la permission, je te prie de le croire. Au milieu de la nuit, un bruit de voix m'a réveillée. Je me suis levée et suis allée dans le couloir. Je les entendais parler, Hélène pleurait... Mais qu'est-ce que je pouvais faire ? Le copain qui devait faire passer la frontière à Emil n'allait pas tarder. Je me suis rendue à la cuisine et j'ai préparé le café. À trois heures, je suis allée frapper à leur porte. Quelques minutes plus tard, Emil m'a rejointe, il avait l'air sombre mais décidé. Puis Hélène est apparue sur le seuil de la porte, tellement mince et frêle dans sa chemise de nuit. Il lui a dit de se montrer raisonnable et de retourner se coucher. Mais elle pleurait et répétait qu'elle ne voulait pas qu'il parte. Alors il m'a regardée droit dans les yeux et j'ai compris le message. Je l'ai prise par la main et l'ai reconduite jusqu'à sa chambre. Peu après, on a entendu la porte d'entrée s'ouvrir et des voix d'hommes qui parlaient à voix basse. À cet instant, Hélène m'a échappé. Elle est sortie dans le couloir en criant « Jerzy ! Jerzy ! » Emil s'est retourné, l'air furieux. Il l'a saisie par les épaules et l'a tenue en face de lui. « Ça suffit maintenant ! Je dois partir, tu le sais, nous en avons suffisamment discuté. Je reviendrai quand la guerre sera finie. En attendant, conduis-toi en adulte et cesse de pleurnicher, j'ai horreur de ça ! » Il l'a embrassée rapidement sur le front puis rejoint l'homme qui attendait sur le trottoir, avec deux vélos.

Voilà comment ça s'est passé. Je suis restée avec Hélène parce que je craignais qu'elle ne commette une bêtise. Je me suis installée dans un fauteuil et j'ai somnolé jusqu'au matin. Ensuite, j'ai essayé de la raisonner. J'ai évoqué toutes les femmes qui étaient séparées de leur homme, à cause de la guerre. Je lui ai dit aussi que celle-ci ne durerait plus longtemps, quelques mois pas davantage… Cela a paru la consoler. Elle m'a demandé alors où Jerzy avait passé la frontière. J'ai prétendu que je n'en savais rien. Tu penses bien que je n'allais pas lui raconter comment nous organisions le passage de ces étrangers vers la France. Nous étions des amateurs, mais pas innocents à ce point-là.

Moumi hoche la tête.

— Comment as-tu dit qu'Hélène appelait Emil ?

— Jerzy… Ça m'a frappée moi aussi, mais je n'ai rien demandé, je ne voulais pas remuer le couteau dans la plaie. J'ai pensé que c'était son véritable prénom. Nous savions tous qu'Emil était un nom de guerre.

Tante Sophie se tait et moi je commence à mettre

des couleurs à mon dessin. Je choisis le grenat pour le manteau de prince, je dessine des fleurs sur la robe de Blanche-Neige. Au bout d'un moment, j'entends Moumi dire qu'elle montrera la carte postale à Hélène quand elle viendra à Bienne.

— Pourtant, j'ai peur que cela ne lui fasse plus de mal que de bien.

— Sept ans ont passé. Le temps cicatrise toutes les blessures. Elle a le droit de savoir que cet homme est vivant et qu'il a donné des nouvelles.

— À quoi bon puisque nous n'avons pas d'adresse où lui répondre ?

— Ça, ce n'est pas ton problème mais celui de ta fille.

— Que veux-tu dire ?

— Eh bien… Hélène peut avoir envie d'entreprendre des recherches concernant la petite.

— Ah oui ! Je vois à quoi tu penses…

Je guigne à nouveau à travers mes cheveux. Elles ne sont plus penchées l'une vers l'autre mais me regardent d'un air pensif. Je me redresse et leur montre mon dessin.

— C'est pour toi, tante Sophie ! Mais il n'est pas encore fini.

Moumi me demande de me dépêcher parce que, dans un quart d'heure, nous partirons nous promener toutes les trois au bord du lac. Je me remets au travail mais je sais que je n'arriverai pas à terminer en si peu de temps. Ça me met de mauvaise humeur. Alors, je bâcle mon dessin et laisse la méchante marâtre se tordre de douleur au bout du cortège, sans la colorier, sauf ses horribles chaussures de fer que je bariole en rouge et en orange, pour qu'on comprenne qu'elles sont en train de lui brûler les pieds.

*

Anna est très malade.

Dimanche, en rentrant de chez sa copine Muriel, elle ne se sentait pas bien et, le lendemain, elle n'a pas pu aller à l'école. Moumi lui a mis le thermomètre sous le bras gauche puis elle est allée téléphoner au docteur Valin. Il est venu dans l'après-midi et a dit qu'Anna avait une angine. C'est sa maladie habituelle, elle en fait au moins deux ou trois par an. Normalement, elle en guérit au bout de quelques jours, seulement, cette fois, ça ne passe pas. Elle a les genoux enflés et n'arrive pas à se tenir debout.

Moumi est très inquiète. Elle essaie de ne pas le montrer, mais je le vois bien. Le docteur Valin qui est revenu a prescrit à Anna un remède tout nouveau qu'on a beaucoup utilisé pendant la guerre et qui devrait vite la remettre d'aplomb.

En voyant les grosses pilules brunes que Moumi rapporte de la pharmacie, je devine aussitôt qu'il y aura un problème parce que ma sœur n'a jamais été capable d'avaler quelque chose de tout rond. Moumi le sait et elle explique à Anna que, cette fois, elle doit réellement faire un effort. Sa maladie est grave et le remède contient un produit qui tuera les microbes de sa gorge. Elle lui tend ensuite une pilule et un verre d'eau. Je m'assieds dans un coin de la chambre, pour assister au spectacle. Anna met le médicament dans sa bouche, boit une gorgée, tousse, s'étouffe, recrache. Puis recommence. Ça ne passe pas. Elle demande un deuxième puis un troisième verre d'eau et enfin, miracle, la pilule descend dans son estomac.

Le soir, c'est le même cinéma. Anna pleure. Moumi s'énerve. Paps dit qu'elle n'y met aucune bonne volonté.

— Cette gamine nous joue la comédie dans le seul but de nous faire tourner en bourrique. Désormais, nous la laisserons seule et elle n'aura à manger qu'une fois son remède avalé.

Il met aussitôt sa menace à exécution et nous passons à table. Au bout d'un moment, Moumi va dans la chambre voir où en est Anna. Apparemment, la méthode est efficace car la pilule a disparu, et ma sœur reçoit son souper.

Le lendemain, ça se passe de la même manière. Anna semble avoir compris la technique. Moumi retrouve le sourire, Paps est fier d'avoir résolu le problème. Tout le monde est content.

Seulement, contrairement à ce qu'on espérait, ma sœur ne guérit pas. Le remède qui a sauvé tant de soldats pendant la guerre, n'a aucun effet sur elle. Trois jours plus tard, la fièvre n'a pas baissé, elle ne peut toujours pas marcher et, en plus, ses coudes ont aussi enflé. Le docteur Valin est catastrophé.

— Je ne comprends pas. Les antibiotiques auraient dû couper cette angine. Le cas a été observé d'innombrables fois…

Puis il entraîne Moumi hors de la chambre et là, il déclare d'une voix ferme que ma sœur doit être transportée à l'hôpital.

— Il n'y a pas d'alternative. Ce cas me déroute et je ne veux prendre aucun risque. Si vous le permettez, je vais appeler l'hôpital des enfants pour les prévenir et demander qu'ils envoient une ambulance. Préparez une petite valise avec les effets personnels d'Anna. Et ne vous inquiétez pas, le personnel hospitalier est compétent, elle sera bien soignée.

Tandis que Moumi se précipite au grenier chercher une valise, le docteur Valin parle avec Paps qui vient d'arriver. Angine bactérienne… rhumatisme articulaire aigu… lésion cardiaque à craindre… résistance inexplicable aux antibiotiques.

Moi, je suis sous le choc. L'hôpital… les seules personnes que je connaisse à y être allées étaient vieilles, et elles y sont d'ailleurs presque toutes mortes ! J'essaie d'imaginer ma sœur dans une salle où s'alignent des lits, avec des rideaux qu'on peut tirer pour les isoler. Et les infirmières à qui il faut obéir sans discuter. Et tout ce blanc et toutes ces drôles d'odeurs.

Puis je rejoins Anna qui ne sait pas encore ce qui

l'attend. Quand je le lui dis, elle n'arrive pas à le croire.

— Je te jure que c'est vrai ! L'ambulance sera bientôt là.

— Je ne veux pas !

— Tu es obligée, ils se sont tous mis d'accord.

Ma sœur roule des yeux inquiets.

— Le docteur Valin ne comprend pas pourquoi les pilules brunes ne t'ont pas guérie. Il dit qu'à l'hôpital, ils trouveront bien ce que tu as.

Anna serre les lèvres et bat des paupières. À ce moment-là, Moumi entre dans la chambre. Elle explique calmement à ma sœur ce qui va se passer, elle a un ton rassurant, mais je vois bien qu'Anna est paniquée. C'est bizarre parce que d'habitude, elle est plutôt courageuse et aime l'imprévu. Quelque chose m'échappe mais je ne sais pas quoi.

Quand Moumi revient de l'hôpital, en fin d'après-midi, elle me raconte comment ça s'est passé. À son arrivée, Anna a été placée sur un brancard à roulettes et conduite dans une chambre où il y avait déjà cinq enfants. Puis l'infirmière-chef est venue pour remplir des papiers. Moumi dit qu'elle a l'air sévère et qu'elle doit savoir se faire obéir. Aïe ! Aïe ! Aïe ! Pauvre Anna ! Pourvu qu'elle ne fasse pas sa mauvaise tête et qu'elle retienne sa langue !

Après les formalités, Moumi a dû repartir parce que les heures de visite étaient terminées.

Je lui demande alors quand je pourrai aller voir Anna.

— Les visites sont interdites aux enfants en bonne santé.

— Pourquoi ?

— À cause des maladies contagieuses.

— Mais Anna n'est pas…

— C'est le règlement, il n'y a pas à discuter.

Le soir, après le souper, je reste avec Paps et Moumi dans la salle à manger. Ils ont l'air malheureux. Je propose à Paps de jouer aux cartes mais il refuse. Moumi raccommode des chaussettes, au bout de la table. Anna leur manque. Ils ont déjà oublié combien elle leur tapait sur les nerfs quand elle donnait son avis sur tout sans qu'on le lui demande. Je suis sûre qu'ils regrettent de l'avoir rabrouée. Mais c'est trop tard. Ils n'ont plus rien à dire, ma sœur appartient désormais aux médecins et aux infirmières.

Plus tard, dans ma chambre, je pense à tout ce que je vais pouvoir faire maintenant qu'Anna n'est plus là : m'amuser avec ses jouets, fouiller dans ses affaires, m'occuper de ses poupées. Ce sont ses enfants, je ne peux pas les abandonner. Si Anna mourait, je les adopterais. Cette perspective ne me rend pas vraiment triste, je lui trouve même certains avantages. Tout ce qui lui appartient me reviendrait. J'aurais la chambre pour moi seule. Plus personne ne me commanderait. Bien sûr, la vie serait moins drôle parce que c'est elle qui a les meilleures idées pour les jeux et qui invente nos pièces de théâtre… Au fond, quoi qu'il arrive, je finirais par m'en arranger. Cette conclusion me rassure et je me couche sans avoir envie de pleurer, ce qui serait pourtant normal quand on a une grande sœur gravement malade à l'hôpital.

Le lendemain soir, je découvre pourquoi Anna n'arrivait pas à guérir !

Je n'oublierai jamais ça. Paps et Moumi non plus. C'est un secret que nous partagerons toujours. Un secret de famille car ma sœur était au courant. Elle est même la première à l'avoir été !

Après souper, alors que je joue avec les berceaux de nos poupées, je tombe sur ce que Paps a ensuite appelé le "pot aux roses". Tout au fond de celui d'Anna, sous le matelas, il y a une douzaine de grosses perles rondes et brunes. Je reconnais tout de suite le médicament et je cours à la cuisine.

— Venez vite voir ce que j'ai trouvé !

Comme moi, mes grands-parents comprennent aussitôt.

— Mon Dieu ! Ce n'est pas possible, elle n'a pas fait ça ! souffle Moumi, une main sur la bouche.

Paps regarde le fond du berceau, les yeux écarquillés.

— Ah ! La sale petite peste !

— La manière forte ! L'autorité ! On peut dire que tu as réussi !

— Comment pouvais-je deviner que j'avais affaire à une cinglée qui joue avec sa vie, sans même s'en rendre compte ? Pas étonnant qu'elle ne guérissait pas…

— Jamais je n'oserai le dire au docteur Valin, lâche Moumi d'un air horrifié. Quelle mère suis-je pour ne pas avoir surveillé de près un enfant malade ?

— Tu ne pouvais pas prévoir jusqu'où iraient l'obstination d'Anna et son esprit rebelle. De toute façon, avouer quoi que ce soit ne servirait à rien. À l'hôpital, le personnel s'assurera qu'elle avale bien les médicaments qu'on lui donne. Et je te parie que d'ici peu, les nouvelles seront meilleures !

Puis il prend les pilules et il va les jeter dans les toilettes.

*

Depuis qu'Anna est à l'hôpital, j'ai le droit de me coucher plus tard et de passer la soirée avec Paps et Moumi. Quelquefois, nous faisons une partie de cartes mais, le plus souvent, je m'amuse dans mon coin sans faire de bruit, pendant qu'ils écoutent la radio.

Ce soir, alors que je joue avec ma maison de poupée, la sonnette de l'entrée retentit. J'aimerais bien aller ouvrir mais Paps me devance. Je l'entends qui s'exclame dans le vestibule puis il revient, suivi par monsieur Prutchik.

— Bonsoir Arnold, dit Moumi en lui tendant la main.

Les deux hommes s'installent dans les fauteuils, Paps apporte deux verres et une bouteille de schnaps, puis il éteint la radio et ils se mettent à discuter. Je me demande ce que monsieur Prutchik vient faire chez nous à cette heure. Ce n'est pas dans ses habitudes. Moumi aussi a l'air intriguée mais elle se penche sur son journal et commence un mot croisé. Je n'aime pas du tout ce vieux bonhomme. Il sent mauvais et ne sourit jamais. Quand il parle, il n'arrête pas de gesticuler sous le nez des gens. Anna dit qu'il postillonne à un point que c'en est dégoûtant. En plus, il n'est pas propre, il a des taches sur son gilet et son pantalon. Paps et monsieur Prutchik bavardent en français, d'abord doucement mais très vite, le ton monte. Je vois que Moumi les écoute en fronçant les sourcils.

— Tu es sûr de ce que tu viens de dire ? demande Paps.

— Évidemment ! Sinon pourquoi je serais venu ici ce soir, alors que vous êtes en famille et que vous avez votre fille à l'hôpital ?

— Et qu'est-ce qui te permet d'affirmer que l'Allemand en question n'est pas silésien ?

— Premièrement, son accent… Je ne comprends pas que tu ne t'en sois pas aperçu tout seul.

— J'avais des doutes, c'est pourquoi je voulais ton avis.

— Ce gars vient du nord, je dirais de la région de Berlin. En aucun cas de Breslau, ça, j'en mets ma main au feu.

— Pourtant, il nous a parlé de sa famille établie dans cette ville depuis des générations et qui a été déplacée après les Accords de Potsdam.

— Il peut raconter ce qu'il veut, il sait que c'est invérifiable. Moi, à ta place, je me méfierais. Il y a tant de salopards qui ont changé de nom et d'identité, à la fin de la guerre. Pendant quelques mois, ça a été très facile.

— Je suis au courant. Seulement, il ne faut pas voir le mal partout. J'ai trouvé ce jeune homme sympathique et Dieu sait si j'avais un sacré a priori quand Hélène nous l'a amené.

Monsieur Prutchik avale bruyamment son verre de schnaps puis le tend à Paps pour qu'il le remplisse. Il a l'air furieux.

— Et il n'y a pas que l'accent ! crie-t-il. Pendant notre entrevue de l'autre jour, j'ai utilisé certaines expressions, des mots d'argot typiques de la Silésie polonaise… Il ne les a pas compris ! Je te répète que ce type n'est pas net. Il y a quelque chose dans son regard… quelque chose de fuyant, de trouble que je n'aime pas. Je suis certain qu'il a un passé et qu'il veut le cacher !

— Arnold, tu ne donnerais pas un peu dans la paranoïa ?

— La paranoïa, c'est tout ce que tu trouves à dire ? Je suis sûr que lui, il a compris que je l'ai percé à jour !

Monsieur Prutchik s'énerve, sa voix devient de plus

en plus nasillarde et aiguë. Il se tortille sur sa chaise puis tend à nouveau son verre vide à Paps. Pour le calmer, celui-ci promet qu'il préviendra Hélène dès que possible.

— Je l'espère bien ! Ce serait terrible si votre fille fréquentait un ancien SS.

— Pour l'instant, nous n'avons aucune preuve de quoi que ce soit, déclare Moumi d'une voix ferme. Ce garçon peut être d'origine silésienne tout en ayant vécu une partie de sa vie à Berlin. Nous ne possédons aucun détail.

— Il s'est bien gardé de vous en donner !

— Écoutez, Arnold, si vos présomptions sont si fortes, votre devoir est de prévenir la police. La chasse aux criminels de guerre n'est pas terminée, loin de là.

Monsieur Prutchik sursaute et prend un air dégoûté.

— Je suis anarchiste et je ne veux pas avoir affaire à la police, ni de près ni de loin.

Moumi continue comme si elle ne l'avait pas entendu :

— Jan ne peut pas le faire ; en tant qu'étranger, c'est délicat pour lui. Mais vous, Arnold, qui êtes naturalisé depuis longtemps, rien ne vous empêche d'entreprendre cette démarche. Une enquête sera alors ouverte et nous découvrirons qui est vraiment Karl Meissner.

Monsieur Prutchik s'agite de plus belle et répète

qu'un anarchiste ne se rend pas de son plein gré dans un commissariat de police.

— Si c'est ainsi, laissons les choses suivre leurs cours, répond Moumi. Tout comme Jan, j'ai éprouvé de la sympathie pour cet Allemand. Il nous a parlé franchement de son désir de rentrer en RDA afin de participer à la reconstruction de son pays, ce que j'approuve. J'estime que nous ne devons pas le juger, encore moins le condamner, juste à cause de cette histoire d'accent.

Mais monsieur Prutchik s'entête :

— J'ai la conviction que cet homme n'est pas ce qu'il prétend être. Questionnez-le sur ses activités pendant la guerre, il vous répondra qu'il a été enrôlé de force dans la Wehrmacht et ça n'ira pas plus loin. Jamais il ne vous racontera ce qu'il a vu, encore moins ce qu'il a fait !

Je commence à avoir sommeil et ces criailleries m'ennuient. Alors je me lève et quitte le coin où je m'amusais. Monsieur Prutchik me regarde, étonné.

— Ah ! La petite était là… Je ne l'avais pas vue.

Moumi me prend par la main.

— Il est temps que cette enfant aille se coucher.

Je vois bien que monsieur Prutchik aimerait rester encore un moment mais comme tout le monde est debout, il dit qu'il va s'en aller. Il répète une dernière fois que nous devons nous méfier de ce Meissner… avec ses cheveux blonds, ses yeux bleus et sa raideur arrogante.

— C'est tout juste s'il ne claque pas des talons et ne tend pas le bras en avant. Il pue, ce type. Il pue la guerre et tout ce qui va avec !

Paps le saisit amicalement par l'épaule.

— Arnold, tu te calmes maintenant et tu rentres tranquillement chez toi. Nous tiendrons compte de tes avertissements, sois-en sûr !

Dans le vestibule, alors que monsieur Prutchik enfile son pardessus, je lui demande ce que veut dire claquer des talons. Il me considère en silence puis il se redresse, plaque les bras et les mains contre ses jambes et, dans un drôle de mouvement des épaules et des genoux, il frappe bruyamment ses talons l'un contre l'autre.

— Jolie démonstration ! s'exclame Paps. Surtout venant d'un homme qui prétend n'avoir jamais appartenu à aucune armée !

*

Quelques jours plus tard, Anna rentre à la maison, guérie. Mais quand je la vois, je reçois comme un coup de poing dans l'estomac. Sa belle chevelure a disparu ! Seule, une courte toison noire lui couvre le crâne. Devant ma stupeur, Moumi m'explique qu'on tond parfois les cheveux des malades, pour essayer de faire tomber leur fièvre.

Mais moi, je sais que ça n'a rien à voir ! Anna a trahi sa parole en faisant croire à tout le monde qu'elle avalait ses pilules, alors qu'elle les cachait dans le berceau de ses poupées. Elle savait ce qu'elle risquait… maintenant elle a la boule à zéro ! C'est terrible et je la plains de tout mon cœur. Mais quand je veux la consoler, elle m'attrape par le bras, m'entraîne dans notre chambre, referme la porte d'un coup de pied.

— Alors, tu es fière de toi, sale cafteuse ?

Elle me secoue comme un prunier.

— Et d'abord, qui t'a permis de fouiller dans mes affaires ?

— Je… je…

— Et quand tu as trouvé ces sacrées pilules, tu ne pouvais pas la boucler ?

— Mais Anna, tu risquais de mourir !

— Ah ! Ah ! Ah ! Tu as gobé cette blague ? Pauvre cloche, va ! Tu devrais savoir qu'on dit toujours ça aux enfants pour leur flanquer la trouille et les obliger à obéir !

— Oh !

— Note que je ne regrette pas d'être allée à l'hôpital. J'ai vu plein de trucs tordants et même un peu cochons. Je pourrai les raconter à mes copines, on n'a pas fini de rigoler !

— Et à moi, tu me les diras aussi ?

— Tu peux toujours courir ! Tu irais tout rapporter à Moumi.

Anna ne se soucie pas de ses cheveux tondus, elle ne me raconte pas non plus comment on a fait pour la forcer à avaler ses médicaments. Elle clame qu'elle est en pleine forme et qu'elle retournera à l'école dès demain parce qu'elle s'ennuie de ses amies. Elle veut aussi reprendre ses cours de danse pour rattraper le temps perdu. Moumi est affolée, elle parle de rechute, de convalescence… Anna ne veut rien entendre et l'envoie balader.

Pourtant, ma sœur ne reprend l'école ni le lendemain ni les jours suivants. Paps qui n'a pas digéré le sale coup qu'elle leur a fait, a déclaré qu'il allait lui serrer la vis et qu'elle avait intérêt d'obéir au doigt et à l'œil, faute de quoi il l'expédierait dare-dare dans la maison de convalescence pour enfants de Gstaad.

Anna n'a pas pipé mot parce qu'à l'école, elle a entendu parler de cet endroit. Ce que racontent ceux qui en reviennent, ne donne vraiment pas envie d'y aller ! Visite médicale deux fois par semaine, sieste obligatoire avec un bandeau noir sur les yeux, assiette pleine de bouillie à avaler à chaque repas… Et gare à ceux qui n'engraissent pas ! Pour amadouer les parents, on leur dit que leurs enfants font du ski en hiver, des randonnées en été. Mais c'est faux ! Ils ne bougent pas du home. La seule chose qui compte dans cet établissement, c'est que les pensionnaires deviennent gros.

Anna a dû prendre les menaces de Paps au sérieux parce qu'on ne l'entend plus crier ni ronchonner pour un oui ou pour un non. Elle parle aimablement à Moumi qui en est tout émerveillée.

Au bout d'une semaine, comme elle va vraiment mieux, elle est autorisée à recommencer ses exercices de danse, dans notre chambre, à condition de ne pas exagérer. Vingt minutes par jour, pas davantage. Naturellement, Anna en fait plus mais Moumi ferme les yeux…

Enfin, le docteur Valin lui permet de reprendre l'école. Peu à peu, Paps oublie sa colère. Il lui reparle d'une voix normale, sans la fusiller du regard. La menace du centre de convalescence s'éloigne, ma sœur ne sera pas transformée en petit cochon rose et gras.

*

Hélène arrive à Bienne, la veille de Noël. Je me demande si elle m'emmènera de nouveau sur le toit regarder les étoiles, mais je pense qu'il fait trop froid et qu'il faudra attendre le printemps.

Moumi a dressé un grand sapin dans la salle. Son tronc est calé dans un trépied en fonte. Cette année, j'ai eu le droit d'aider à le décorer. Anna a dit que j'étais trop petite et que j'allais casser les boules, alors je n'ai touché qu'aux bougies et aux guirlandes. Devant le sapin, sur une table basse, nous avons installé la crèche. Paps y tient absolument, Moumi nous a expliqué que c'était son côté polonais qui ressortait, parce que là-bas, ils sont tous catholiques pratiquants. Quand Paps va à la messe et qu'il nous emmène, je ne le reconnais plus. Il fait de grands gestes avec son bras droit, il plie à moitié les genoux en entrant dans l'église, s'agenouille, met son visage dans ses mains pour prier. Il chante même en latin. Je ne comprends rien mais j'aime bien ça, alors j'essaie de l'imiter. Mais pas Anna. Elle dit que ça ne sert à rien, vu que nous ne sommes pas baptisées et que nous n'allons pas au catéchisme. C'est vrai mais ça ne nous empêche pas de connaître l'histoire de l'Enfant Jésus.

Quand Hélène entre dans la salle et qu'elle découvre notre sapin tout décoré, ses yeux se mettent à briller et elle dépose plusieurs paquets-cadeaux par terre, sous les branches. Ensuite, elle s'assied à table et dit qu'elle boirait volontiers une tasse de thé. Moumi lui trouve l'air fatigué. Elle répond que c'est à cause du voyage dans un wagon bondé et surchauffé, et aussi parce que son travail à l'université l'a éreintée.

— Je dois absolument être classée en tête de promo, c'est essentiel pour la suite.

— La suite ? Tu penses continuer encore longtemps ?

— Aussi longtemps qu'il le faudra. En astrophysique, avoir un doctorat est un minimum.

— Qu'en dira ton père ?

— Rien du tout. Il n'a pas voix au chapitre ! Je compte décrocher une bourse d'études qui me rendra financièrement indépendante.

Moumi va dans la cuisine et en revient, avec une théière et une assiette de gâteaux. Elle les pose sur la table, avec les tasses et les soucoupes, puis s'assied en face d'Hélène.

— Tu as reçu ma lettre ?

— Oui, je te remercie.

— Tu veux voir la carte postale ?

— Non, pas la peine.

— Qu'est-ce que tu en penses ?

— Rien… Je savais qu'Emil était vivant.

— Oh ! Comment l'as-tu appris ?

— Genève est une ville cosmopolite et, à la fac, je côtoie beaucoup d'étrangers. Un jour, il y a deux ans environ, un Russe a demandé à me parler. Nous sommes allés dans un café et c'est là qu'il m'a révélé qu'Emil vivait en URSS…

Je me tiens debout devant le sapin de Noël. Avec mes yeux, j'entre à l'intérieur. C'est comme une forêt touffue qui sent la résine. Je croise des petits nains habillés de toutes les couleurs, des anges, des oiseaux dorés.

Les fines lamettes de papier d'argent tremblent au moindre courant d'air, ce sont les glaçons que l'hiver a suspendus aux branches.

— Ce Russe m'a dit qu'Emil travaillait au "Ministère pour la Sécurité de l'État" et qu'il y occupait un poste important. Je lui ai demandé comment il avait fait pour en arriver là. D'après lui, Emil se trouvait à Berlin en 1945, avec les troupes d'occupation françaises. L'année suivante, il a été recruté et enrôlé dans la police secrète soviétique.

— Emil était un communiste convaincu. Qu'il ait rallié l'Union Soviétique est dans la logique des choses.

— Les rumeurs les plus incroyables circulent sur le campus, reprend Hélène. On dit que Staline a recommencé ses purges.

— Oh non ! Pas après cette horrible guerre ! Ce peuple a déjà tant souffert !

— C'est malheureusement très possible. On parle de déportations massives vers la Toungouska et la Kolyma, dans des camps de travaux forcés.

— Et tu crois qu'Emil est mêlé à ça ?

— Je n'en sais rien. En 1946, le "Ministère pour la Sécurité de l'État" a remplacé le NKVD, de sinistre mémoire. Un autre nom pour les mêmes fonctions…

— Mais Emil est polonais ! Comment les Russes ont-ils pu permettre à un étranger d'intégrer une de leurs administrations les plus verrouillées ?

— Pour en faire un émissaire ! Un de ces jours, ils vont le réexpédier en Pologne, avec pour principale mission la chasse aux déviationnistes et à tous ceux qui oseront s'opposer aux diktats de Moscou…

— Tu as probablement raison. Pourtant, cette carte postale qu'il nous a envoyée… elle ne cadre pas avec ce que tu viens de dire.

— Une bouffée de nostalgie… les Slaves sont d'incorrigibles sentimentaux. On pleure en écoutant la balalaïka et on déporte des milliers d'innocents en Sibérie où on les laisse crever de froid et de faim…

Ce soir, il y aura plein de petites lumières dans notre arbre de Noël. Les bougies éclaireront les nains et les anges. Les boules seront de grosses lunes brillantes… Paps a un livre sur la Sibérie, j'ai vu que, là-bas, il n'y a que des sapins. Est-ce que les prisonniers auront des bougies pour les accrocher à leurs branches ? J'ai envie de le demander à Moumi.

Mais Moumi m'a oubliée. Elle regarde Hélène. Elle ne regarde qu'elle.

— J'ignorais que tu avais eu une liaison avec Emil. C'est Sophie qui me l'a appris, la dernière fois que Georges et elle sont venus nous voir. Je… je regrette de n'avoir rien deviné.

— À quoi cela aurait-il servi ?

— Je… j'aurais pu te parler, te prévenir… J'avais remarqué ton penchant pour lui, quand il passait à la maison, pendant l'hiver 43-44. Mais je pensais que ça n'irait pas plus loin.

— S'il n'en avait tenu qu'à moi, les choses en seraient effectivement restées là. C'est vrai que j'étais amoureuse de lui mais jamais je n'aurais osé le lui dire. J'étais tellement naïve ! J'avais peur qu'il se moque de moi ou qu'il me prenne pour une dévergondée et me dénonce à vous. En fait, il m'avait percée à jour mais n'avait rien dit. C'est plus tard, après son évasion du camp pénitentiaire, quand il s'est réfugié chez nous, qu'il m'a fourrée dans son lit. Avec mon consentement et pour mon plus grand plaisir, je l'avoue volontiers… C'était ma première histoire d'amour et je m'y suis plongée à corps perdu. Elle n'a duré qu'une semaine mais je l'ai payée au prix fort parce que j'ai été terriblement malheureuse quand Emil est parti. Je ne savais plus où j'en étais.

— Oh ! Je m'en souviens ! Quelle affreuse période ! Tu étais intenable… Pourtant, Sophie m'a dit aussi qu'Emil t'avait promis de revenir après la guerre.

— On sait ce que valent les promesses de ce genre ! D'autant qu'il ne me l'a faite qu'une fois, au moment de son départ, sans doute pour me réconforter…

— Maintenant, dis-moi, est-ce que c'est lui le… le…

Penchée vers sa fille, Moumi parle si bas que je n'entends pas la suite. Je me promène toujours à l'intérieur de mon sapin. J'essaie de trouver d'autres sentiers, de rencontrer d'autres anges encore plus beaux. Tout en haut, il y a une étoile magnifique. Elle me fait penser aux étoiles qu'étudie ma mère, les vraies celles qui sont des soleils. Je recule un peu pour mieux la voir… Et soudain, je sors de ma forêt. Tous les sentiers se bouchent, tous les chemins se ferment. Au sommet, la belle étoile n'est plus qu'un morceau de carton découpé et colorié.

Je me tourne alors vers Moumi et Hélène. Elles ont cessé de parler. Hélène a les yeux baissés et regarde ses mains. Je dis que j'aimerais bien manger un gâteau. Moumi sursaute et me donne un petit biscôme, de ceux qu'elle a confectionnés pour le soir du réveillon.

— Et comment va Karl Meissner ? demande-t-elle soudain.

— Il est parti.

— Ah bon ! Où ?

— Chez lui, en RDA.

— Mais… je croyais qu'il devait passer sa licence à Genève, en fin de semestre. C'est du moins ce qu'il nous avait dit.

— Il a changé d'avis. Il a prétendu avoir reçu un télégramme lui annonçant que son père était à l'agonie. S'il voulait le revoir vivant, il devait rentrer au plus vite.

— Dans ce cas, son absence ne sera que momentanée…

— Non. Il m'a chargée de prévenir la fac que son départ était définitif.

— Comme c'est curieux !

— Pas tant que ça. Depuis quelques semaines, la police des étrangers lui cherchait des noises. On lui a demandé toutes sortes d'attestations, des papiers qu'il n'était pas en mesure de fournir. L'administration suisse devrait pourtant savoir que tout a été détruit en Allemagne, sans parler de la Pologne ! Cela faisait presque cinq ans que Karl résidait ici et jusqu'à maintenant, jamais il n'avait été inquiété.

— Qu'est-ce qui s'est passé ?

— Il a dû être victime d'une dénonciation anonyme. Ces temps-ci, c'est devenu monnaie courante. Tout Allemand est soupçonné d'avoir participé, de près ou de loin, à l'élimination des Juifs.

J'avale le reste de mon biscôme puis je dis :

— Monsieur Prutchik a averti Paps de se méfier de lui.

Hélène me demande de répéter puis se tourne vers Moumi.

— Qu'est-ce que le vieil Arnold vient faire dans cette histoire ?

— Je ne sais pas. Pauline raconte n'importe quoi.

Elle est toute pâle et moi, je n'en reviens pas. C'est la première fois de ma vie que j'entends Moumi dire un gros mensonge.

Hélène hausse les épaules.

— De toute façon, Karl projetait de rentrer dans son pays, il n'a fait qu'avancer son départ. Il terminera sans problème ses études dans une université allemande.

— Tu n'es pas trop triste ?

— Rassure-toi ! Il y a longtemps que je ne m'attache plus aux hommes avec qui je couche. « On n'aime bien qu'une fois, c'est la première. Les amours qui suivent sont moins involontaires. » C'est La Bruyère qui a écrit ça, je l'ai retenu parce que je trouve qu'il a absolument raison.

— Tu ne le reverras donc plus ?

— Qui sait ? Chacun a le droit de mener sa vie comme il l'entend… Karl fera carrière en RDA et m'oubliera, ce qui m'est parfaitement égal !

Moumi n'a pas l'air de la croire. Moi si. Ma mère n'aime que les étoiles, je le sais depuis la nuit que j'ai passée avec elle, sur le toit. C'est pour ça qu'elle ne s'occupe pas de moi. Quand on vit la tête levée vers le ciel, on ne voit pas ce qui se passe par terre. C'est facile à comprendre.

La discussion entre Hélène et Moumi est finie, elles sont retournées dans la cuisine. J'en profite pour m'agenouiller devant le sapin et lire les noms écrits sur les étiquettes attachées aux paquets. Ce n'est pas permis mais je m'en fiche, j'ai trop envie de savoir à qui seront offerts tous ces cadeaux. Le plus gros est pour moi « *A Pauline, de la part de maman* ». Le plus petit pour Anna, bien fait pour elle !

Tout à coup, derrière moi, la porte s'ouvre tout doucement. Je regarde par-dessus mon épaule. C'est ma sœur, elle a son sourire méchant et les yeux qui brillent.

— Tricheuse !

Je sens mes joues devenir chaudes et rouges. Je me redresse, mais trop tard.

— Tu guignais les paquets ! Je vais le dire à Paps, tu verras comment ça fait d'être dénoncée !

Je supplie Anna de se taire. Désobéir la veille de Noël, c'est pire que les autres jours.

Je serai punie. Peut-être que je ne recevrai pas mes

cadeaux, peut-être qu'on les donnera aux pauvres de la paroisse, comme mes vêtements trop petits… Anna jubile. Elle n'a pas pardonné l'histoire des pilules et son séjour à l'hôpital. Là, elle tient sa vengeance.

— Paps déteste la triche et les mensonges. Dieu sait ce qu'il va te passer quand je lui dirai que je t'ai vue en train de tripoter les paquets et de les entrouvrir !

— Ce n'est pas vrai ! Je lisais juste les étiquettes.

Elle s'accroupit, prend les paquets, chiffonne les emballages, en déchire légèrement quelques-uns.

— Et voilà ! Comme ça, je suis sûre qu'on t'expédiera au lit au moment où on allumera les bougies du sapin !

Anna est plus grande et plus forte que moi. Jamais je n'ai le dessus quand on se bagarre. Mais je me jette quand même sur elle ! Je l'attrape par les oreilles, lui griffe les joues, tords son bras, mords ses mains, la bombarde de coups de pieds. J'ai l'avantage de la surprise. Seulement, ça ne dure pas. Elle m'agrippe à son tour.

D'habitude, quand nous nous empoignons, l'affaire est réglée en une minute, par la victoire écrasante de ma sœur. Mais là, je ne me sens plus. Je suis le loup du Chaperon Rouge, l'ogre du Petit Poucet, un soldat pendant la guerre… Je me bats pour de vrai.

Éberluée par ma rage et les coups qu'elle reçoit, Anna essaie d'arrêter la bataille. Elle a tort, je n'en ai pas fini. Je la bouscule violemment, elle perd l'équilibre, s'accroche à moi… et nous tombons toutes les deux dans le sapin.

Là, je n'y comprends plus rien parce que tout se met à bouger. Les branches se balancent, les boules ballottent, les anges s'envolent, les guirlandes et les bougies dégringolent. Je vois la grande étoile de toutes les couleurs commencer à basculer, d'abord lentement, puis de plus en plus vite alors que le sapin s'effondre, comme un arbre de la forêt quand les bûcherons l'abattent.

*

Nous n'aurons pas de sapin de Noël cette année. Il est trop tard pour aller en acheter un autre. De toute façon, toutes les décorations sont brisées ou abîmées. Moumi et Hélène ont mis plus d'une heure à ramasser les débris et à tout nettoyer avec l'aspirateur. Maintenant que c'est fini, Paps dit qu'il est temps de s'occuper des cadeaux. Ils sont rassemblés sur la table et on voit bien qu'ils ont souffert, eux aussi.

J'ouvre le plus gros paquet, celui que j'avais repéré avant la catastrophe. Il contient une magnifique mappemonde, mais elle est complètement cabossée et ne tourne plus sur son axe. Les autres cadeaux sont tous plus ou moins endommagés. Seul, le plus petit est intact. Sur l'étiquette est écrit « *Pour Anna de la part d'Hélène*. » C'est un bracelet en argent, une chaînette où sont accrochées de minuscules breloques :

un trèfle à quatre feuilles, une fleur de myosotis, un cœur rouge et une coccinelle. Je n'ai jamais vu un bijou aussi joli et qui me fasse autant envie. Ma sœur l'enfile à son poignet. Je trouve ça trop injuste et je me mets à pleurer. Bizarrement, Anna aussi.

— Allons, les filles ! Un peu de courage ! s'écrie Paps. Il faut savoir se montrer stoïque dans l'adversité. Moi, quand j'étais gosse, je ne recevais pas de cadeaux de Noël. Juste une orange, et encore…

Oui, mais c'était il y a longtemps, en Pologne, un pays où les pires choses peuvent arriver… C'est d'ailleurs pour ça qu'il en est parti !

— Maintenant, à table ! dit-il en se frottant les mains. Moumi nous a préparé un très bon souper et pour vous consoler, nous allons faire un repas aux chandelles. Vous verrez, c'est presque aussi beau qu'un sapin de Noël.

Il rassemble les bougies intactes, les colle à la cire sur de petites assiettes ou les fiche dans les goulots de toutes les bouteilles vides que Moumi a pu trouver.

Anna et moi, on se jette des regards en coin. Naturellement, nous n'avons pas dit un mot de notre bagarre. Nous avons expliqué que nous avions trébuché dans le tapis, que nous nous étions retenues l'une à l'autre et que… et que… Personne n'a mis notre parole en doute.

— Encore heureux que vous ne soyez pas blessées ! a conclu Hélène.

Nous reniflons, nous nous mouchons tandis qu'elle allume les bougies et que Paps entonne un cantique de Noël.

Dans la lumière des bougies, le coin où sont entassés le sapin, les cartons et les papiers d'emballage, ressemble à un endroit dévasté par un cyclone. Tout y est sens dessus dessous. Les ombres et les objets se mélangent, ça me donne envie d'aller y jouer. Ce serait marrant de faire une cabane dans tout ce fouillis. Mais on n'a pas le droit de quitter la table, je ne le demande même pas. Je lorgne ma sœur, le souper aux chandelles n'a pas l'air de lui plaire. Pourtant, elle porte son bracelet au bras droit. Moi, à sa place, je serais drôlement contente. Si Paps connaissait la vérité, je suis sûre qu'il confisquerait le bijou. Ce serait normal… Anna est aussi fautive que moi, il n'y a pas de raison pour qu'elle ait son cadeau et moi pas !

Plus j'y pense, plus j'ai envie de tout raconter. Oui, je vais le faire ! Paps termine son cantique, c'est le moment ! À cet instant, je surprends les yeux de ma mère posés sur moi. Ils me transpercent et je devine aussitôt qu'elle n'a pas cru à notre mensonge. Mais mon désir de parler est trop fort, je prends ma respiration, j'ouvre la bouche… Alors, elle pointe discrètement son index vers moi, son regard devient de plus en plus dur, ses paupières se plissent, ses mâchoires se serrent. Son visage me fait peur. Là, je comprends brusquement que si je dénonce Anna, Hélène ne voudra plus de moi. Déjà qu'elle ne m'aime pas beaucoup… Si je fais ça, ce sera la fin. Alors je baisse la tête et ravale les mots que j'ai sur le bout de la langue.

*

— Vous êtes deux chipies, me dit Hélène le lendemain. Je ne sais pas exactement ce qui s'est passé avec ce sapin mais rien qu'à voir vos têtes, je me suis tout de suite douté qu'il y avait anguille sous roche.

— On s'est bagarrées. Mais c'est Anna qui…

— Je ne veux pas le savoir ! N'oublie pas, Pauline, qu'on est responsable des bêtises que l'on fait, et qu'en rejeter la faute sur autrui les rend bien plus graves encore. Je suis contente que tu n'aies rien dit, hier soir. C'était inutile et j'aurais été déçue et très fâchée contre toi.

Je lui demande alors si elle m'aurait punie.

— Non. Le sapin cassé et vos cadeaux abîmés étaient une punition suffisante.

Je proteste alors que le bracelet d'Anna était en parfait état, tandis que mes cadeaux…

— Ah ! C'était donc ça ! s'exclame Hélène. Ma pauvre Pauline, tu n'as pas fini d'en vouloir à tout le monde si tu crois que c'est ainsi que ça se passe dans la vie. Un coup l'on gagne, un coup l'on perd. Il n'y a pas de justice… Quoi qu'il en soit, crier et pleurer ne mènent à rien. On finit toujours par se faire une raison.

— Tu y arrives, toi ?

— Pas vraiment mais j'essaie.

— Et Karl ?

— Quoi, Karl ?

— Il n'était pas en colère quand il a dû quitter Genève ?

Elle me regarde d'un air intrigué. Elle se demande où je veux en venir. Alors je me concentre pour mieux me rappeler ce qu'a dit monsieur Prutchik.

— Si Karl n'était pas reparti en Allemagne, est-ce qu'on l'aurait jeté en prison ?

— Bien sûr que non, voyons ! Où vas-tu chercher des idées pareilles ?

— Monsieur Prutchik pense que Karl est un ancien soldat allemand qui a fait du mal à plein de gens pendant la guerre.

Hélène hoquette :

— Quoi ?

— Tu ne le savais pas ? Je croyais que Paps t'avait prévenue...

Elle paraît complètement abasourdie et se laisse tomber sur une chaise.

— Quand... où as-tu entendu ça ?

— Monsieur Prutchik est venu ici un soir. Il a dit qu'il était sûr que Karl n'était pas sil... sil...

— Silésien. Et alors ?

— Je ne sais pas. Ils parlaient d'avertir la police. Monsieur Prutchik était très énervé, il criait...

— Il crie toujours, ce vieux schnock !

— Ça, c'est vrai !

Hélène réfléchit. Elle a l'air de plus en plus furieuse puis elle me demande si Moumi assistait à cette discussion.

— Oui, mais pas Anna. Elle était encore à l'hôpital.

— Ah ! Ça fait donc plusieurs semaines qu'ils ont manigancé leur sordide petite combine ! Et dire que nous nous demandions d'où venait le coup ! Il ne fallait pas chercher loin.

— C'est vrai ce que racontait monsieur Prutchik ?

Elle ne répond rien mais soupire bruyamment.

— Il est trop tard pour arranger les choses, ce qui est fait est fait. Mais je trouve le procédé ignoble et surtout, tellement injuste !

— Tu viens de dire qu'il n'y avait pas de justice dans la vie…

Elle me regarde, étonnée.

— Ah ! Tu as retenu ça…

— Oui. Et aussi que ça t'était bien égal que Karl soit parti, tu l'as dit à Moumi.

— Oh ! Tu as l'oreille fine, toi ! Rien ne t'échappe… surtout les choses qu'une petite fille ne devrait pas entendre.

Elle se lève et va se planter devant la fenêtre. Là, elle se mouche bruyamment et ses épaules sont secouées par des mouvements bizarres.

Ma mère est la personne la plus intelligente que je connaisse. C'est pour ça qu'elle étudie les étoiles et les espaces infinis. C'est si difficile que, quand elle a son œil collé au télescope, elle ne peut pas penser à autre chose. Elle ne peut pas non plus pleurer, sinon elle ne verrait plus rien dans l'objectif.

— Je vais rentrer à Genève plus tôt que prévu, demain probablement. Mais avant, j'aurai une explication avec Paps !

Elle me tourne le dos, sa voix est enrouée.

Je comprends que ce n'est pas le moment de lui parler de la carte postale et de son chagrin d'amour. Dommage ! J'ai terriblement envie de savoir si ça s'est passé comme tante Sophie l'a dit. J'aimerais qu'elle me raconte tout dans les plus petits détails parce que je viens d'avoir une idée fantastique : son histoire pourrait faire une magnifique pièce de théâtre ! Ce serait drôlement chouette… surtout les passages tristes, quand Emil doit aller dans cet horrible camp pénitentiaire ou quand il repart faire la guerre.

On pourrait aussi inventer d'autres épisodes pour rendre la pièce encore plus palpitante.

Dire par exemple qu'Emil était une sorte de prince…

Ou que Paps a été emprisonné et torturé pour l'avoir caché…

Ou qu'Hélène attendait un bébé et qu'elle n'osait l'avouer à personne…

Penser à tout ça me donne envie d'aller fouiller dans nos cartons pleins de costumes. Et surtout, de parler de mon idée avec Anna. Je suis sûre qu'elle la trouvera géniale.

Alors je laisse ma mère debout à sa fenêtre et cours rejoindre ma sœur qui est en train de lire dans notre chambre.

CINQUIÈME PARTIE

2004

LANNION.

— Et puis les noms, Pauline, est-ce que ça a de l'importance, les noms ? répète Charles Messier. Seuls comptent les sentiments. Et les souvenirs bien sûr… surtout les souvenirs.

Le vieil homme se tait. Il penche son grand corps en avant, les coudes sur les genoux. Je ne vois que sa chevelure blanche et son pardessus gris. Derrière lui, les affiches bariolées, pleines de palmiers et de plages exotiques, me paraissent soudain dérisoires. Tout comme cette agence et les gens qui viennent y rêver de voyages et d'évasion.

Sans réfléchir davantage, je l'invite alors à loger chez moi. Il me remercie mais objecte qu'il n'a aucun bagage.

— Ce n'est pas grave ! En sortant, nous irons vous acheter un pyjama et des affaires de toilette.

À la maison, il fait la connaissance de mon chat Éliot et de mon tilleul qui est en train de perdre toutes ses feuilles.

Charles Messier s'avère un hôte affable et discret comme j'avais pu le constater, bien des années auparavant, lorsqu'il était venu passer deux jours à Saint-Jacut et qu'il s'appelait encore Karl Meissner. Il a gardé le même accent et, apparemment, le même attachement pour Hélène.

Depuis qu'il séjourne chez moi, il prend le bus chaque après-midi et se rend au centre hospitalier. Le personnel s'est habitué à lui et l'infirmière en chef ne me reproche plus l'irrégularité de mes visites. Contrairement à ce que je craignais, il ne parle jamais de lui et ne m'abreuve ni d'anecdotes ni de souvenirs du passé. Il n'a même pas évoqué sa première rencontre avec ma mère, à Genève. Et moi, je ne lui en ai pas parlé.

Je sais qu'ils se connaissent depuis très longtemps et que leurs deux existences n'ont cessé de s'entrecroiser. Ils ont été ensemble par intermittence, se quittant puis se retrouvant, au gré des circonstances.

Aujourd'hui, à son retour de l'hôpital, il m'apprend qu'Hélène ne va pas bien. Il a recours à l'image un peu éculée de la bougie qui jette un dernier éclat avant de s'éteindre. Je le console en lui disant qu'à mes yeux, le fait que ma mère ait repris conscience n'est pas une amélioration puisqu'elle n'a pas récupéré l'essentiel de ses facultés.

— On lui a pourtant enlevé la sonde gastrique. On l'asseyait dans son fauteuil…

— D'accord, mais ça n'a pas été plus loin.

Puis j'ajoute que le mieux pour elle serait qu'elle trouve enfin la porte de sortie. Et qu'elle ne la manque pas, cette fois-ci… Charles Messier me regarde d'un air triste et je mesure toute la dureté de mes paroles. Mais je ne les retire pas car elles sont le reflet de ma pensée.

Nous retournons à l'hôpital dans la soirée. L'infirmière nous informe que les examens effectués quelques heures auparavant laissent peu d'espoir. Ils révèlent qu'Hélène a été victime d'une nouvelle attaque.

Vers vingt-deux heures, je décide de rentrer chez moi. Je me sens inutile, j'ai sommeil et je m'ennuie. Charles Messier demande à rester, je tente de l'en dissuader mais il ne veut rien entendre. Il s'installe dans le fauteuil d'Hélène, pose une couverture sur lui et s'apprête à veiller jusqu'au matin. Je le quitte donc en lui promettant de revenir demain, à la première heure.

Il me fait un signe de la tête et je m'en vais, persuadée que d'ici dix minutes, il s'assoupira et dormira comme un loir toute la nuit.

Le lendemain, vers sept heures, l'hôpital m'appelle pour me dire de venir de toute urgence. Quand j'entre dans la chambre 317, tout est fini. Mais rien n'a changé. Hélène est immobile, les yeux entrouverts, bleus et vides, les joues creuses, les lèvres desséchées… telle que je l'avais vue, à mon premier retour de Crète.

Seulement, aucun mot savant ne sort plus de sa bouche. Aucun souffle non plus.

Je caresse ses mains puis demande à l'infirmière où est le vieil ami qui a passé la nuit à son chevet.

— Monsieur Messier ? Je croyais qu'il était retourné chez vous… Quand le médecin de garde a constaté le décès de votre mère, à six heures trente ce matin, il n'était plus là.

— Ah ! Nous nous sommes sans doute croisés en route.

Mais en ouvrant le tiroir de la table de nuit, j'aperçois une enveloppe adressée à mon nom. Elle est de Charles Messier.

Il m'apprend que ma mère est morte un peu avant six heures, sans avoir repris conscience. Il me remercie de mon hospitalité et m'informe de sa décision de rentrer chez lui aussitôt. Il s'en excuse et me prie de mettre cette incorrection sur le compte de son grand âge et du chagrin qu'il éprouve. Il ne parle pas de revenir pour les obsèques ni d'une rencontre ultérieure avec moi.

Je comprends que je ne le reverrai plus et j'en éprouve un immense désappointement. Je pense à tout ce dont nous n'avons pas parlé, à tout ce que j'aurais voulu savoir, remettant sans cesse au lendemain les questions que sa présence éveillait en moi et dont il connaissait assurément les réponses.

Maintenant, il est trop tard. Je n'ai plus personne

pour m'expliquer… me raconter… me dire. Alors montent en moi des sanglots muets que l'infirmière attribue au chagrin naturel d'une fille dont la mère vient de mourir.

Mais cela n'a rien à voir.

Si je pleure, c'est sur le trésor perdu d'un coffret à jamais fermé.

FIN

BIBLIOGRAPHIE

- *La Pologne* - Daniel Beauvois - Éditions La Martinière - 2004.
- *Un Chemin d'Espoir, autobiographie* - Lech Walesa - Éditions Fayard - 1987.
- *La Guerre a été gagnée en Suisse* - P. Accoce et P. Quet - Éditions Librairie Académique Perrin - 1966.
- *Siècle* - B. Bernard - Éditions Phaidon - 2002.
- *La Pologne, le pays et les hommes* - Éditions Interpress Varsovie - 1970.
- *Pologne* - Éditions Le Seuil - Collection Microcosme - 1967.
- *Soldats étrangers dans des camps suisses* (Article) - Selina Krause - Revue Suisse - Juin 1995.
- *Mémoires de la Mobilisation Suisse (1939-1945)* - Charles Huguenin.

Quadri Signe - Editions Alain Bargain
125, Vieille Route de Rosporden - 29000 Quimper
E-mail : editions.alain.bargain@orange.fr
Site Internet : http://pagesperso-orange.fr/editions.bargain

Dépôt légal n°7 - 4e trimestre 2009
ISBN 978-2-35550-053-4 — ISSN 1281-7813
N° d'impression : 910204
Imprimé en France